오직 그녀의 것

오직 그녀의 것

김혜진 장편소설

문학동네

차례

오직 그녀의 것
007

작가의 말
273

스무 살이 되던 해, 홍석주는 대학에 입학했다.

소도시에 위치한 그 종합대학의 사학과는 인기 있는 과는 아니었지만 문과대학 내에서 가장 오래된 학과 중 하나였다. 그해 입학생은 모두 쉰네 명으로 눈에 띄는 소수의 학생을 제외하곤 대부분 조용하고 소극적이라는 인상을 주었다.

1학년 때 석주는 동양사 개론, 서양사 개괄, 고대 문명의 이해 등과 같은 과목을 수강했다. 그녀는 자신이 배우는 학문이 죽음과 닮았다고 생각했다. 그것은 경영학과나 사회학과에서 가르치는 학문들처럼 지금 생동한다는 느낌을 주진 않았다. 오히려 먼 과거의 흔적을, 이제 땅속 깊이 파묻혀버린 어떤 시간을 느리게 사유하고 냉정하게 애도하는 형식처럼 느껴졌다.

그러나 한 학기가 지나기 전에 이런 생각에 변화가 찾아왔다.

교내 박물관을 강의실처럼 사용하는 몇몇 수업을 들으면서, 선배들과 함께 고적지에서 직접 탁본을 뜨면서, 3박 4일 일정으로 유적지를 답사하면서. 그녀는 이 학문이 자신이 생각한 것보다 적극적이고 능동적인 태도를 요구한다는 것을 깨달았다. 자신이 마주하는 모든 게 실은 유구한 세월을 견뎌낸 분명한 실체라는 것, 지금은 없는 한 시대를 증명하는 틀림없는 흔적이라는 것. 집중의 순간에, 몰입의 찰나에 지금은 사라지고 없는 과거의 시간과 심오하고 풍부한 대화가 가능하다는 사실도. 그럼에도 학자나 연구자가 되겠다는 거창한 꿈은 품지 않았다. 그녀의 대학 생활은 이렇다 할 특징 없이 평범하기만 했다.

1학년 2학기가 끝나갈 무렵에 그녀는 '새벽'이라는 동아리에 가입했다. 많으면 열댓 명, 적으면 예닐곱 명의 학생이 한 달에 한 번씩 모여 서로가 써온 글—주로 시와 소설이었다—을 읽고 감상을 주고받는 모임이었다. 그녀는 그 동아리에 들어가고 반년이 지나도록 자신의 글을 발표하지 않았다. 자신의 차례가 돌아오면 준비가 되지 않았다며 양해를 구했고, 그 마저도 통하지 않을 때엔 이런저런 핑계를 대고 몇 주씩 모임에 빠질 때도 있었다. 대부분이 국문과 학생인 그 동아리에서 유일하게 사학과인 자신이 써낼 글은 형편없고 유치할 거라는 생각 때문이었다. 그녀는 글쓰기를 제대로 배워본 적이 없었다. 아니, 민족과 시대, 혁명과 투쟁 같은, 그 무렵 다른 학생들의 글에 종종 등장하는 그런 단어를 마주할 때면 먼저 주눅이 들었다. 그녀는 학생 시위에 참여해본 적이 없었다. 대규모 시위가 예고된 날에는 정문이 아니라 후문으로 등교했고, 수업이 끝나면 서둘러 귀가했다. 인파 속에서 구호를 외치고 행진하고 경찰과 대치하는 과정이 두려워서였다. 그래서 대학 시절 내내 시대를 외면하고 있다는, 책무를 소홀히 하고 있다는 얼마간의 죄책감과 부채감을 느꼈다.

2학년 2학기가 시작되기 전, 한 선배로부터 국문학과 창작 수업을 들어보라는 권유를 받았다.

나중에 알았지만 그 선배의 의도는 그녀가 글쓰기를 배우게 하려는 데 있지 않았다. 오히려 글쓰기를 배운다고 해서 크게 달라지는 게 없으리란 걸 알려주기 위함이었다. 그녀는 수업의 강사이자 작가인 최민애에 대해 찾아보았고, 도서관에서 그 사람이 쓴 책들을 섭렵하듯 읽었지만 마음을 정하지 못했다. 그러다 며칠 만에 용기를 내어 국문학과 사무실로 찾아갔을 때 조교는 냉담한 얼굴로 말했다.

그 수업은 수강생이 많아서 청강생을 안 받아요.

아, 그런가요.

너무나 단호한 거절의 말이 석주를 당혹스럽게 했다. 그녀는 그대로 그곳을 나왔다. 그러나 복도 끝까지 걸어 계단 앞에 섰을 때 약간의 망설임 같은 것이 발걸음을 붙들었다. 그녀는 다시 사무실로 갔다.

혹시, 제가 교수님께 한번 여쭤보면 안 될까요?

그렇게 말하고 석주는 여러 번 침을 삼켰다. 자신의 목소리가 대책 없이 떨리는 것을 들키고 싶지 않아서였다. 그녀에겐 좀처럼 없는 일이었다. 학창시절 내내 그녀는 있는 듯 없는 듯 한 학생이었다. 소수의 친구들과 어울리는 데엔 문제가 없었으나 매사 겁이 많았고, 학교생활에 충실했으나 성적이 뛰어난 편이 아니었다. 그녀에게 삶은 노력과 분투를 통해 획득하는 것이 아니었다. 그녀에게 미래는 모험이라기보다 수용에 가까웠다. 아주 어렸을 때부터 그녀는 삶이 어떤 식으로든 예정되어 있다고 믿었다. 각자에게 주어진 몫이 있다고 여겼고, 그것을 받아들이는 데 거부감이 없었다. 아버지가 사범대에 진학해서 교사가 되라고 권했을 때, 담임이 학력고사를 망친 그녀에게 사학과에 진학하여 교직을 이수하라고 제안했을 때, 군말 없이 따랐던 건 그 때문이었다.

그러세요. 근데 아마 안 될 거예요.

조교는 심드렁하게 대꾸했고 강의 시간을 알려주었다. 한 주 뒤 수요일에 석주는 문과대 301호로 갔다. 강의를 끝내고 나오는 강사를 만나기 위해서였다.

미안하지만 나는 청강생을 받지 않아요. 혹시 조교한테 못 들었나요?

빨간색 트렌치코트를 입은 최민애는 석주의 짐작보다 젊어 보였고, 그 사람의 소설을 읽었을 때 느꼈던 감정, 무너지는 마음의 한 귀퉁이를 고요히 응시하는 듯한 쓸쓸하고 처연한 느낌은 찾아볼 수 없었다. 석주는 소설 안에 어른거리던 정서를 그 사람에게서 찾고 싶었지만 그럴 수 없었다. 잠깐씩 눈이 마주칠 때마다 얼굴이 달아오르고 심장이 두근거린 탓이었다.

석주는 작가를 만나본 적이 한 번도 없었다.

네, 조교 선생님에게 들었습니다.

그녀가 떨리는 목소리로 대답했고 강사가 말했다.

그래요. 양해 부탁해요.

강사가 곧바로 자리를 뜨려고 했으므로 석주는 다급해졌다. 그러나 무슨 말을 더 해야 할지 알 수 없었다. 최민애는 형식적으로 고개를 까닥하곤 그녀를 지나쳐 갔다. 그 순간 그녀의 입에서 이런 말이 튀어나왔다.

저, 저 교수님 책을 다 읽었습니다.

그 말이 강사의 발길을 붙들었다. 석주는 서둘러 말을 이었다.

허, 허락해주시면 방해가 되지 않게, 서, 성실하게 듣겠습니다. 꼭 듣고 싶습니다.

계획하지도, 준비하지도 않은 말들이 쏟아지는 걸 보면서 그녀는 이 수업에 대한 자신의 비밀스러운 열망을 알아차렸다. 국문과 학생들의 대화 속에서 종종 등장하던, 자신과는 상관없다고 여겼던 이 강의에 대한 간절함을 깨닫게 된 거였다.

무슨 과라고 했죠?

최민애가 돌아보았고 그녀가 답했다.

사학과 2학년 홍석주입니다.

그녀는 고개를 숙인 채 대답했다. 막무가내 같은 자신의 이런 행동이 치기나 객기로 보일지 모른다는 생각이 뒤늦게 따라왔다. 그녀는 눈을 깜빡이며 바닥의 한 지점을 주시했다. 그런 식으로 더 단호한 거절의 말을 받아들일 준비를 마쳤다.

그래요, 홍석주 학생. 청강생이라도 예외는 없어요. 작품도 발표해야 하고 과제도 제출해야 해요. 다른 학생들과 똑같이.

할 수 있겠어요?

석주가 놀란 표정으로 고개를 들었다. 강사는 그녀의 대답을 기다리듯 잠시 숨을 골랐다가 몇 걸음 다가왔다. 그러곤 얼빠진 얼굴로 서 있는 석주에게 당부했다.

조교한테 말해놓을 테니 수업 계획서를 받아가세요. 미리 읽어야 하는 책들이 있어요. 가능하면 청강한다는 이야기는 주변에 하지 않았으면 좋겠네요.

네.

석주는 반사적으로 대답했고 강사의 뒷모습이 멀어져서 보이지 않게 된 후에야 긴 숨을 내쉬었다. 그리고 정식 강의가 시작되기 전 일주일 동안 도서관에 틀어박혀 수업 계획서에 적힌 책들을 순서대로 읽어나갔다.

인문대학과 사범대학, 교양강의동 사이에 우뚝 선 도서관은 그녀가 자주 들르는 장소였지만 편안함을 느낄 순 없었다. 위압적일 정도로 높은 층고와 빽빽하게 자리한 서가, 분주하게 오가는 사람들의 모습에 늘 얼마간 압도되는 기분을 느낀 탓이었다.

대학에 들어가기 전까지 석주는 이처럼 거대한 도서관을 본 적이 없었다.

유년 시절, 석주는 동네에 딱 하나뿐인 작은 구립도서관에 자주 갔다. 중학생이 되기 전까지 그녀가 주로 시간을 보내던 곳은 일층의 아동 열람실이었고, 그곳에서 삽화가 많은 위인전과 사진이 주를 이루는 도감, 만화 시리즈물을 즐겨 읽었다. 읽는다기보다는 구경했다는 표현이 더 정확했다. 대부분의 시간은 동생 희주와 장난을 치고 티격태격하다 지하 매점으로 달려가 군것질을 한 뒤 열람실 한쪽에서 꾸벅꾸벅 졸음에 빠지곤 했다.

중학생이 되고 나서 그녀는 이층의 성인 열람실을 기웃거리기 시작했다. 그러나 엄숙할 정도로 조용한 그곳이 자신의 출입을 묘하게 막아서는 듯했으므로 발을 들여놓기까지는 긴 시간이 걸렸다. 그곳의 책들은 아동 열람실의 그것들과는 달랐다. 다정하게 인사를 건네는 듯한, 상냥하게 악수를 청하는 듯한 책들은 찾아볼 수 없었고, 모든 책이 엄숙한 표정으로 그녀를 주시하고 있었다. 손을 뻗어 책을 꺼낼 엄두는 나지 않았다. 그래서 한동안은 긴장한 얼굴로 서가 사이를 얌전히 걸어다니기만 했다. 그리고 강렬한 호기심을 불러일으키는 몇 권의 책이 용기를 불어넣었다.

그리스신화와 민담을 수집한 책, 우주와 별자리를 소개한 책, 한국전쟁의 비화를 기술한 책, 유명한 피아니스트의 고백록과 조선시대 왕의 초상화 도록까지.

석주는 거의 매주 책을 대출했다. 책 가장 뒷면, 도서 대출 카드에 이름과 날짜, 회원 번호를 쓴 뒤 사서에게 제출하고 확인을 받는 방식이었다. 책이 귀한 시절이었다. 나달나달한 책장은 낱장으로 분리되기 일쑤였고, 밑줄이 그어져 있거나 몇 페이지가 통째로 사라진 경우도 흔했다. 끝까지 읽지 못하고 반납하는 책이 허다했지만 석주는 새로운 책에 대한 호기심을 억누를 수 없었다.

그녀의 관심사는 차츰 넓어졌다. 그러나 이렇다 할 목적 없이, 즉흥적이고 충동적으로 확장되는 그것은 여전히 호기심 차원에 머물러 있었다. 석주가 책을 선택하는 것처럼 보였지만 책이 그녀를 선택하는 것에 가까웠다.

이런 독서 패턴에 변화가 생긴 건 고등학교에 진학한 후였다.

그즈음 석주는 한 가문의 흥망성쇠를 삼대에 걸쳐 다룬 이야기에 빠져들었다. 한겨울 간이역의 풍경을 담은 시에 매료됐고, 고향집을 뒤로한 채 눈길을 걸어가는 누군가의 뒷모습에 마음을 빼앗겼다. 어쩐지 자신과 닮은 듯한 인물에게 알 수 없는 연민을 느꼈고, 어떤 책들은 책장이 넘어가는 게 아쉬워 하루에 정해진 분량만을 읽었다. 책날개에 실린 흐릿한 작가의 사진을 골똘히 내려다보고, 노트에 인상적인 문장을 옮겨 쓰고, 평생 잊을 수 없는 작가의 이름과 작품의 제목을 간직하게 된 것도 그 무렵의 일이었다.

그녀는 내면에 뚜렷한 흔적을 남기는 그 책들의 유사점을 구체적으로 고민해보진 못했다. 그저 넓게 퍼져나가던 관심사에 미미한 구분점이 생겨나고 있음을 막연하게 짐작했을 뿐이었다.

대학에 진학한 후에도 달라진 건 없었다.

국문과 학생이 대부분인 그 동아리에서 그녀는 문학을 좋아하는 이방인 취급을 받았다. 그들은 그녀를 환대했지만 속한다는 느낌을 주진 않았다. 문학을 그저 취미 정도로 향유하는 그녀를 문학 속으로 뛰어드는 자신들과는 다른 존재라고 여겼다. 그녀는 언제나 멀찍이 떨어져 있었다. 문학에 대한 절실함과 간절함을 독점하는 듯 구는 그들로부터.

수업 계획서에 적힌 책들을 순서대로 읽어나가던 그 일주일 동안, 석주는 자신이 다만 문학을 취미 정도로 여기고 있지 않음을 어렴풋이 깨달았다. 늦은 오후가 되면 도서관 창으로 붉고 진한 노을이 밀려들었다. 이따금 그녀는 다음 단어로, 다음 문단으로, 다음 페이지로 숨가쁘게 달음질치려는 자신을 다독이듯 창 너머로 시선을 옮겼다. 그러면 자신에게는 허락되지 않을 거라 여겼던, 감히 자신이 발을 들여놓을 거라고 상상하지 못했던 그 세계가 너그럽고 인자한 얼굴로 자신을 바라보는 것 같았다.

*

목요일 오전 열시, 두 시간가량 이어지는 최민애의 수업엔 대략 서른 명의 학생이 있었다.

첫날, 석주는 강의실 맨 뒷자리에 앉았다. 그녀는 누군가의 발표가 끝나면 박수를 치고, 웃음이 터지면 가만히 따라 웃는 식으로 수업에 참여했지만 자신이 초대받은 사람이 아니라는 생각을 잊지 않았다. 몇 주가 지난 어느 날, 최민애가 거의 그녀의 고정석이나 다름없는 뒷자리를 가리키며 말했다.

거기, 홍석주 학생이 한번 말해볼래요?

한 학생의 소설에 대해 여러 학생이 돌아가며 의견을 밝히고 있을 때였다. 스무 살의 청년이 어린 시절 전쟁통에 헤어진 어머니를 찾아가는 이야기는 감동적인 부분이 없지 않았으나 맥빠진다는 느낌을 지울 수 없었다. 청년을 제외하면 등장인물이 거의 없다는 점, 대부분의 서술이 독백과 고백으로 이뤄져 있다는 점, 체념적이고 우울한 청년의 감정이 몇 페이지에 걸쳐 반복된다는 점도 부적절해 보였다. 마음에 걸리는 건 더 있었다. 소설은 청년이 멀리서 걸어오는 어머니를 바라보는 것으로 끝이 났다. 어렸을 때 헤어진 어머니와는 인사조차 나누지 못하고 이야기가 끝난 거였다.

모두의 시선이 일제히 석주를 향했다. 그때까지 그녀의 존재를 알아차리지 못했던 몇몇 학생 눈에 놀라운 기색이 어른거렸다.

아, 네. 저, 저는.

그녀는 황급히 복사물을 내려다보며 더듬거렸다. 그러면서 앞쪽 창가에 앉은 그 소설의 주인을 흘끔거렸다. 검은 뿔테안경을 쓴 남학생은 고개를 숙이고 있었다. 고개를 들 생각도 못하고, 어떤 처분을 기다리듯 그 순간의 긴장을 견디고 있는 듯했다.

저는 이 소설을 두 번 읽었는데요. 처음 읽을 때는 이야기에 집중했고, 두번째 읽을 때는 인물의 감정을 조금 더 생각하게 됐어요.

그녀는 반복적인 심리묘사가 지루하게 느껴진다는 말은 하지 않았다.

주인공이 어머니를 만나게 되기까지 꽤 긴 시간이 걸리는데, 저는 그 과정이 이 두 사람 사이의 거리감처럼 보였어요.

결말이 다소 허무하게 느껴진다는 감상도 밝히지 않았다.

주인공이 어머니와 만나는 장면이 짧은 듯해서 아쉬운 마음이 들었는데, 독자가 상상할 수 있는 여지를 남겨준 것 같기도 합니다.

어쩌면 소설은 그 장면에서부터 시작했어야 하는 게 아닐까, 하는 의견도 속으로 삼켰다.

석주가 고개를 들었을 때, 그 소설의 주인과 잠깐 눈이 마주쳤다. 남학생은 그녀 쪽을 주시하다 눈이 마주치자 황급히 고개를 돌려버렸다.

만약 본인이 이 소설을 고친다면? 어떤 부분을 고치겠어요?

강사가 물었다. 석주의 의견이 두루뭉술하다고 여기는 게 분명했다. 그녀를 바라보는 최민애의 표정은 보다 분명하고 단도직입적인 의견을 요구하고 있었다.

네? 아, 고친다면. 제가 이 소설을 고친다면.

그녀는 복사물의 귀퉁이를 만지작거렸다.

정답이 있는 문제는 아니죠. 사람에 따라 의견은 다를 수 있는 거니까요.

최민애의 말투는 부드러웠으나 석주는 쉽게 입을 떼지 못했다. 솔직하게 감상을 밝히는 것이 이미 칭찬과 격려와는 거리가 먼 여러 날카로운 의견으로 마음을 다쳤을 그 남학생에게 마지막 일격을 가하는 것처럼 느껴졌다.

석주는 아무 말도 하지 못했다. 어색해지는 분위기 속에서 은근하게 쏟아지는 시선을 묵묵히 견뎠다. 그것은 의기소침해 보이는 듯한 남학생 때문은 아니었다. 당시엔 얼마간 그를 배려한다고 여겼으나 그건 그저 누군가의 마음을 상하게 하고 싶지 않기 때문이었다. 그녀는 나쁜 사람이 되고 싶지 않았다.

우리가 이 자리에서 함께 소설을 읽는 이유는 서로에게 좋은 말을 해주기 위해서가 아니에요. 이야기 안에서 빈틈을 찾고 부족한 점을 보완하기 위해서죠. 뭔가를 배우는 데는 어려움이 따릅니다. 남의 글을 냉정하게 보세요. 자신의 글을 볼 때는 더 냉정해져야 하고요.

수업이 끝날 무렵 최민애는 그렇게 충고했다. 강사가 자리를 뜨고 학생들이 짐을 챙겨 나간 뒤에도 석주는 우두커니 자리에 남아 있었다. 강사의 말이 자신을 겨냥한 것처럼 느껴져서였다.

주로 인문대학의 전공 수업이 열리는 그 강의실은 한낮에도 빛이 거의 들지 않아 침침했다. 나무 교탁과 칠판, 일인용 책상이 전부인 그곳은 영상 장비와 컴퓨터 등이 구비된 상과대학과 공과대학 강의실에 비해 단출하고 초라하다는 인상을 주었다.

그녀는 빈 강의실을 훑어보았다. 스스로에 대한 실망감과 부끄러움이 잦아들자 강의실에 깃든 세월의 흔적들이 눈에 들어왔다. 석주는 처음으로 그 강의실의 내력을 상상했다. 긴 세월 이곳에서 이뤄진 수많은 강의에 대해, 그 강의에서 더디게 반짝이는 뭔가를 발견하고, 느리게 뭔가를 깨친 학생들에 대해. 석주는 이름도, 얼굴도 알지 못하는 그들에게 깊은 동질감을 느꼈다. 미숙하고 서투른 상태로 수업에 임했던 사람이 자신 혼자만은 아니었을 거라는 생각이 들었고, 그것이 얼마간 위안이 되었다.

석주는 짐을 챙겨 강의실을 나섰다. 그리고 무심코 고개를 돌렸을 때, 허름해서 칙칙한 느낌까지 주는 그 강의실이 달라 보였다. 뭐랄까. 자신과 무관하다고 여겼던, 자신에겐 허용되지 않을 거라고 믿었던 어떤 세계 속에 자신이 틀림없이 속해 있다는 생각이 들었다.

석주는 사학과 전공 수업 세 과목과 기본 교양 수업 두 과목을 수강하고 있었지만 최민애의 소설 강의만큼 신경쓰지 못했다. 매주 학생들의 소설 발표가 이어졌고 읽어야 할 도서 목록이 계속 추가되었기 때문이다. 게다가 10월 마지막 주에는 그녀의 소설 발표가 예정되어 있었다.

그날은 비가 왔다.

강의실엔 평소보다 무거운 분위기가 흘렀다. 축축하고 쌀쌀한 공기 탓에 학생들의 표정이 유독 냉담하게 보였다. 그건 긴장감에서 비롯된 착각이 분명했지만 마음이 말할 수 없이 움츠러들었다. 자신의 차례가 되었을 때 그녀는 자리에서 일어나 자신이 쓴 소설에 대해 간략하게 소개했다. 그녀의 말은 부드럽게 이어지지 않았고, 부자연스럽게 뚝뚝 끊어졌다. 마치 한국어에 익숙하지 않은 외국인이 서투름을 들키지 않으려고 애를 쓰는 것 같았다. 소개가 끝나고 자리에 앉았을 때 석주는 떨리는 기색을 들키지 않으려던, 무덤덤한 모습을 보이려던 자신의 노력이 실패로 끝났음을 알았다. 볼에 손을 갖다대자 열기가 느껴졌고 심장 뛰는 소리가 귓속으로 돌진해왔다.
 그녀가 처음으로 쓴 원고지 오십 매 분량의 그 소설은 작은 식당을 개업한 젊은 부부에 관한 이야기였다. 실내에 페인트칠을 하고, 조명을 달고, 테이블과 각종 집기를 들여놓는 부부의 모습에서 출발한 그 이야기는 저녁 무렵 마침내 고대하던 첫 손님을 맞이하는 데서 끝이 났다. 석주는 그 소설에 '개업 첫날'이라는 제목을 붙였다.
 자, 그럼 이 소설에 대한 감상을 자유롭게 말해볼까요?
 강사가 말했고 맨 앞에 앉은 학생이 손을 들었다. 열의에 찬 부부의 모습이 인상적이긴 하지만 서사에 생동감이 없다는 그 학생의 의견에 여러 학생이 공감하듯 고개를 끄덕였다. 이 소설이 일기처럼 느껴지는 건 사건이 부재하기 때문이라는 감상이 이어졌다. 부부의 캐릭터가 뚜렷하게 구분되지 않는 점, 가게의 모습이 구체적으로 그려지지 않는 점, 대사가 어색하다는 지적도 나왔다. 이어 시대의 문제를 외면한 채 사소한 이야기에 골몰하고 있다는 비판이 따라 나왔다. 그 무렵엔 대학가를 중심으로 번지던 학생운동의 열기가 사그라지고 있었으나 여전히 시대를, 사회를 고민하는 학생들이 많았다. 그러니까 그 비판은 석주가 지금껏 비밀스레 간직해온 내면의 어떤 비겁함을 정확하게 꼬집는 것 같았다.

전방을 주시하던 석주는 어느 순간 고개를 숙여버렸다. 어쩐지 점점 형편없이 느껴지는 자신의 소설이 창피해 견딜 수가 없었다. 여러 번 고쳐쓰며 제법 괜찮다고 여겼던 몇몇 장면마저 한심할 정도로 미흡해 보였다.

한동안 그녀는 질책하듯 쏟아지는 의견을 잠자코 듣기만 했다.

잠깐씩 사람들의 말이 끊어지면 거의 진공과 같은 상태 속에서 자신의 얄팍한 경험과 알량한 인식의 평가서 같은 그 소설이 바로 보였다. 도서관에서 읽었던 소설들과 까그득하게 수준 차이가 나는, 그래서 소설이라고 부르기도 민망한 그 글의 부족함이 뚜렷해졌다.

그런데요. 소설에 부부의 이름이 나오지 않는데, 이유가 있나요?

누군가 질문했을 때, 그녀는 엉뚱한 대답을 했다.

그때까지 언급되지 않았던 소설 속의 문제들. 사람들이 미처 발견하지 못했던 단점들을 하나씩 끄집어냈고, 억지스러워 보이는 지점들을 들춰냈다. 문장의 사소한 오류를 지적했고, 거의 눈에 띄지 않는 허술한 부분을 조목조목 나열했다. 그것은 거의 실토나 자백처럼 여겨질 정도였지만 석주 자신조차도 숨가쁘게 쏟아져나오는 그 말들을 어쩌지 못했다. 그녀의 말투는 냉정해지고 건조해졌다. 그럴수록 소설은 자신으로부터 멀어져서 말을 마칠 무렵엔 자신과는 아무런 상관이 없는 타인의 글처럼 느껴졌다.

석주의 말이 끝나자 무거운 정적이 내려앉았다. 의아함과 당혹스러움이 뒤섞인 시선이 그녀를 향했다. 그녀는 고개를 숙인 채 숨을 내뱉었다. 뭔가 돌이킬 수 없는 짓을 저질렀다는 후회 속에서도 약간의 후련함과 홀가분함이 느껴졌다.

그게 본인 소설에 대한 평가인가요?

물끄러미 그녀를 바라보던 최민애가 물었다. 그녀가 고개를 끄덕이자 최민애는 고개를 저으며 혼잣말처럼 중얼거렸다.

너무 인색한 평가군요.

그날 수업이 끝나기 전에 최민애는 이렇게 당부했다.

작품을 냉정하게 보라는 건 단점에 집중하라는 의미가 아니에요. 그 작품이 지닌 고유한 지점, 빛날 수 있는 가능성을 발견하라는 의미기도 하죠. 좋은 점을 찾는 건 부족한 점을 찾는 것보다 어렵습니다. 부족한 부분에서 잠재성을 발견하는 건 더 어려운 일이고요.

모두에게 하는 말이었지만 석주는 그 말이 자신을 겨냥한다고 느꼈다. 좀처럼 그 수업 방식에 적응하지 못하는 자신의 서투름과 미숙함을 우회적으로 질타하는 것이라고 여겼다. 그럼에도 12월 첫째 주, 종강 날까지 그녀는 성실하게 수업에 나갔다. 그리고 한 주 뒤, 기말고사가 시작되는 월요일에 조교의 연락을 받고 국문학과 사무실로 갔을 때, 조교가 무뚝뚝한 얼굴로 서류 봉투를 하나 내밀었다.

교수님이 주고 가셨어요. 가져가세요.

봉투 귀퉁이에 '홍석주 학생에게'라는 글자가 날렵한 필치로 쓰여 있었다. 그녀는 사무실을 나와 복도 끝까지 걸어간 뒤 봉투를 열었다. 최민애의 책이었다. 주홍빛 표지에 '스마일 극단'이라는 제목이 적혀 있었다. 창을 통과한 햇살이 푸르스름한 표지의 한 부분을 환하게 비추었다. 그녀는 복도를 지나는 한 무리의 학생들이 멀리까지 가고 난 뒤에야 조심스레 표지를 넘겼다.

홍석주 학생에게
한 학기 동안 수업 듣느라 고생 많았어요.
학생에게도 의미 있는 시간이었기를 바라며,
최민애

그녀는 한 손으로 표지를 살짝만 들춘 채 짧은 그 문장을 읽고 또 읽었다. 약간은 기울어진 듯한 획들과 조금씩 너비가 다른 자간들 사이에서 숨은 의미를 읽어내려는 듯이. 아니, 그녀는 그 문장이 머금고 있는 다정한 기운을 금세 알아차렸다. 그래서 한동안은 믿을 수 없다는 표정으로 그 문장을 보고 또 보는 데 정신이 팔렸다. 경직된 마음의 한 부분이 물러지면서 어떤 감정이라 할 만한 것이 부드럽게 퍼져나왔다.

복도를 질주하는 한 학생의 요란한 발소리가 그녀의 몰입을 깨웠다. 그녀는 정신을 차린 듯 책을 다시 봉투 속에 넣은 다음 건물을 빠져나왔다. 그런 후엔 사람들로 붐비는 캠퍼스를 가로질러 다음 시험이 예정된 교양강의동으로 향했다. 추운 날씨였지만 한기를 느낄 수 없었다. 쌀쌀한 겨울의 정오 속에서 꺼지지 않는 어떤 강력한 온기를 손에 쥔 사람은 자신 하나뿐인 것 같았다.

*

그녀가 처음 썼고, '개업 첫날'이라는 제목을 붙였던 그 소설은 부모의 삶에서 힌트를 얻은 것이었다.

그녀의 부모는 작은 중국집을 운영했다.

잘 기억나지도 않는 어린 시절부터 그녀는 식당 한쪽에 딸린 작은 방에서 홀로 시간을 보냈다. 다섯 살 터울의 동생 희주가 태어난 후에는 희주를 돌보는 일까지 얼마간 나눠 가져야 했다. 문이 제대로 닫히지 않던 옷장과 이불을 쌓아두던 오단 서랍장, 문갑 위 텔레비전과 자매가 책상을 겸해 쓰던 밥상까지. 그곳이 네 식구가 생활하기엔 비좁은 공간이었음을 석주는 어른이 된 후에야 깨달았다. 어릴 때엔 그 방이 좁다는 생각을 하지 못했고, 석주가 중학교에 진학할 무렵엔 부모가 살림집을 따로 얻으면서 그 방에 대한 기억이 흐려졌기 때문이다.

작달막한 체구의 아버지는 강인하고 성실한 사람이었다. 그는 매일—한 달에 휴무일은 단 두 번이었다—이른 아침,

화구에 불을 붙이고 영업이 끝나는 저녁까지 묵직한 웍을 돌리며 음식을 만들었다. 주문이 뜸한 시간에도 화구 앞을 벗어나는 일은 좀처럼 없었다. 불 앞에 선 아버지의 뒷모습은 석상 같았고, 어떤 책무를 수행하는 파수꾼 같기도 했다.

마르고 긴 체형의 어머니는 몸이 약한 편이었다. 그럼에도 과연 할 수 있을까 싶은 일들을 묵묵히 해냈다. 손님이 오면 주문을 받고 음식을 내오고, 홀에서 벌어지는 온갖 돌발 상황에 침착하게 대처했다. 어린 시절, 석주에겐 어머니를 대표하는 몇 개의 이미지가 있었다. 코가 매워지는 파스 냄새와 기름때가 묻어 반질반질하게 변한 손목 보호대, 목에 두른 손수건과 허리에 묶은 주홍빛 앞치마 같은 것들. 그것들이 자신의 노동에 충실한 사람만이 가질 수 있는 구체적이고 세부적인 표상임을 그녀는 시간이 더 흐른 뒤에 알게 되었다. 자신의 부모가 부모의 역할에 얼마간 서투르고 소홀했다는 사실도.

어른이 된 후, 석주는 어린 시절 자신이 너무나 긴 시간을 홀로 보냈다는 생각을 자주 했다. 그러면 거의 방치되다시피 했던 그 어린아이가 가엾고 애처롭게 느껴졌다. 자신 안의 소극적이고 회의적인 면모는 그때 형성된 것이 아닐까 하는 의문이 들 때도 있었다.

부모를 원망한 적은 없었다.

부모의 삶은 그녀가 미처 다 헤아릴 수 없는 여백으로 가득했지만, 그들에게 주어진 삶이 편하거나 풍족하지 않음을 짐작할 수 있었다. 그들에게 삶은 예측하거나 대비할 수 있는 것이 아니었다. 개척하고, 투쟁하고, 쟁취하는 대상도 아니었다. 그들은 삶이 내주는 과제들을 담담하게 수용하는 방식으로, 기꺼이 감당하는 방식으로 삶에 순종했다. 평생 그악스럽고 억센 것과 거리가 멀었던 그들의 모습은 그런 태도 덕분인 것 같았다.

이 년 뒤 겨울, 석주는 대학교를 졸업했다.

졸업식에는 가족이 왔다. 아침부터 흩날리던 눈발은 거세져서 네 사람이 학교 앞에 도착했을 때는 길 위에 하얗게 눈이 쌓이는 중이었다. 정문 앞은 차와 사람으로 붐볐고, 가뜩이나 좁은 길이 꽃다발과 기념품, 간식거리를 파는 노점으로 더 비좁았다. 어머니가 커다란 꽃다발 하나를 샀다. 네 사람은 인파 속에서 가까워졌다가 멀어지기를 반복하며 정문을 통과했다. 호기심어린 눈으로 주변을 둘러보는 희주 뒤에서 아버지와 어머니가 긴장한 듯 자주 옷매무새를 가다듬었다.

과 사무실에 들렀다가 올게.

그녀는 학위 수여식이 열리는 대강당에 세 사람을 데려다주고 자리를 떴다. 졸업 가운과 학사모를 착용하고 강당으로 돌아왔을 때 세 사람의 모습은 보이지 않았다. 졸업생들을 에워싼 하객 무리 어딘가에 자리를 잡은 모양이었다.

총장의 축사가 끝나자 학과 대표들이 차례로 올라와 소회를 밝혔다. 자기 분야에서 나름의 성공을 거둔 선배 졸업생들의 축사가 이어졌고, 재학생들의 축하 무대가 열렸다. 학위 수여는 몇몇 우수 졸업생에게 표창을 시상한 뒤 약식으로 이뤄졌다.

오늘 졸업하는 여러분이 우리 사회에 꼭 필요한 훌륭한 인재로 거듭나기를 기원합니다.

사회자가 큰 소리로 맺음말을 하자 박수와 환호 소리가 터져나왔다. 몇몇 학생이 기다렸다는 듯 학사모를 높이 던졌고, 여럿이 어깨동무를 하고 제자리에서 뛰어오르는 학생들도 있었다. 석주는 그런 흥분과는 아무 상관 없는 사람처럼 순서를 기다렸다가 교수들과 악수를 나누었다.

석주, 응원한다.

오교수가 그녀의 어깨를 토닥이며 말했다. 사학과 교수 중 젊은 축에 속하는 그는 예비 졸업생들의 진로 상담을 맡고 있었다. 졸업 전 이뤄진 두 번의 면담에서 석주는 그에게 교사가 될 자신이 없다고 털어놓았다. 그는 다시 생각해보라거나 성급한 결정이라거나 하는 조언은 일절 하지 않고, 그녀의 말이 끝날 때까지 기다렸다가 물었다.

　왜, 해보고 싶은 다른 일이 있니?

　그녀는 글을 쓰고 싶다고 말하지 않았다. 문학을 배우고 싶다고 말하지도 못했다. 교사가 되는 것은 자신의 꿈이 아니고, 아버지의 희망사항이라는 말도 꺼낼 수 없었다. 그녀는 장래에 대해 더 고민해보고 싶다고 답했다. 갈팡질팡하는 여러 생각 속에서 확실한 건 그 정도 말뿐인 것 같았다.

　그래, 조급해할 거 없지. 나중에 돌아보면 지금 네 나이가 얼마나 어린지 알게 될 거야. 뭐든 도전해볼 수 있는 나이지. 그래야 하고.

　오교수는 그렇게 답했고, 더는 면담에 부르지 않았다.

　그동안 감사했습니다, 교수님.

　그녀는 오교수에게 고개를 숙였다. 갑자기 목이 멘 듯 목소리가 나오지 않았다. 게다가 주변에 서 있던 동기들이 갑자기 노래―〈스승의 은혜〉였다―를 부르기 시작한 탓에 그녀의 목소리는 금세 지워져버렸다. 그녀는 교수들과 동기 대부분이 자리를 뜬 뒤에 천천히 강당을 빠져나왔다. 그사이 눈은 그쳐 있었다. 흐린 날이었지만 교정은 학생들과 그들의 가족이 만들어내는 활기로 북적거렸다.

　다른 학생들처럼 석주도 학사모를 쓴 채 몇 장의 사진을 찍었다. 아버지와 어머니, 희주가 곁에 와 나란히 섰다.

자, 웃으세요, 웃어요. 찍습니다!

빵모자를 쓴 출장 사진사가 소리쳤다. 석주는 입꼬리를 힘껏 끌어당기면서도 자신이 웃는 표정을 짓고 있는지 확신할 수 없었다. 고개를 돌리면 겨울 교정의 풍경이 눈에 들어왔다. 사 년간 열여섯 번의 계절을 경험한 곳이었지만 이상하게 모든 게 낯설었다. 맞은편 본관 건물과 그 너머의 문과대학 건물. 상경대학 쪽으로 이어지는 숲길과 중앙 도서관의 뾰족한 지붕 모양까지. 익숙했던 것들이 그녀로부터 천천히 등을 돌리는 듯했다. 그곳은 어제까지 이곳에 속한 사람이었다가 이제 이방인이 되어버린 그녀를 떠나보낼 준비를 마친 것 같았다.

그녀는 이곳을 떠나야 한다는 게 믿기지 않았다. 이곳을 떠나 자신이 가야 할 세계가 어디인지 가늠할 수 없었다. 석주에게 장래는 잿빛 구름이 깔린 흐린 하늘의 모습과 다를 바 없었다.

네 사람이 앞서거니 뒤서거니 하며 교정을 빠져나올 때 어머니가 물었다.

그나저나 집에서 가까운 학교에 발령이 나면 좋을 텐데. 그건 석주 네가 정할 수 없는 거지?

그녀를 돌아보는 어머니의 얼굴에선 의혹의 흔적을 발견할 수 없었다. 자신의 큰딸이 막 대학을 졸업했고, 머지않아 교사가 될 거라는 데 한 치의 의심도 없는 목소리였다.

발령은 무슨. 일단 시험부터 봐야지, 안 그러냐? 시험을 통과해야 공립학교에 들어갈 수 있는 거 아니야?

들뜬 아버지의 목소리가 끼어들었다.

네.

석주의 시선이 바닥으로 향했다. 아버지는 경쾌한 목소리로 말을 이었다.

급할 건 없다만 늦지 않게 준비해라. 시험도, 공부도 다 때가 있는 법이니까. 그래, 시험 일정은 알아본 거야?

이제 알아보려고요.

쌓였던 눈이 녹으면서 군데군데 질퍽한 웅덩이가 생겨나고 있었다. 희주가 장난을 치듯 웅덩이를 뛰어넘을 때마다 흙탕물이 튀어올랐다.

여유 있게 알아봐라. 뭐든 미리미리 준비해야지. 시기를 놓치면 괜히 허송세월한다.

몇 걸음 앞서 걷던 아버지가 걸음을 늦추며 말했다. 아버지의 검은 구두 여기저기에 흙이 말라붙어 있었다. 일 년에 서너 번, 특별한 행사가 있는 날에만 신는데도 구두는 주름이 잡히고, 뒤축은 색이 바래 볼품이 없었다.

사실은 결정을 못했어요.

석주가 아버지의 뒷모습을 향해 말했다. 자신조차 놀랄 정도로 큰 목소리였다. 뭐랄까. 아버지가 몸을 돌리기 전에, 자신과 눈을 맞추기 전에 말을 끝내야 한다는 조바심이 순간적으로 그녀를 사로잡은 것 같았다.

결정을 못했다니, 무슨 말이야? 왜, 시험을 당장 볼 수 있는 게 아니야? 뭘 더 준비해야 하는 거냐?

아버지가 걸음을 멈추고 그녀를 돌아보았다. 한두 걸음을 사이에 두고 두 사람의 시선이 스치듯 만났다. 아버지의 눈에 아직은 심각하지 않은, 미약한 의심의 기색이 어른거리는 듯했다. 그녀는 자꾸 아래로 향하는 고개를 세우고 아버지와 눈을 맞추었다.

그냥 잘 할 수 있는 일이 뭔지 찾아보고 싶어요.

왜, 무슨 문제라도 있어? 어떤 자격이 더 필요한 거냐?

그때까지도 아버지의 눈엔 순수한 호기심뿐이었다. 그녀는 삐뚜름한 아버지의 넥타이를 보는 중이었다. 급하게 묶은 듯 매듭이 한쪽으로 치우쳐 있었다. 그것이 그녀의 말문을 막았다. 지금부터 자신이 하게 될 말이 아버지에게 실망을 안기는 것이자 아버지의 기대에 어긋나는 것임을 잘 알고 있었기 때문이다.

석주는 용기를 냈다.

아니, 교사 말고, 진짜 하고 싶은 일이 뭔지 고민해보고 싶어요. 교사가 되고 싶은지 잘 모르겠어요.

아버지의 당혹스러운 시선이 그녀를 지나쳐 먼 쪽으로 달아났다. 그녀의 곁에 서 있던 희주가 그녀의 팔을 세게 붙잡는 게 느껴졌다.

아이, 얘는 고민하긴 뭘 고민을 해. 사 년간 공부한 거 아깝지도 않아? 일단 시험부터 봐. 보고 나서 고민해도 안 늦어. 시험은 봐야지.

어머니가 나섰지만 얼어붙은 분위기는 풀어지지 않았다. 오가는 사람들이 길가에 멈춰 선 네 사람을 빠르게 지나쳐 갔다. 석주는 한마디 더 했다.

몇 달만. 아니, 딱 두 달만 고민해보고 결정할게요.

처음 듣는 딸의 단호한 목소리에 어머니는 놀란 것 같았다.

그래, 그렇게 해라.

한참 만에 아버지는 무덤덤한 목소리로 그렇게 대꾸했다. 무슨 말을 더 할 것처럼 입을 열었지만 그대로 돌아서서 교문을 향해 걸었다.

우리는 그만 갑시다.

교문 앞에 이르러 아버지가 말했고 어머니가 의아한 표정으로 되물었다.

왜요? 같이 점심 안 먹고요?

오후에라도 가게 문을 열어야지. 장사하는 사람이 말도 없이 문을 닫으면 되나.

아버지의 얼굴은 평온해 보였지만, 석주 쪽으론 시선을 주지 않았다. 누구보다 잘 안다고 생각했던 딸이 돌연 타인처럼 변해버린 탓에 얼굴을 바로 볼 엄두가 나지 않는 듯했다. 그녀는 아버지의 마음이 얼마간 다쳤음을 깨달았다.

그래도 애 졸업식인데. 같이 밥도 안 먹고 가요?

졸업식 봤으면 됐지.

아니, 그래도 졸업식 날인데. 평생 딱 하루 있는 날이잖아.

이런 상황을 예상하지 못한 듯 우물쭈물하고 있는 어머니를 두고 아버지는 성큼성큼 앞서 걷기 시작했다. 결국 어머니가 자매에게 눈짓을 하고 아버지를 뒤쫓아갔다.

아, 언니. 나중에 말하지. 아이, 어떡해, 우리도 따라가? 말아?

희주가 소곤거렸다. 그녀는 마음을 정하지 못한 채 멀어지는 부모의 뒷모습을 눈으로 좇았다. 마음속에서 뒤늦은 후회와 죄책감이 조용히 모습을 드러내고 있었다. 그리고 인파 속에서 누군가 성큼성큼 두 사람을 향해 다가왔다.

아버지였다.

점심값을 준다는 걸 깜빡했구나. 희주랑 같이 맛있는 거 먹고 들어와라. 졸업 축하한다.

아버지가 지갑을 열어 만원짜리 두 장을 건넸다. 그런 후에는 그녀를 향해 웃어 보였다. 기념사진을 찍을 때 그녀가 잠깐 엿보았던, 어색함에 어쩔 줄 몰라하며 웃으려고 애를 쓰던 그 부자연스러운 미소였다.

석주는 말없이 그 돈을 받았다.

그날 자매는 인근 경양식집에서 돈가스를 먹었다. 커다란 접시에 얇은 돈가스 한 덩이와 스위트콘, 오이샐러드가 함께 나왔다. 많은 손님을 예상하지 못한 듯한 가게 안은 붐볐고, 이따금 항의하는 사람들의 목소리가 커지곤 했다. 그녀는 튀김옷이 거무스름하게 탄 돈가스를 꼭꼭 씹어 삼켰다. 경솔했던 자신의 행동을 뉘우치듯, 스스로에게 벌을 주듯.

석주는 봄이 지나고 여름이 갈 때까지 직장을 구하지 못했다. 아버지가 물으면 알아보고 있다고 답했고, 어머니의 걱정스러운 시선을 모르는 척 넘겼다. 낮에는 가게에서 부모의 일을 거들고, 밤에는 쪽글을 끄적거리던 반년 남짓한 그 시간은 단조롭고 무미건조해서 그녀의 삶에 아무런 흔적도 남기지 않은 듯했으나 그녀가 자신을 알기에 부족하지 않은 시간이었다. 그 시간이 그녀에게 가르쳐준 것은 당시에는 모호해서

드러나지 않았지만 세월이 지날수록 더 또렷해지는 방식으로 그녀의 삶에 영향을 미쳤다.

*

 그해 가을, 석주는 스물넷의 나이로 교한서가의 교열자로 입사했다.
 북적이는 대학가 서점의 게시판에서 그 회사의 공채 소식을 보았고, 반신반의하며 원서를 냈으나 석주는 자신이 합격할 거라곤 예상하지 못했다.
 필기시험이 치러지는 회의실이 빼곡할 정도로 지원자가 많기도 했고, 흡사 철학 논문처럼 여겨지는 두 장짜리 원고를 교정, 교열하는 시험이 너무나 어렵게 느껴진 때문이었다. 그래서 아무런 기대 없이 임했던 면접시험이 끝나고 최종 합격 소식을 들은 후에도 며칠간 이 일을 아무에게도 말하지 않았다. 착오가 있을지 모른다고 생각한 탓이었다.
 교한서가 사옥은 번화가 한가운데에 있었다.
 서두른다고 서둘러도 이른 아침 버스 정류장은 늘 사람들로 붐볐다. 버스가 멈춰 설 때마다 사람들이 한쪽으로 몰려가곤 했으므로 만차가 되기 전에 타려면 버스가 정차하는 지점으로 미리 뛰는 수밖에 없었다. 용케 버스에 오른 뒤에도 사람들이 계속 밀고 들어왔으므로 바깥 날씨와는 무관하게 몸이 구겨진 채로 땀을 흘려야 했다.

오전 아홉시가 가까워지면 대부분의 승객이 하차하는 번화가 일대는 출근하는 사람들로 가득찼다. 석주는 마치 군단처럼 여겨지는 인파 속에서 걸음을 옮기다가, 횡단보도 신호를 기다리다가 무심코 고개를 들었다. 그러면 오층짜리 건물이 햇살을 받아 은빛으로 빛났다. 건물이 스스로 빛을 뿜어내는 듯한 그 찰나의 모습은 석주가 한 시간 남짓 걸리는 출근길에 꽤 적응한 뒤에도, 회사생활에 제법 익숙해진 뒤에도 처음 보는 것처럼 놀라운 데가 있었다. 석주는 번화가 한가운데에 우뚝 선 그 건물에서 매일 새로운 책이 탄생한다는 것이, 자신이 그곳의 일원이 되었다는 것이 믿기지 않았다. 이따금 그녀의 시선이 그 건물에 사로잡힌 듯 길게 머무른 건 그 때문이었다.

석주가 일하는 교열부는 건물 일층에 있었다.

정문을 통과하면 안내 데스크가 있고, 오른쪽으로 꺾으면 교열부 사무실이 나왔다.

아주 추운 날을 제외하면 사무실 출입문은 대체로 열려 있었는데, 널찍한 신문대와 독서대, 잡지와 연감 등이 진열된 대형 책장 탓에 그곳은 도서관처럼 보였다. 석주는 출입문 근처 자리를 배정받았다.

입사 첫해에 석주가 한 일은 책의 표지와 날개, 차례와 목차, 작가 소개와 홍보 문구 등에 오탈자와 오식이 없는지 살피는 것이었다. 편집부에서 교정 요청 원고가 내려오면 본문 원고를 상사에게 전달하고, 나머지 부분을 검토하는 게 그녀의 업무인 셈이었다. 그녀는 두꺼운 국어사전을 강박적으로 들춰보며 단어들을 하나씩 읽어나갔다.

단순해 보이는 문장은 반복해 읽을수록 생경해졌다. 자연스럽게 여겨지던 표현도 묘하게 낯설어질 때가 많았다. 그럼에도 석주가 뭔가를 고쳐 쓰는 경우는 드물었고, 연필로 연하게 의견을 적고 나서도 금세 지우는 일이 허다했다. 단어 하나, 조사 하나 고치는 데도 석주는 쩔쩔맸다. 처음 몇 달간, 그녀의 시간은 평범하고 쉬운 문장들 속으로 속절없이 흩어졌다. 그러나 거의 티가 나지 않는 그 반복적인 작업에서 차츰 재미와 보람을 느꼈다. 자신이 고심 끝에 수정한 부분에 상사가 반영의 의미로 동그라미를 쳐놓은 것을 확인할 때면 벅찬 마음이 들었다. 작업이 끝나면 상사에게 최종 확인을 받고 작업물을 이층 편집부로 가져다주는 일도 석주가 했다.

중요한 일이 하나 더 있었다.

선배 교열자들이 요청한 자료를 찾는 일이었다. 날마다 펼쳐보는 국어대사전과 최근 발간된 정기간행물 등은 교열부 내에 있었으나 대부분의 자료와 서적은 사무실 반대편 자료실에 보관되어 있었다. 자료 요청은 오전과 오후 두 차례, 쪽지 형태로 전달되었는데, 석주는 쪽지를 받자마자 자리에서 일어나 자료실로 갔다. 사무실 여러 개를 터서 만든 자료실은 사람 키보다 높은 책장들 차지였다. 백과사전과 연감, 도감과 총서, 전집과 단행본 등이 벽 쪽의 서가를 가득 채우고, 이제 기다란 복도의 공간까지 야금야금 잠식해나가는 중이었다.

늘 약간의 냉기가 감도는 그곳에서 석주는 선배들이 요청한 자료를 찾아 헤맸다. 제2차세계대전의 연표를 수집하고, 조선시대 복식을 기록한 책을 수색하며 고래의 습성을 서술한 책을 뒤져야 할 때도 있었다. 서적과 자료는 분야별, 주제별로 분류되어 있었으나 방대했고, 제대로 찾았다고 여긴 책 속에 필요한 정보가 없는 경우가 허다했으므로 자료를 찾고 고르는 과정은 더디기만 했다. 그녀는 자신의 신중함이 게으름으로 비쳐질 수 있음을, 자료를 구하는 데 요령이 필요하다는 사실을 인지했지만 뾰족한 방법을 찾지 못했다.

이따금 기다리다못한 선배 교열자들이 직접 자료를 찾아가기도 했다. 고생한다거나 수고한다거나 하는 형식적인 인사를 건네는 사람도 있었으나 대부분은 이 일에 굼뜬 그녀를 질책하듯 냉담한 표정으로 신속하게 자료를 구해 자리를 떴다. 필요한 자료를 단번에 찾아내는 그들의 모습이 석주에게 놀라움을 가져다주었다. 그리고 감탄과 존경의 마음이 잦아들면 막막함이 엄습했다. 거대한 미로 같은 이곳에서 자신은 절대 저렇게 일할 수 없을 것 같다는 생각 때문이었다.

신입이라면 누구나 겪을 법한 이 감정을 석주는 다른 사람들보다 예민하게 감각했다. 일에 대해 무지하다는, 서투르다는 생각을 멈출 수 없었다. 그녀는 매일 출근하고 퇴근하면서 업무에 적응해나가고 있었으나 자신이 하는 일이 정확히 무엇인지, 자신의 노동이 최종적으로 가닿는 곳이 어디인지 알지 못했다. 이대로는 부족하다고, 이 정도로는 안 된다고 스스로를 다그친 건 그 때문이었다.

퇴근 후, 석주는 자료실에서 시간을 보내기 시작했다. 정시에 퇴근하는 사람이 드문 시절이어서 저녁 여덟시 무렵에도 자료실을 들락거리는 사람이 많았다. 그러나 아홉시가 지나고 열시에 가까워지면 건물 전체를 휩싼 고즈넉한 정적이 자료실까지 흘러들었다. 그녀는 서가 사이를 돌아다니며 서적과 자료의 배열을 익혔다. 자신이 끝내 찾아내지 못한 자료를 뒤늦게 발견하고, 사람들이 수시로 꺼내보는 게 틀림없는 닳은 책들을 넘겨보았다. 널찍한 나무 독서대에 백과사전을 펼쳐놓고 거의 점처럼 보이는 작은 글자들을 기계적으로 읽어나갈 때도 있었다.

 책의 제목만 보고 내용을 짐작하는 일은 쉽지 않았다. 서적의 종류에 따라 정보의 깊이와 결이 다른 것도 어려운 문제였다. 그곳은 거대한 수수께끼 같았다. 그럼에도 자그마한 힌트를 하나씩 발견하는 즐거움이 있었다. 그곳은 이방인이나 다름없는 새내기 교열자를 무조건 환대하지 않았다. 그러나 그곳을 탐구하는, 그곳에 속하려고 애쓰는 사람에게 더디게 요령을, 비결을 선사하는 방식으로 석주를 길들였다.

 입사 후 일 년간 석주가 읽은 것은 책의 외연外緣, 즉 본문 원고를 제외한 글들이었다. 원고를 검토하는 것은 선배 교열자의 업무였는데, 사수와 부사수 두 명이 한 조를 이루어 작업했다. 그녀는 그들이 검토하는, 선배들이 근원이고 기원이라 부르는 그 원고들에 강한 호기심을 느꼈으나 들여다볼 엄두를 내진 못했다. 막연한 경외심에서 비롯된 어떤 주저함이 그녀를 막아선 탓이었다.

 어느 저녁, 퇴근 후 석주가 자료실에서 시간을 보내고 있을 때 누군가 말을 걸었다. 막바지 더위가 기승을 부리던 날이었다. 종일 달아오르던 열기는 한풀 꺾였지만 날씨는 여전히 후텁지근했고, 다른 곳보다 선선했던 자료실의 공기도 눅진하게 가라앉아 있었다.

　홍석주 사원, 할일이 남았습니까?

　서가 사이에 쪼그리고 앉아 있던 석주가 벌떡 일어나 목소리가 들리는 곳으로 나갔다. 교열과장 오기서였다. 이십여 년간 수백 편의 원고를 빈틈없이 검토한 사람, 하얀 와이셔츠 위에 황톳빛 가죽 토시를 낀 채 종일 뭔가를 읽고 또 읽는 사람. 두꺼운 안경알과 무표정한 얼굴 탓에 어쩐지 차갑고 냉정하다는 인상을 주는 사람. 석주는 그와 길게 대화를 나눠본 적이 없었다.

　아, 아닙니다. 그냥 좀 찾아볼 것이 있어서요.

　석주가 대답했고 그가 물었다.

　필요한 자료가 있습니까?

　낮고 굵은 그의 목소리가 석주를 긴장하게 했다.

　그런 것은 아니고, 낮에 제가 찾았던 자료가 부족했다는 생각이 들어서요. 다시 찾아보고 있었어요.

　여러 권의 책을 껴안듯 들고 있는 그의 오른손엔 군데군데 펜 자국이 남아 있었고, 흑연과 잉크가 묻은 손날은 거무스름했다.

　찾는 자료가 어떤 겁니까?

　그의 말투는 딱딱했지만 안경 너머로 보이는 눈빛에 약간은 부드러운 기색이 스며들어 있었다. 그건 석주의 착각인지도 몰랐다.

민속학 관련 내용입니다. 장승과 솟대에 대해 찾아야 하는데 그에 관한 책이 많지 않아서요.

그녀의 말이 끝나자마자 그는 들고 있던 책을 선반에 내려놓곤 한 서가를 향해 걸어갔다. 그가 고른 건 문화대백과사전과 문예연감이었다.

백과사전은 찾아봤을 테고. 거기서 실마리를 얻지 못했다면 이 책에서 힌트를 얻을 수 있을 겁니다. 장승과 솟대라는 단어만 가지고는 자료를 찾기가 어려울 테니까요. 핵심어를 여러 개 확보하는 게 도움이 될 겁니다.

네, 감사합니다.

석주가 답했고 그가 물었다.

홍사원이 수습으로 일한 지 이제 한 일 년쯤 되었나요?

네, 두 달 뒤면 일 년이 됩니다.

그래요. 일 년이면 이 자료실도 꽤 익숙해졌겠군요. 대충 어디에 뭐가 있는지도 제법 파악을 했을 테고.

그가 새삼스러운 눈길로 키가 큰 주변 책장을 둘러보았다. 한참 만에 석주가 머뭇거리며 입을 열었다. 자료를 정확하게, 신속하게 찾는 일이 여전히 어렵게 느껴진다는 말이었다. 그는 사전을 꺼내느라 팔목 위로 삐죽이 올라간 가죽 토시를 끌어내리며 말했다.

자료를 찾는 건 늘 좀 막막한 기분이 들지요. 내가 아는 한 그걸 쉽게 하는 교열자는 아무도 없습니다. 똑같은 책을 다시 만드는 경우라면 또 모를까. 내가 찾은 자료가 충분치 않다고 생각하는 게 도움이 될 겁니다. 이 정도로는 부족하다고 의심하는 게 그러지 않는 것보단 바람직할 테니까요.

그는 무슨 말을 더 할 것처럼 잠깐 석주와 눈을 마주쳤지만 고개를 까닥하고 책을 챙겨 그곳을 나갔다. 그날, 오기서의 그 말을 석주는 자주 생각했다. 그러면 이 수수께끼 같은 공간에서 쩔쩔매는 사람이 자신 하나뿐만은 아닐 거란 생각이 들었고, 거기에서 약간의 위안을 얻었다.

얼마 후, 오기서가 석주를 불러 정식으로 본문 원고 교열을 맡게 될 거라고 일렀다. 석주는 보름 뒤에 오기서의 책상 바로 앞으로 자리를 옮겼다. 교열과장 오기서의 부사수로, 본격적인 교열 업무를 시작하게 된 거였다.

*

컴퓨터가 보급되고 있었으나 여전히 많은 사람이 타자기를 사용하는 시절이었다. 대부분의 책은 활판인쇄 방식으로 제작되었고, 모든 공정이 수작업으로 이뤄졌다. 여러 사람의 손을 거쳐야 하는 만큼 많은 시간과 비용이 들었고 실수할 가능성이 컸다.

석주가 수습 딱지를 떼고 사수 오기서 밑에서 처음 담당하게 된 책도 마찬가지였다. 그건 열다섯 권으로 기획된 '우리 시대의 인물' 시리즈 중 여덟번째 책이었는데 원고지 1,500매 분량에 달했다.

석주가 처음 맡은 일은 사수가 일차로 교정을 본 원고가 조판소의 활자판에 오차 없이 구현되었는지 확인하는 것이었다. 한 차례 교정을 본 원고여서 내용적인 측면에선 오류가 거의 없었다. 그러나 문선공이 활자함에서 필요한 글자를 하나씩 골라내고, 식자공이 그것들을 활자판에 직접 심는 조판 과정에서는 실수가 잦았다.

어떤 단어는 순서가 바뀌어 있었고, 거꾸로 뒤집혀 있는 글자도 있었다. 모음의 획이 반쯤 떨어져나가거나 마침표와 쉼표 같은 부호가 뭉개진 경우도, 띄어쓰기가 잘못되었거나 글자 사이의 간격이 들쭉날쭉한 부분도 흔했다. 말하자면 이 초교 교정쇄의 오식을 잡아내는 게 석주에게 주어진 첫 임무였다.

단순하고 기계적으로 보이는 이 작업의 복잡함을 그녀가 깨닫는 데는 긴 시간이 걸리지 않았다. 무엇보다 이전까지 그녀가 다루던 것은 본문 바깥의 글이었으므로 본문을 검토한다는 데에서 오는 부담감이 컸다. 석주는 교정부호 하나도 쉽게 적지 못했다. 부호를 정확히 그려넣는 데 집중하느라 정작 본문의 내용을 놓칠 때도 있었다. 조판소 직원들이 관행적으로 사용하는 부호와 일본식 용어를 익히는 것 또한 큰 숙제였다.

석주의 출근 시각은 조금씩 빨라졌다. 그러나 일찍 도착했다고 생각한 날에도 사수 오기서는 먼저 와서 사무실을 지키고 있었다. 일에 엄격하기로 정평이 난 그는 사소한 부분도 그냥 넘기지 않았다. 그는 석주에게 의견을 달 때는 근거와 출처를 필히 명기하라고 일렀고, 석주가 놓친 페이지 표기의 오류나 연표상의 오기를 지적할 때도 있었다.

느릿느릿 이어지는 그의 목소리에 감정이 실리는 경우는 드물었으나 석주를 주눅들게 하기엔 충분했다. 그녀의 신경은 종일 자신의 등뒤에 앉은 사수에게 가 있었다. 어느 날엔 그가 자신을 부르는 소리를 듣고 벌떡 일어나 죄송하다는 말을 반사적으로 내뱉은 적도 있었다.

한번은 석주가 원고에서 '묵례'라는 단어를 '목례'로 바꿔놓은 적이 있었다. 이를 확인한 오기서는 곧장 그녀를 불렀다.

홍사원, 이 단어를 이렇게 고쳐놓은 이유가 있습니까?

석주는 목례가 더 가벼운 느낌이라고 답했고, 글의 분위기에 더 적합할 것 같다고 덧붙였다. 자신이 그 두 단어의 뜻을 혼동했다는 자각은 없었다.

사전은 찾아본 겁니까?

그리고 두번째 질문이 날아왔을 때에야 석주는 자신이 사전을 찾아보지 않았다는 사실을 떠올렸다.

사전도 확인해보지 않고 수정을 하라고 누구한테 배웠습니까?

그의 목소리가 커졌다. 늦은 오후, 나른한 기운이 번지던 사무실 안 분위기가 일순 경직되었다.

죄송합니다. 확인하겠습니다.

석주가 고개를 숙였고, 그가 한마디 더 했다.

안다는 생각이 이렇게 무서운 겁니다. 퇴근 전까지 원고 다시 보세요.

그녀는 원고를 들고 자리로 돌아왔다. 그러곤 의자를 바싹 당겨 앉은 채 이미 두 차례나 읽은 원고를 다시 펼쳤다. 크게 보면 오탈자와 문법적인 실수를 바로잡는 것이 교정이고, 문맥과 흐름을 파악하여 표현과 문장을 다듬는 것이 교열이라는 것을 석주는 모르지 않았다. 이 두 가지 작업의 차이와 쓰임 또한 잘 알고 있었다. 문제는 다른 데 있었다. 석주는 자신이 원고에 어느 정도로 관여해야 하는지 혼란스러웠다. 지나치게 개입하는 것은 주제넘어 보였고, 과도하게 수용적인 자세는 태만하게 여겨졌다. 그건 오기서의 종잡을 수 없는 반응 탓인지도 몰랐다. 그는 석주가 적극적으로 손을 본 원고에 대해서는 지나치다고 질타했고, 석주가 거의 손을 대지 않은 원고에 대해서는 무성의하다고 호통쳤다.

답을 찾으려면 원고로 돌아갈 수밖에 없었다. 그건 농담 반 진담 반으로 선배들이 후배들에게 하곤 하던, 모든 답은 원고에 있다는 뻔한 조언 때문만은 아니었다. 석주는 어쩐지 신출내기 교열자를 얕잡아보는 듯한, 좀처럼 곁을 내주지 않는 듯한 원고에 다가서고 싶었다. 한 권의 책으로 출간될 그 글 속에서 넘치지도 모자라지도 않는, 자신에게 알맞은 역할을 찾고 싶었다.

석주의 교열 작업은 사전적 정의에만 의존하던 것을 넘어 문맥을 파악하는 방식으로, 행간의 의미를 헤아리는 방식으로, 자의字義 낱낱을 살피는 방식으로 깊어졌으나 충분하지 않았다. 오기서는 처음처럼 그녀를 나무라고 혼냈다. 멀쩡한 문장에 함부로 손을 댔다고 언성을 높였고, 연표의 간격을 문제삼았다. 도대체 누가 알까 싶은 미세하게 틀어진 쪽 번호 위치를 지적하고, 모든 도표를 재검토하라고 지시했다.

 석주는 교정을 앞둔, 사수가 살펴보지 않은 초교지를 따로 한 부 더 만들기 시작했다. 당시만 해도 복사기는 고가의 장비여서 사용하는 데 눈치가 보였다. 운이 좋은 날에는 모두 퇴근한 사무실에서 조마조마한 마음으로 복사기를 쓸 수 있었으나 그마저도 종이가 남았을 때 이야기였다. 그래서 대부분은 손으로 베껴썼다. 거의 500매가 넘는 원고를 주말 내내 옮겨 적은 적도 있었다. 석주는 이 필사본으로 마음대로 교정을 보았다. 나중에 자신과 사수의 교열이 얼마나 다른지 비교하기 위해서였다. 말하자면 그건 스스로 고안해낸 훈련 방식인 셈이었다.

 그 훈련은 고되었지만 막막하지만은 않았다. 늦은 밤, 귀가해서 미처 끝내지 못한 필사를 위해 책상 앞에 앉을 때면 피로감과 조바심 사이로 약간의 호기심과 설렘이 느껴질 때도 있었다. 손으로 옮겨 쓰는 독서는 눈으로 읽는 독서와는 달랐다. 석주로 하여금 오류나 오식을 잡아내는 교열자로서의 본분을 잊고 이야기 속에 깊이 빠지게 만들었다. 단어의 조합에 불과했던 문장은 석주를 전쟁터 한가운데로 데려갔다. 등장인물과 축축한 숲길을 함께 걷게 했고, 오래전 전소되어 확인할 수 없는 어느 화가의 그림을 생생하게 복원했다. 때로는 언어로 구현된 의미 너머 저자가 쓰지 못했거나 쓰게 될지도 모를 어떤 문장들을 불현듯 만날 때도 있었다. 움직일 때마다 삐걱거리는, 십 년 넘게 사용해온 자신의 나무의자에 앉아 원고를 베껴쓰는 동안은 몇 시간이 몇 분 같았다. 시공간의 경계를 지우며 육박해오는 강렬한 몰입의 순간이 석주를 사로잡은 거였다.

언니, 아직 안 자?

때때로 잠에서 깬 동생 희주가 졸린 목소리로 물었다. 그러면 석주는 놀란 듯 스탠드 각도를 조정했다. 그 순간엔 문득 다른 세계에서 건너온 듯 방안의 풍경이 말할 수 없이 낯설었다. 그녀는 펜을 내려놓고 멍하니 원고를 내려다보았다. 자신의 감정이, 마음이 돌아올 때까지 기다리는 거였다.

자발적인 이 훈련은 석주가 부사수로 일을 시작하고 일 년이 지날 때까지 이어졌다. 언제나 새로운 원고를 봐야 한다는 점에서, 작가와 편집자가 매번 달라진다는 점에서, 원고의 성격과 특징이 제각각이라는 점에서 정해진 기준 같은 게 만들어질 리 없었지만 석주는 성실하고 비밀스럽게 이 훈련을 이어나갔다.

오기서가 그녀를 다그치거나 나무라는 횟수는 점차 줄었

다. 직원들이 보는 앞에서 실수를 지적하는 일도 드물어졌다. 그는 석주가 찾지 못한 오식을 말없이 바로잡았고, 석주가 원고 귀퉁이에 적어둔 제안을 간결하게 수정했다. 그래서 어느 순간부터 교정지가 석주에겐 충고이고 질책이자 격려가 되었다. 표정도 말도 없는 그 교정지가 석주를 조용히 가르치는 셈이었다.

원고 앞에서 망설이고 고민하는 시간이 현저히 줄어든 후에도 석주는 자신이 사수처럼 일할 수 있을 거라곤 생각하지 않았다. 그저 언젠간 닥칠 그 시기를 막연히 미루고 싶은 마음이 컸다.

어느 화요일, 점심시간 직전에 오기서가 석주를 불렀다. 성격 급한 직원들이 시계를 흘끔거리며 나갈 채비를 하고 있을 때였다. 그녀가 고개를 들자 그가 들고 있던 재킷을 챙겨 입으며 말했다.

나갑시다. 점심 같이 하죠.

그가 석주를 데리고 간 곳은 회사에서 멀지 않은 식당이었다. 고만고만한 식당들이 다닥다닥 붙어 있는 골목은 식사를 하러 나온 직장인들의 말소리와 먹음직스러운 냄새로 북적거렸다. 두 사람은 생선구이를 파는 식당 한쪽에 자리를 잡았다. 무르익은 5월의 햇살이 창가에 앉은 두 사람의 머리 위로 쏟아졌다. 주문한 음식이 금방 나왔다.

먹어요, 먹읍시다.

오기서는 셔츠 소매를 걷어올린 다음 식사를 시작했다. 석주는 차분하게 젓가락을 찾아 쥐었다. 허겁지겁 음식을 삼키는 그의 모습이 어색함과 긴장을 지워주었다. 한동안은 수저가 그릇에 닿는 소리와 음식 씹는 소리만이 고요히 이어졌다. 식사가 거의 끝날 때쯤 오기서가 물었다.

교열부에서 일한 지 얼마나 되었지요?

이 년 반 정도 되었습니다.

곧 만 삼 년이 되겠군요. 그래, 일하는 건 어때요?

괜찮습니다. 아직 모르는 게 많지만 재밌게 일하고 있습니다.

재미가 있는 일인가, 이 일이. 요즘도 초교지 필사하고 있나요? 어떻습니까, 교열하는 데 도움이 되는 거 같습니까?

네?

석주가 놀란 듯 그를 보았다. 자신이 철저하리만큼 은밀하게 수행해온 그 일을 그가 어떻게 알아차렸는지 알 수 없었다. 난처함과 당혹스러움, 부끄러움이 뒤따라왔다.

원고를 손으로 옮겨 쓰는 일이 고생스럽기야 하겠지만 얻는 게 분명 있을 테지요.

그는 생각에 잠긴 얼굴로 창 쪽으로 고개를 돌렸다. 식사를 끝낸 직장인들이 무리 지어 골목길을 걷고 있었다. 무심한 그의 얼굴에 그 낯선 이들에 대한 어떤 애틋함이, 친숙함이 잠깐 떠올랐다. 엷게 미소를 띤 그의 얼굴이 석주를 향했다.

편집부 장과장 알죠? 편집부 오가면서 마주친 적이 있을 겁니다. 회의할 때 몇 번 만난 적도 있고. 그 양반이 인문교양부에 사람을 새로 구한다고 하더군요.

석주는 그저 듣고 있었다. 느닷없이 시작된 그의 말이 어디로 향하는지 알 수 없었다. 그녀는 며칠 전 교열을 본 원고와 거기 남긴 메모를 떠올렸다. 담당 편집자와 나눴던 대화를 되짚어보기도 했다. 자신이 저질렀을지도 모르는 실수를 찾느라 석주의 얼굴이 붉게 달아올랐다.

편집부에서 일해보는 건 어떻습니까? 잘할 수 있을 것 같은데.

그 말은 석주가 이 업무에 적합하지 않다는 뜻으로 들렸다. 그러나 그의 다음 말이 그런 의심을 불식했다.

처음엔 원고를 지나치게 겁내는 게 아닌가 싶더군요. 원고를 대할 때 전전긍긍하는 느낌이랄까. 이래서야 교열을 제대로 하겠나 싶었어요. 그런데 나중에 보니 그런 게 있더군요. 뭐라고 해야 하나, 그걸. 원고에 대한 애정이라고 해야 하나, 마음이라고 해야 하나.

식사를 시작할 때엔 오기서의 검은 구두를 환하게 덮고 있던 햇살이 미세하게 거리 쪽으로 물러나고 있었다. 석주는 조마조마한 심정으로 그의 목소리에 귀를 기울였다.

교열을 보려면 자료를 찾아봐야 할 때가 많지요. 책에 실린 정보는 틀림이 없어야 하니까. 그렇지만 자료에선 찾을 수 없는 정보도 있을 겁니다. 이를테면 필자에게 물어봐야 알 수 있다거나 필자의 마음을 들여다봐야 이해할 수 있는 것들도 있을 테고요.

거기까지 말하고 그는 겸연쩍게 웃었다. 침묵이 내려앉았다. 한참 만에 석주가 더듬더듬 입을 열었다.

과장님, 저는 편집부에서 일하는 건 생각해본 적이 없어요. 아직 교열부 일도 제대로 못하고 있는데다…… 지금은 여기서 일을 더 배우고 싶습니다.

글쎄요. 교열부가 얼마나 더 버틸 수 있으려나. 내 생각엔 몇 년 안에 사라지리라 봅니다. 전집, 선집, 총서를 경쟁적으로 내던 시기가 있었지요. 그때는 교열부가 필요했습니다. 그런데 그런 시기는 지난 거 같아요. 시장도, 독자도 그런 책들을 반기지 않는 것 같고. 진행중인 총서가 완간되면 교열부도 어떤 식으로든 정리가 되지 싶습니다. 그러니 지금 옮기는 게 좋아요. 때마침 편집부에서 사람을 새로 구한다고 하고, 또 그 일에 적합한 사람이기도 하니까.

제가 적합한 사람인지 잘 모르겠어요. 교열 일도 아직 서투른데다 편집부 일은 제가 전혀 모르는 분야여서……

석주가 얼버무렸고 오기서가 말했다.

무슨 일이든 모르는 채로 시작하는 법이지요. 일이란 게 원래 그런 겁니다. 잘할 수 있을 거예요. 홍사원이 만들 수 있는 책이 분명히 있을 거라고 봅니다.

정말 그렇게 생각하세요?

그렇게 묻는 석주의 목소리가 미세하게 떨리고 있었다. 그는 대답 대신 석주를 향해 웃어 보였다. 그건 석주가 매일 무표정한 얼굴로 원고를 검토하던 사수에게서 기대한 적 없는, 지금껏 단 한 번도 본 적 없는 다정한 미소였다.

이달 말까지 고민해보고 결정이 되면 알려줘요. 장과장에게는 내가 미리 말해둘 수 있을 테니까.

네. 알겠습니다.

얼떨떨한 기분으로 그렇게 답하면서도 석주는 자신이 편집부에서 일하게 될 거라고 생각하지 못했다. 편집자의 일이 교열자의 일과 얼마나 비슷하고 또 얼마나 다른지도 짐작하지 못했다.

*

얼마 후, 편집장이 석주를 호출했다.

편집부에서 일하겠다는 의사를 밝힌 뒤여서 그것은 일종의 면접인 셈이었다. 어느 화요일 오전, 석주는 이층 편집부로 갔다. 인문교양부, 문화예술부, 문학부 세 개의 부서가 있는 그곳은 석주가 교정지를 건네기 위해, 담당 편집자에게 의견을 전달하기 위해, 전체 회의에 참석하기 위해 종종 들르는 곳이었지만 친숙한 공간은 아니었다. 늘 얼마간의 긴장감이 흐르는 그곳의 분위기가 석주를 주눅들게 만든 탓이었다.

어느 날엔 한꺼번에 울리는 전화벨소리로 사무실이 터져나갈 듯했고, 사람들의 목소리가 무질서하게 뒤섞이며 낯선 분위기를 만들었다. 여름날엔 일제히 돌아가는 선풍기 소리와 담배 연기 속에서 곤두선 기색이 느껴졌고, 늦은 밤 형광등 불빛 아래 자리를 지키는 사람들의 자세에서 기진맥진함이 엿보였다. 그곳의 공기가 석주는 낯설었다. 텅 빈 공간일 때조차 편집부의 고요는 교열부의 그것과 다른 것 같았다.

석주는 거대한 컴퓨터 탓에 어쩐지 비좁아 보이는 책상 앞에서 제 할일에 열중한 직원들을 지나쳐 회의실로 갔다. 노크를 하고 문을 열자 담배 연기가 훅 끼쳤다.

안녕하세요. 홍석주입니다.

들어와요.

창을 등지고 앉은 남자가 들어오라는 손짓을 했다. 편집장 유덕일이었다. 이름만 대면 알 만한 전집과 시리즈물을 신들린 듯 기획했다거나, 회의 때마다 잡도리 수준으로 직원들을 다그친다거나, 매일 밤 하루가 멀다 하고 말술을 마신다거나 하는 그에 관한 소문을 석주도 들은 적이 있었지만 얼굴을 마주보고 대화를 나눠본 적은 없었다. 석주는 전화기와 재떨이, 오늘자 신문과 경제 잡지, 크고 작은 책들이 어지럽게 쌓인 책상을 슬쩍 내려다보고 적당하다 싶은 곳에 자리를 잡았다.

우리 몇 번 본 적이 있죠? 낯이 익네. 교열부 오과장 밑에서 일했다고 들었는데, 맞아요?

네, 맞습니다.

그래, 뭘 배웠어요? 교열 일도 어지간히 까다로울 텐데. 오과장이 뭘 가르쳐줍디까?

석주가 얼른 대답을 하지 않자 그가 장난스럽게 히죽 웃으며 혼잣말을 했다.

배울 게 많은 양반이긴 하지. 고지식해서 탈이지만 일은 제대로 하는 사람이니까.

그러곤 서류 한 장을 집어들었다.

국문과, 영문과도 아니고 사학과라. 특이하네. 왜? 평소에 역사에 관심이 많았어요?

석주는 그가 보고 있는 것이 자신의 이력서임을 알아차렸다. 석주는 한쪽 벽면을 가득 채운 책장 쪽으로 잠시 시선을 돌렸다. 짧은 대답은 무성의하게 보일 것 같았고, 솔직한 대답은 마이너스 요인이 될 것 같았다. 그럴싸한 대답을 태연하게 늘어놓을 자신도 없었다.

사학과는…… 실은 교직 이수 때문에 진학했습니다.

왜, 교사가 되려고?

네.

그런데 왜 여기 있어요? 학교에 있지 않고. 여기 있는 것보다야 교단에 서는 게 훨씬 나을 텐데. 여자한테는 최고 직업 아닌가, 여러모로.

그 순간, 누군가 회의실 안으로 들어왔다. 키가 큰 남자였다. 남자가 고개를 까딱했다. 쌍꺼풀이 진 커다란 눈은 서글서글해 보였으나 얼굴엔 웃음기가 없었다.

어, 왔구먼. 여기 홍석주씨. 인사해요. 이쪽은 장민재라고. 인문교양부 대리. 아니다, 참. 이제 과장이지? 장과장.

안녕하세요.

석주는 벌떡 일어나 고개를 숙였다. 장민재가 앉으라는 손짓을 하고 석주 맞은편에 자리를 잡았다. 편집장이 못 참겠다는 듯 창문을 열고 담배에 불을 붙였다. 그러곤 느릿느릿 말을 시작했다. 고향이 어디냐거나 가족관계가 어떻게 되냐거나 부모님 직업이 뭐냐거나 하는 질문은 자신이 맡게 될지도 모르는 편집부의 업무와 아무런 상관이 없어 보였다. 그녀의 대답은 점점 짧아졌다. 그는 그런 변화를 눈치채지 못한 것 같았다. 감시하듯 회의실 너머 사무실을 주시하는 그는 석주에게 관심이 없어 보였다. 그사이 서너 사람이 문을 열고 다급하게 질문을 하고 떠났다.

아, 맞다. 장대리, 아니, 장과장. 우리 그 지난달에 낸 책. 그거 여기 있나? 한번 보여주면 좋을 거 같은데?

편집장이 말했고 장민재가 곧 책 한 권을 가지고 돌아왔다. 한눈에 보기에도 묵직한 그 책의 표지에 '조선의 혁명가들'이라는 제목이 적혀 있었다. 편집장은 반들반들한 표지를 만지며 이 책에 얼마나 시간과 정성을 쏟았는지 설명하기 시작했다. 그 책에 대한 업계의 긍정적인 평가를 언급할 땐 답답할 정도로 느린 그의 목소리가 탄력을 받은 듯 빨라졌다. 편집장은 담배를 하나 더 물었고, 신이 난 듯 이야기를 이어나갔다. 석주는 눈을 깜박이며 편집장의 말에 귀를 기울였다. 담배 연기 탓에 눈이 따끔거렸다.

가져가서 읽어봐요. 역사 전공했으니 보면 알 거야. 얼마나 잘 만들어진 책인지. 참, 내 정신 봐라. 시간이 벌써 이렇게 됐네. 나는 점심 약속이 있어서 나가봐야 할 것 같은데 나머지는 여기 장대리, 아니, 장과장이랑 이야기하지.

편집장은 석주 쪽으로 책을 밀어주고 자리에서 일어났다. 그러곤 의자 등받이에 걸어둔 재킷을 챙겨 입고 그곳을 나갔다. 문 닫히는 소리가 났고 침묵이 내려앉았다. 석주는 처분을 기다리는 심정으로 장민재의 다음 말을 기다렸다. 편집장의 태도는 자신이 면접을 통과하지 못했음을 간접적으로 일러주는 것 같았다. 점점 아래로 향하던 석주의 시선은 어느 순간부터 장민재의 갈색 신발에 고정되었다.

홍석주씨, 오과장님 밑에서 일을 배웠다고 들었습니다.

장민재가 그녀를 향해 말했다.

네.

과장님이 칭찬 많이 하더군요. 성실하고 야무지다고. 혹시 우리 부서에서 어떤 책을 내는지 알고 있습니까? 그동안 교열 본 원고가 하나쯤은 있을 것 같은데.

석주는 자신의 손을 거쳐간 원고의 제목을 더듬거렸다. 교열을 끝낸 원고는 최종적으로 출간이 되었겠지만 석주가 그 책들을 찾아보는 경우는 드물었다. 그는 책장에서 석주가 언급한 몇 권의 책을 꺼내왔다. 『우리 시대의 인물』 『동양화 해설』 『단카와 하이쿠』 『사찰 문살의 비밀』까지. 석주의 시선이 그 네 권의 책에 가닿았다. 교열을 보며 여러 차례 읽은 글이었고, 무엇에 관한 글인지 설명할 수 있을 정도였으나 그 책들은 묘하게 낯설었다. 그건 크기와 두께, 표지와 서체로 이루어진 책의 형태 탓인지도 몰랐다. 석주가 여러 차례 읽은 그 글들은, 석주가 예상하지 못한 모습으로, 그러나 가장 알맞은 형식 속에 자리해 있었다. 그 찰나의 놀라움이 교열자와 편집자의 역할 사이에 숨겨진 차이를 조용히 일깨우는 듯했다.

대충 짐작하고 있겠지만 편집 일은 교열 일과 많이 다를 겁니다. 우리 부서에서 일하게 된다면 어떨지 생각해봤어요? 본인의 강점이 뭐가 될 거라고 예상합니까?

네. 저, 저는 역사를 전공했기 때문에 역사에 대한 이……해가 있고, 평소에 책을 즐겨 읽는 편이어서 원고를 검……토하는 일도 잘할 수 있다고 생각합니다. 편집부에서 하는 일이 교열 일과는 다를 테지만 교열부에서 일한 경험이 도움이 될 거라고도 생각합니다. 또……

더듬더듬 대답을 이어나가면서도 석주는 실망감을 떨치기 어려웠다. 편집장은 일찌감치 자리를 뜨는 것으로 거절의 의사를 밝힌 듯했고, 장민재의 질문은 면접에 이렇다 할 노하우가 없는 자신에 대한 회의로 느껴졌다. 그래서 말을 끝낸 뒤 석주는 자신도 모르게 고개를 숙였다. 다시 고개를 들었을 때 책상 한쪽에 쌓인 책 무더기가 눈에 들어왔다. 창을 통과한 햇살이 삐뚤빼뚤 쌓인 책들을 감싸고 있었다. 석주는 어디서 본 듯한, 묘하게 익숙한 그 광경을 바라보는 데 정신이 팔렸다. 그래서 그 공간에 조용히 내려앉는 침묵을 알아차리지 못했다.

홍석주씨, 책을 좋아합니까?

한참 만에 한결 부드러워진 목소리가 건너왔다. 그건 석주의 착각인지도 몰랐다. 고개를 돌리자 장과장의 진지한 눈빛이 바로 보였다.

네?

그가 다시 물었다.

책을 좋아하나요?

네, 좋아합니다.

그래요. 책을 얼마나 읽는 편인가요? 선호하는 분야가 있습니까?

예전엔 문학책들을 주로 읽었어요. 요즘에는 다른 분야의 책들도 읽으려고 노력하고 있습니다.

문학이라면 소설이나 시를 말하는 걸까요?

네.

알고 있겠지만 우리 부서에서는 문학을 다루진 않습니다. 우리가 만드는 책은 문학과는 성격이 많이 달라요. 그런 걸 기대했다면 힘들 수도 있습니다.

그 말이 석주를 또다시 움츠러들게 했다. 여기까지라고 선을 긋고 마침내 최종 통보를 하려는 것 같았다. 석주는 편집부에서 일을 배워보고 싶다고, 그만한 각오가 되어 있다고 더듬거리면서도 스스로에게 주의를 주는 것만은 잊지 않았다. 잘되지 않을 수 있다고, 섣불리 기대해선 안 된다고 되뇌었던 건 자신이 이곳에서 일하게 될 거라고 예상하지 못한 때문이었다.

사흘 뒤, 그는 석주에게 전화를 걸어 부서 이동 소식을 전했다.

홍석주씨 되십니까?

석주는 수화기 너머에서 흘러나오는 그 목소리를 단번에 알아차렸다. 건조하고 무뚝뚝한, 그건 그녀의 두번째 사수가 될 장민재의 음성이었다.

7월 첫째 주 월요일, 그녀는 편집부로 첫 출근을 했다.

아침 일찍부터 서둘렀지만 소나기 탓에 집으로 돌아가 우산을 가져오느라, 만차인 버스 두 대를 그냥 보내느라 지각을 했다. 물이 뚝뚝 떨어지는 우산을 들고 편집부 가장 안쪽 인문교양부 자리로 들어서자, 그곳엔 바깥의 소란스러움이 침범할 수 없는 고요가 감돌고 있었다.

죄송합니다, 과장님. 늦었습니다.

그녀는 벽시계를 올려다본 뒤 고개를 숙였다. 장민재가 무심한 얼굴로 그녀를 보며 말했다.

비가 와서 첫 출근길이 편치 않았겠네요. 홍석주씨 자리는 저깁니다.

그가 자신의 맞은편 책상을 가리켰다. 연하게 청록빛이 감도는 편수 철제 책상이었다. 날이 개는 모양인지 가느다란 햇살이 책상 끄트머리에 걸려 있었다. 그것이 얼핏 미소처럼 보였다. 어쩌면, 그건 장민재의 목소리에서 얼마간 다정함을 느낀 덕분인지도 몰랐다.

석주는 커다란 모니터와 회색 전화기가 놓인 책상 앞에 앉았다. 바퀴가 달린 회전의자는 새것은 아니었지만 푹신하고 편안했다. 그녀는 반듯하게 허리를 펴고 앉아 휴지로 책상을 닦았다. 뭔가에 긁힌 자국, 테이프 흔적과 볼펜 얼룩 등이 여기저기 남아 있었다. 그것들이 관록이나 연륜처럼 느껴졌다. 뭐랄까. 그 책상은 막 편집자의 길로 들어선 풋내기 신입을 맞이할 준비를 마친 것처럼 보였다. 석주는 햇살이 닿은 책상

한 부분에 손을 갖다댔다. 따뜻했다. 그건 착각임이 분명했지만 그녀가 첫발을 내디딘 그 낯선 세계가 처음으로 선사한 다정한 순간으로 남았다.

*

편집부에서 일을 시작하고 한 달이 지날 때까지도 석주는 교열부로 출근하는 실수를 종종 했다. 이른 아침, 일층 교열부 사무실을 향해 걷다가 걸음을 멈추고 이층 편집부로 발길을 돌리는 식이었다. 소속과 직무가 바뀌었지만 마음의 일부는 여전히 교열부에 남아 있는 듯했다. 그건 석주에게 제대로 된 업무가 주어지지 않은 탓인지도 몰랐다.

처음 두 달간, 석주는 지하 창고에 보관된 재고 도서의 종류와 부수를 파악하는 작업을 했다. 당시 출판사들은 규모와 형편에 따라 창고를 대여하거나 공동으로 빌려 썼다. 건물 내에 자체 창고를 둔 교한서가는 사정이 나은 편이었다. 그러나 널찍한 그 공간도 이미 포화상태였고, 몇몇 출판사를 중심으로 창고 난을 해결하기 위한 방안을 모색중이라는 이야기가 나돌았다. 자금을 모으고, 부지를 매입하고, 공동의 창고를 짓는다는 계획을 석주도 들은 적이 있었다.

매일 아침, 석주는 그날 자신이 확인해야 할 도서 목록을 챙겨들고 지하 창고로 갔다. 서늘한 공기가 감도는 그곳은 어두침침했다. 책이 상하지 않도록 조명을 최소한으로 켜둔 탓이었다. 석주는 종이 냄새가 자욱한 그곳의 고요를 깨우지 않으려는 듯 조심스럽게 움직였다. 가장 안쪽에 있는 인문교양부 도서들을 향해 갈 때, 종이 상자를 열 때, 책을 꺼내고 펼칠 때 소리가 거의 나지 않을 정도였다.

　석주는 서류와 대조하며 몇 시간씩 재고를 확인했다. 훼손이 심한 도서 수량을 체크하고, 도서의 오염 상태를 살폈다. 그 일이 그저 도서의 수량과 상태를 파악하는 차원에 그치지 않음을 깨닫는 데는 오랜 시간이 걸리지 않았다. 국내서와 외서, 출간 연도와 판매량, 저자와 주제 등 다양한 기준으로 분류된 도서를 살펴보는 동안 자신이 몸담고 있는 출판사의 내력이 어렴풋하게 그려진 때문이었다.

　고증과 사료를 바탕으로 한 책들이 석주의 마음을 사로잡는 경우는 드물었으나 이따금 강한 호기심에 이끌려 표지를 펼칠 때가 있었다. 해안 지역의 설화를 엮은 책과 수묵화의 미학을 서술한 책, 古시가를 풀이한 책에 이르기까지. 그녀는 페이지를 넘기는 데 몰두하다가 바깥의 소음에 다시금 정신을 차리곤 했다.

두 달간의 업무를 마무리한 뒤 석주는 내부 양식에 맞춰 보고서를 썼다. 그리고 별첨 형식으로 절판된 네 권의 책에 대한 의견을 달았다. 판매가 부진했지만 절판하기엔 아쉽다는 내용이었고, 이 도서들의 가치와 독자들의 긍정적인 평가, 유사 서적과의 변별점 등을 간략하게 덧붙였다. 그건 신출내기 편집자인 석주가 고려할 수 있는 거의 모든 사항이었다.

홍석주씨, 이 책들 다 읽어봤어요?

며칠 뒤, 장민재가 물었다. 이른 오전, 석주가 그날 도착한 우편물을 정리한 뒤 오늘 중으로 발송을 마쳐야 할 도서 목록을 살피고 있을 때였다.

네. 읽었습니다.

갑자기 몸을 움직인 탓에 책상 한쪽에 쌓아둔 우편물 몇 개가 바닥으로 떨어졌다.

책 한 권 만드는 데 비용이 얼마나 드는지 알고 있어요?

석주가 몸을 숙여 우편물을 줍는 동안 그가 이렇게 질문을 바꾸었다.

이 정도로는 저나 차장님, 부장님까지 설득하긴 어렵지 않을까요. 복간하려면 저자 허락도 구해야 하고, 표지도 갈아야 하고, 교정도 다시 봐야 하고. 출간된 이력이 있어서 판매하기는 더 까다로울 텐데요.

그가 팔짱을 낀 채 의자 깊숙이 몸을 기댔다.

거기까지는 생각 못했습니다.

석주는 그렇게 답했고, 장민재가 무슨 말을 하기 전에 다시 말했다.

더 확인해야 할 사항을 알려주시면 보충해서 다시 작성하겠습니다.

그는 생각에 잠긴 얼굴로 석주를 보았고 한참 만에 답했다.

글쎄요. 적어도 회의에서 말할 정도는 되어야겠죠. 그럼 두 권 정도만 골라서 기획안을 작성해보세요. 편집부 회의에서 발표한다 생각하면 도움이 될 겁니다. 반드시 넣어야 할 내용은 몇 가지 알려줄게요.

그렇게 해서 석주는 처음으로 기획안을 썼다.『민화 해설』『산새 도감』절판된 두 권의 책을 복간하기 위해서였다. 보름간 공들여 쓴 그 기획안이 겨우 기획안 형식을 흉내낸 수준에 불과하다는 걸 석주는 나중에 알았다. 회의에서 발표조차 하지 못한 게 그 기획안이 미비한 탓임을, 자신이 그 정도로 업무에 서툴렀다는 사실도. 무엇인가를 배우는 과정이었으나 석주는 자신이 무엇을 배우는지 알지 못했다. 매 순간, 장민재가 자신의 자질을 냉정하게 평가하는 게 아닌가 염려한 건 그 때문이었다. 석주는 자신이 이 일에 적합한 사람인지 알 수 없었다. 그 시절 그녀의 자질은, 역량은 그저 하나의 가능성에 머물러 있었다.

석주의 업무에는 큰 변화가 없었다.

출근하면 가장 먼저 벽에 걸린 일력을 한 장 떼어내고 우편물을 정리했다. 이후 리뷰와 비평이 올라오는 신문과 정기간행물을 일독한 뒤 보고서를 썼다. 회의가 있는 날엔 자료를 챙기고, 미팅 전날엔 필자와 거래처에 확인 전화를 했다. 교열부에서 올라온 교정지를 확인하고, 제작부와 영업부에 전달할 서류를 챙기는 일도 석주의 몫이었다.

쉬운 일은 하나도 없었다. 거대한 복사기는 종종 골이 난 듯 작동하지 않았고, 전화를 걸어 용건부터 밝히는 사람들은 그녀가 상황을 파악할 시간을 주지 않았다. 자신이 쓴 원고를 들고 무작정 회사로 찾아오는 사람들을 응대해야 한다거나 광고 문구가 잘못 실리는 등의 돌발 상황이 거의 매일 벌어졌다.

석주는 바쁘게 움직였다. 무엇이 더 중요하고 덜 중요한지, 무엇을 먼저 하고 나중에 할지 생각하진 못했다. 때론 자신이 무슨 일을 하고 있는지 잊을 정도였다. 그 시절, 석주는 자신이 하는 일들이 책을 만드는 일과 어떤 관련이 있는지 정확히 알지 못했다. 그 일들이 편집자의 핵심 업무에서 얼마간 비껴나 있다고 여긴 건 그 때문이었다.

11월의 어느 늦은 오후, 장민재가 석주를 불렀다.

석주씨, 저녁에 시간 돼요?

네. 뭐 시키실 일이 있으세요?

석주가 마무리 단계인 교정지의 색인을 살펴보고 있을 때였다.

저녁에 표은철 선생님과 미팅이 있는데 함께 가면 좋을 것 같네요. 인사도 드리고. 괜찮아요?

네, 알겠습니다.

그렇게 해서 두 사람은 회사 근처 횟집으로 갔다. 식당으로 들어서자 안쪽에 앉아 있던 남자가 손을 들고 알은체를 했다. 남자 곁에 한 사람이 더 있었다. 남자보다는 젊은, 장민재와 비슷한 연배로 보이는 여자였다. 여자의 재킷에 달린 브로치가 형광등 불빛을 받아 하얗게 반짝였다.

선생님, 오래 기다리셨어요? 여긴 이번에 새로 들어온 홍석주 사원입니다. 인사하세요. 표은철 선생님이세요.

처음 뵙겠습니다. 홍석주라고 합니다.

표은철은 고개를 까닥했지만 석주에게 별다른 관심을 주지 않았다.

그래요. 앉아요, 앉지. 우리는 좀 일찍 왔어. 날도 춥고 배도 고프고 해서 대충 뭐 좀 먹고 있었지. 아니, 며칠 사이 날이 이렇게 추워지나? 참, 여기는 내 후배, 조수연. 언제 한번 말한 적 있지? 장선생 한번 만나고 싶다고 해서 같이 왔어요.

남자 맞은편에 장민재가 앉고, 석주가 그 곁에 자리를 잡았다. 음식이 말라붙은 그릇 사이로 빈 음료수 병과 술병이 놓여 있었다. 석주는 물을 따르고 수저를 새로 꺼냈다. 그녀는 작가와 한 테이블에 앉아본 적이 없었다. 아니, 표은철은 작가라기보다는 학자나 연구자에 가까웠지만 그런 구분을 할 줄도 몰랐다.

장선생님, 말씀 많이 들었어요. 조수연이라고 합니다. 그나저나 두 분 시장하시겠다. 식사부터 하세요.

장민재가 알밥 두 개를 주문했다. 이내 뜨거운 뚝배기에 밥과 채소, 날치알이 소복하게 담겨 나왔다. 석주는 숟가락으로 밥을 뒤적이며 사수를 흘끔거렸다. 그는 숟가락을 쥐었다가 내려놓고 다시 쥐었다가 내려놓으며 표은철의 말에 귀를 기울였다. 그가 식사를 시작하려 하면 어김없이 표은철의 말이 시작되었으므로 나중엔 아예 숟가락을 내려놓은 채 고개만 끄덕거렸다. 석주가 식사를 끝내고 보니 장민재의 뚝배기엔 손도 대지 못한 음식이 그대로 식어가고 있었다.

내 원고도 원고인데, 여기 이 친구 글이 참 좋다니까. 일단 한번 읽어봐. 읽어보는 거야 뭐 어려워? 책이 될 만한 수준인지 그것만 봐주면 되잖아.

술기운이 오른 탓인지 표은철의 목소리가 커졌다.

제가 그럴 깜냥이 있는지 모르겠습니다.

에이, 왜 이러나? 장선생이 그동안 만든 책이 몇 권인데. 한번 보면 감이 오지 않겠어요?

아닙니다. 조선생님이 쓰시는 글은 제가 잘 아는 분야도 아니고, 제가 그 정도의 능력이 되는지 모르겠습니다.

능력이 되고 안 되고가 어디 있나? 책이야 원고 있으면 다 된 거나 다름없지. 일단 한번 봐. 보기나 하라니까. 수연이, 아니, 조선생이 직접 이야기하지. 지난번에 나한테 말한 거 있잖아. 일본에서 이런 주제가 요즘 인기라면서?

석주는 대화에 방해가 되지 않는 방식으로 자리를 지켰다. 누구도 자신을 신경쓰지 않았으나 다른 곳에 주의를 빼앗기지 않으려고 애썼다. 그러나 손님이 늘고, 취기가 오른 사람들의 목소리가 커지면서 대화에 집중하기가 점점 어려워졌다. 소음과 열기로 좁은 식당이 터져나갈 듯했다. 장민재의 얼굴은 여느 때처럼 무표정에 가까웠으나 난처하고 곤혹스러운 기색이 잠깐씩 떠올랐다. 그런 건 석주의 눈에만 보이는 모양이었다. 맞은편에 앉은 두 사람은 거리낌없이 말했고 거침없이 행동했다. 석주에겐 그렇게 보였다.

미팅은 밤 열시가 넘어서야 끝이 났다. 표은철은 장민재에게서 조수연의 글을 검토해보겠다는 확답을 들은 후에야 자리에서 일어났다. 장민재가 계산을 한 뒤 가장 마지막으로 식당을 나왔다.

원고는 곧 보내드릴게요. 잘 부탁드려요.

조수연은 홀가분한 목소리로 인사했고, 비틀거리는 표은철을 부축한 채 돌아섰다. 그 두 사람이 멀리까지 가고 난 뒤에야 장민재가 입을 열었다.

한두 시간이면 될 줄 알았더니 시간이 꽤 늦어졌네요. 얼른 가봐요. 전 잠깐 사무실에 들러야 할 것 같네요.

네, 그럼 먼저 가보겠습니다.

석주가 인사하자 그가 쓴웃음을 지으며 말했다.

미팅이 다 오늘 같진 않습니다.

네?

아닙니다. 내일 보죠.

그의 얼굴은 어느새 무표정하게 돌아와 있었다.

석주는 돌아서서 걸었고 길 끝에 이르러서야 뒤를 돌아보았다. 멀리 그 자리에 우두커니 서 있는 장민재의 모습이 보였다. 담배를 피우는지 하얗게 연기가 피어올랐다. 바람이 찼다. 석주는 버스 정류장을 지나쳐 조금 더 걸었다. 묘하게 기분이 가라앉았다. 육체적 피로 탓은 아니었다. 그리고 이내 그것의 정체가 어떤 불쾌감이라는 것을 알아차렸다.

시간이 더 흐른 뒤, 석주는 그때의 그 감정, 자신보다 사수가 더 또렷하게 느꼈을 당시의 그 마음을 종종 떠올렸다. 그러면 풋내기에 불과했던 자신 안에 미약하게나마 편집자의 마음 같은 것이 자리하고 있었다는 사실이 새삼 신기하게 여겨졌다.

*

「조선의 석학에게 배우다」.

조수연의 원고는 조선시대 학자들의 사상을 소개하고 나름의 견해를 서술한 글이었다. 장민재가 그 원고를 검토하라고 지시했을 때, 석주는 원고지 700매에 달하는 원고를 두 차례 읽었다. 그런 후 조심스럽게 의견을 작성했다. 대중에겐 낯선 조선 학자들의 사상을 쉽게 풀어 쓴 점, 연구자로서의 진솔한 소회가 담긴 점, 문헌과 사료가 적절히 제시된 점 등을 장점으로 언급했고, 학자를 선정한 기준이 모호하다거나 그들의 사상이 엇비슷해 보인다는 단점은 밝히지 않았다. 그러자 장민재로부터 단호하게 꾸짖는 말이 돌아왔다.

이건 독자가 아니라 편집자로서 읽는 거예요. 다시 보세요. 이 원고를 책으로 만들어서 판매한다고 생각하면 이 정도 검토만으론 부족할 겁니다.

석주는 다시 의견을 작성했다. 감히 이렇게 말해도 될까 싶은 감상과 자칫 건방지다는 오해를 불러올 법한 비판을 두루 담은 내용이었다. 장민재는 그것을 바탕으로 회의 준비를 하라고 일렀고 한 주 뒤, 모든 부서가 참석하는 전체 회의에서 그 원고에 대한 의견을 밝혔다. 이 정도 수준으로는 출간이 불가하다는 판단이었다.

미흡한 부분은 편집부에서 보완을 하면 되잖아.

그렇게 말한 건 안쪽에 앉은 편집장 유덕일이었다. 그는 장민재가 대답을 하기 전에 한마디 더 했다.

웬만하면 내는 방향으로 합시다. 표선생 체면도 있고 하니. 나한테도 연락이 한번 왔더라고. 괜히 거절했다가 서먹해지면 곤란하잖아요. 표선생 정도면 우리한테도 중요한 저자인데. 아직 받을 원고도 남았고.

글이 애매합니다. 유사 도서와 비교했을 때 변별력도 없고 역사 에세이로 보기도 어중간하고요. 이대로는 어렵습니다. 출간하려면 수정이 많이 필요할 텐데 그만한 공력을 들일 만한 원고인지 잘 모르겠어요. 솔직히 필자가 이 원고에 얼마나 애정이 있는지도 모르겠습니다.

그렇게 말하는 장민재의 표정이 굳어 있었다.

세상에 완벽한 원고가 어디 있나? 편집자가 다 손보고 그런 거지. 그거 하라고 여기 있는 거잖아.

저희 부서 일정이 빠듯합니다. 내년 봄까지 마감이 계속 있는데다 연말에는 할인 행사 준비도 해야 하고요. 내년 출간 계획도 아직 못 세웠는데 총서 작업도 마무리 단계라 정신이 없어요. 저랑 석주씨, 두 사람이 감당하기에는……

유덕일이 장민재의 말을 끊고 끼어들었다.

내일 당장 내자는 게 아니잖아. 천천히 해요. 필자도 그 정도야 감안하겠지. 원고 보완해서 내년 상반기 중에 내면 되겠네.

일정 때문이 아닙니다. 편집장님도 읽어보시면 알겠지만 글이……

봤어, 나도 읽었어. 적당히 작업해서 내주자고. 완벽하게 내라고 안 해. 적당한 수준으로 만들어봐요.

두 사람 사이에 몇 마디 말이 더 오갔고 분위기가 무겁게 가라앉았다. 석주는 책상의 한 지점을 주시한 채 감정을 억누르는 듯한 사수의 목소리에 귀를 기울였다. 조마조마한 마음속에서 조수연의 원고 속 어떤 문장들이, 표현들이 질서 없이 떠올랐다가 가라앉았다.

석주씨는 읽었어요? 그 원고.

그래서 편집장이 그렇게 물었을 때 깜짝 놀랐고 갑자기 기침이 터졌다.

네, 읽었습니다.

한참 만에 석주는 발갛게 달아오른 얼굴로 대답했다.

장과장은 바쁘니까 석주씨가 맡아서 해보면 어때? 어려운 글은 아니잖아. 책임 편집이야 어렵겠지만 도움받으면 얼마든지 할 수 있지. 그럴 때도 됐잖아요, 안 그래?

석주는 사수의 눈치를 보며 말을 아꼈다. 무슨 말을 하려던 사수가 가만히 말을 삼키는 모습이 보였다. 침묵이 내려앉았다.

알겠습니다. 그럼 홍석주씨 통해서 필자에게 개고 요청하겠습니다. 수정할 의향이 없다고 하시면 저희 팀에서 원고를 맡는 일은 없을 겁니다.

결국 대답은 장민재가 했다. 유덕일이 석주를 바라보며 말했다.

석주씨가 중간에서 역할을 잘 해줘야겠네. 가능한 한 부드럽게 부탁드려요. 말이야 아 다르고 어 다른 거니까.

어렵지 않을 거라 생각했고 잘 해낼 수 있겠다고도 여긴 그 작업의 어려움을 석주가 깨닫는 데에는 오랜 시간이 걸리지 않았다. 장민재가 필자에 대해, 원고에 대해 왜 그토록 회의적인 태도를 취했는지도.

조수연의 글은 역사적 사실과 기록이 주를 이루고 있어 확인해야 할 사항이 많았다. 그만큼 오류의 가능성이 높은 셈이었다. 연표와 도표가 제 기능을 하는지 살피고, 계보와 학풍의 갈래를 차트로 구현하는 것도 고민해야 할 지점이었다.

석주가 효과적인 방안을 제시하면 조수연은 수긍하는 듯했지만 얼마 안 가 말을 바꾸었다. 의도가 바뀐다거나 의미가 모호해진다는 우려는 우회적인 거절의 표현이었으나 석주는 눈치채지 못했다. 그때마다 더 구체적인 설명을, 더 세부적인 자료를 전달한 건 그 때문이었다. 그래서 어느 날, 조수연이 담당 편집자를 교체해달라고 요구했음을 알았을 때 깜짝 놀랐다. 조수연이 장민재에게 직접 전화를 걸어 불쾌함을 표시한 모양이었다.

이런 경우가 왕왕 있습니다. 석주씨 잘못 아니니까 신경쓸 거 없어요.

장민재는 대수롭지 않게 말했지만 석주는 이해하기 어려웠다. 조수연과 주고받은 연락을 복기하고, 원고의 바뀐 부분들을 하나씩 확인한 건 그 때문이었다. 석주는 자신이 놓쳤을지도 모르는 뭔가를 찾고 또 찾았으나 끝까지 납득에 이르지 못했다.

그렇게 해서 그 원고는 장민재의 소관이 되었다.

겨울에는 해가 빨리 졌다. 오후 다섯시가 되면 땅거미가 드리웠고 퇴근할 무렵이면 사방이 캄캄했다. 장민재는 늦은 시각까지 사무실에 남았다. 퇴근 후에도 그가 틈틈이 조수연의 원고를 손본다는 걸 석주는 알고 있었다. 그것은 원고가 미흡한 탓 같았고, 일에 대한 그의 집념처럼 보였다. 그럼에도 어떤 애정이라 할 만한 감정은 느낄 수 없었다. 원고를 대하는 그의 태도는 여느 때처럼 지극하고 묵묵했으나 편집자를 떠올릴 때 석주가 상상했던, 얼마간 압도되고 매료된 모습은 찾아볼 수 없었다.

궁금증이 극에 달했을 무렵, 석주가 용기를 내어 원고의 일부를 훔쳐본 일이 있었다. 그가 잠깐 자리를 비웠을 때였다. 책상 한쪽에 흐트러진 채 놓인 원고에는 연필로 쓴 메모가 빼곡했다. 휘갈겨 쓴 글은 메모라기엔 길었고 원고의 일부를 새로 쓰고 있는 듯 보였다. 석주는 그 문장들을 읽는 데 정신이 팔려 그가 사무실로 되돌아온 줄도 몰랐다.

수정중이라 크게 다르진 않아요. 석주씨가 읽었던 그 원고 그대로일 겁니다.

그의 목소리를 듣고 나서야 석주는 고개를 돌렸고, 잘못을 들킨 사람처럼 얼른 제자리로 돌아왔다. 그는 아무 일도 없었다는 듯 다시 일에 열중했다. 그리고 훗날 지나가는 투로 원고 중엔 편집자의 공력을 더 필요로 하는 원고가 있다고 말한 게 전부였다.

그녀는 종종 떠올렸다.

팔짱을 낀 채 생각에 잠긴 사수의 모습을, 미간을 찌푸린 채 원고를 읽는 표정을, 멀리서 보면 책상 앞에 거의 웅크린 듯한 자세를. 그것은 투철한 직업정신의 산물 같았고, 성실함과 책임감처럼 보이기도 했으나 시간이 갈수록 오기나 강박처럼 느껴졌다. 그 원고를 작업하는 내내 그는 뭔가와 싸우는 사람 같았다.

편집자로 꽤 경력을 쌓기 전까지 석주는 그 시절 사수가 무엇과 싸우는지 알지 못했다.

어쩌면 그가 그 원고를 형편없다고 여기는 자신의 마음과 분투하고 있었을지도 모른다는 것, 권태 혹은 자조라고 부를 법한 어떤 감정과 씨름하고 있었을지도 모른다는 것은 시간이 훨씬 지난 뒤에야 어렴풋하게 짐작할 수 있었다.

『현대인이 알아야 할 조선 10인의 석학』.

이듬해 봄, 조수연의 원고는 제목이 바뀌어 출간됐다.

책이 들어왔네요. 고생 많았습니다.

어느 수요일 오후, 장민재가 그 책을 석주에게 건네주었다.

조선시대 사상가들의 얼굴이 인쇄된 표지엔 저자의 이름 세 글자가 큼지막하게 적혀 있었다. 석주는 사수의 눈을 제대로 바라볼 수 없었다. 겨울이 가고 봄이 오는 동안 그가 그 원고를 거의 새로 쓰다시피 했음을 모르지 않기 때문이었다.

정말 고생 많으셨습니다.

그러므로 석주가 자리에서 벌떡 일어나 했던 그 말은 형식적인 인사치레가 아니었다.

석주씨 없었으면 언제 나왔을지 모를 책입니다. 애써줘서 고마워요.

반은 맞고 반은 틀린 이야기였다. 자료의 출처를 하나씩 확인하고 바로잡은 것은, 필자가 다른 책에서 무단 인용한 부분을 찾아낸 것은 석주였으나 장민재의 지시가 없었다면 불가능했을 일이었다. 저작권의 개념이 희미하던 시절이었다. 출처를 밝히지 않고 제목을, 문장을, 심지어 그림과 도표까지 그대로 가져다 쓰는 일이 허다하게 벌어졌다. 공공연하게 이뤄지던 그런 행태를 관행으로 여겨선 안 된다는 것 또한 그 책을 작업하며 석주가 배운 것이었다.

석주는 우여곡절 끝에 나온 책을 내려다보았다. 작업 당시의 고단함과 막막함이 옅어지면서 미약한 성취감이 느껴졌다. 석주는 책등에 초판 1쇄라고 쓴 견출지를 붙인 뒤 부서 책장 앞으로 다가갔다. 부서에서 출간한 책들이 순서대로 자리한 그곳에 새로운 책을 추가하기 위해서였다. 석주는 책들을 가지런하게 정리하고 새책을 끼워넣었다. 그 순간, 그곳의 책들이 이전과 전혀 다르게 보였다. 그것들은 형태나 크기 같은 눈에 보이는 것들로 이뤄진 것이 아니라 누군가의 시간과 감정 같은 보이지 않은 것들이 스며든 결과물 같았다. 석주는 새삼스러운 눈길로 책장을 천천히 훑어보았다.

조수연의 저서는 큰 주목을 받지 못했다.

장민재에게선 아쉬운 기색을 읽을 수 없었다. 그는 자신의 손을 거쳐 세상으로 나간 그 책을 미련 없이 떠나보낸 것 같았다. 그는 무심한 얼굴로 다음 원고를 집어들었고 새로운 작업을 시작했다.

*

그해 봄에는 비가 자주 왔다.

하루종일, 때로는 며칠씩 이어지는 비였다. 만발했던 꽃은 금세 졌다. 비에 젖은 꽃잎들이 길 여기저기에 어지럽게 흩어져 있었다. 그 무렵, 석주는 더이상 아무것도 모르는 신출내기는 아니었다. 업무의 우선순위를 정하고 긴 시간을 필요로 하는 일과 그렇지 않은 일을 구분할 수 있었다. 일이 많을 때는 한두 시간 일찍 출근하고 늦은 밤까지 사무실을 지켰다. 그럼에도 자신이 이 일에 적합한 사람인지 알 수 없었다.

그 시절, 석주는 틈틈이 글을 썼다. 정시에 퇴근하는 날은 드물었지만 저녁이 가까워지면 조바심이 그녀를 재촉했고, 귀가해서 책상 앞에 앉으면 조바심이 어느새 부담감으로 바뀌어 그녀를 압박했다. 동생 희주는 중학교 구내식당의 수습 영양사로 자신에게 알맞은 이력을 쌓아나가는 중이었다. 국가고시에 합격했다거나 언론 시험에 통과했다는 동기들의 소식이 들려오기도 했다.

그해, 석주는 스물여덟 살이었으나 스스로 젊다고 여기지 않았다. 차이와 비교에서 비롯된 갈급함이 석주를 한순간 나이가 아주 많은 사람으로 만들어버린 것 같았다.

석주는 자신이 잘할 수 있는 일을 찾고 싶었다. 어째서 책 만드는 일이 아니라 글쓰는 일을 더 잘할 수 있다고 여겼는지 알 수 없으나 당시엔 그것만이 불확실한 장래를 구원해줄 유일한 희망처럼 보였다.

여태 안 자? 아직 일이 남은 거야?

그럼에도 밤중에 어머니가 방문을 열고 물으면 애매하게 고개를 끄덕였을 뿐 글을 쓴다는 말은 하지 않았다. 석주는 시를 썼고 소설을 썼고 장르를 뚜렷하게 구분할 수 없는 글을 써나갔다. 성마른 문장을 이어붙이는 그 작업은 막막했지만 때때로 피로를 잊을 만큼 강렬한 몰입의 순간이 찾아왔다. 한 문장, 한 문장 써내려가다보면 예상하지 못한 곳에 다다른 듯한 느낌을 받을 때가 있었다. 그러면 막연했던 장면이 뚜렷해지고, 전혀 다른 세계로 건너온 듯한 착각이 들었다.

석주는 용기를 내어 공모전에 몇 차례 글을 보냈다. 그러고 나면 한동안은 이상한 기대감에 마음이 부풀었다. 고대하던 일은 일어나지 않았다. 딱 한 번, 석주의 시 세 편이 지역 잡지 공모전 심사평에 언급된 것이 유의미하달 수 있는 결과의 전부였다. 석주는 서점에서 그 잡지를 찾아 읽었으나 구입하진 않았다.

'지나치게 친절한 문장의 나열이 시적 도약을 방해하는 것은 아닌지 고민할 필요가 있다.'

서점을 나올 때, 어느 심사위원의 냉정한 평가를 속으로 몇 번 되뇌었을 뿐이었다.

세월이 흐른 뒤, 그 시절을 떠올렸을 때 석주의 기억 속엔 어떤 절실함만이 희미하게 남아 있었다. 무의미한 시간은 아니었다. 막막함과 고단함 속에서 뭔가를 쓰던 그 시간은 석주에게 인내심을 가르쳤고, 스스로를 객관적으로 볼 수 있는 분별력을 주었다. 그녀는 잠깐 작가를 꿈꾸었지만 그것이 어떤 삶을 의미하는지, 자신이 정말 그런 삶을 원하는지 고민해보진 못했다.

석주는 자신이 글쓰기를 포기한 까닭을 넉넉하지 않은 형편에서, 좀처럼 따라주지 않던 행운에서, 바쁜 회사생활에서 찾았다. 그것이 실은 자신의 선택이었음을 인정한 건 시간이 훨씬 지난 뒤였다.

오래도록 그녀에게 열정은 한순간 사람을 사로잡는 무엇이었다. 그건 스스로 만들어낼 수 없고, 이성으로 통제할 수 있는 것도 아니었다. 그리고 이런 생각에 변화가 찾아왔다. 열정보다 중요한 건 그것을 일깨우고 유지하는 의지라는 것. 그것이 향하는 곳은 따로 있었다는 것. 그 시절, 석주의 열정은 사람을 단번에 압도하는 방식이 아니라 가만히 길들이는 방식으로 책을 만드는 일에 집중되고 있었다.

여름이 끝날 무렵 지방 출장이 잡혔다.

장민재와 함께 필자를 만나러 가는 일정이었다. 수요일 아침, 두 사람은 시외버스를 타고 서유화가 사는 소읍으로 향했다. 버스는 두 시간을 달려 승강장이 단 세 개뿐인 시골 터미널에 도착했다. 버스가 멈춰 서자 유리창 너머로 노랗게 흙먼지가 피어올랐다. 두 사람이 버스에서 내리자 챙이 큰 모자를 쓴 여자가 다가왔다.

먼길 오느라 고생이 많았네요. 시장하죠?

서유화였다. 자그마한 체구였지만 목소리에 힘이 있었다. 일본어 번역자이자 하이쿠 연구자라는 말을 들었을 때 석주가 상상한 예민하고 날카로운 모습은 찾아볼 수 없었다. 세 사람은 서유화의 차를 타고 근처 식당으로 이동했다. 점심시간 전인데도 도로변에 위치한 식당은 붐볐다. 세 사람은 해가 잘 드는 창가에 자리를 잡았다. 막국수 세 그릇과 메밀전 한 접시가 나왔다.

선생님, 몇 년 만에 뵙는 건지 모르겠습니다. 이사하셨다는 소식 듣고 한번 가봐야지 하면서도, 요즘은 너무하다 싶을 정도로 하루가 빠르네요. 여기 사시는 건 어떠세요? 한적하니 지내기에 좋으실 것 같습니다.

장민재의 목소리에 반가움이 묻어났다. 석주는 그의 모습을 곁눈질하며 조심스럽게 식사를 시작했다. 좀처럼 감정을 드러내지 않던 사람이라 그런 모습이 낯설고 신기했다. 서유화는 석주와 자주 눈을 맞추고 다정하게 말을 걸었다. 그래서 식당을 나설 무렵에는 석주도 얼마간 어색함을 떨쳐낼 수 있었다.

서유화의 집은 차로 이십 분을 더 가야 했다.

마을이 한눈에 내려다보이는 단층 주택. 아담한 뜰 한쪽에 잘 가꾼 텃밭이 눈에 들어왔다. 서유화가 두 사람을 집안으로 안내한 뒤 시원한 녹차를 내왔다. 세 사람은 뜰이 마주 보이는 거실에 앉아 이야기를 나누었다. 느리게 이어지는 대화 속에서 석주는 그녀가 요양을 위해 이곳으로 왔다는 것을 알아차렸으나 심각하게 여기진 않았다. 서유화의 활기찬 모습에선 어떤 병색도 느껴지지 않았다.

열린 창으로 바람이 불어왔다.

새소리, 매미소리 같은 여름의 소리들이 다가왔다가 멀어지고 긴장이 풀리면서 졸음이 몰려왔다. 하품이 나올 때마다 석주는 입술에 힘을 주고 창 쪽으로 고개를 돌렸다. 그러면 새어나온 눈물 속에서 녹음이 무성한 먼산의 풍경이 잠깐 흐릿해졌다가 또렷해졌다.

뜰 한쪽에 어린 백구 두 마리가 뛰어다니고 있었다. 낑낑거리는 소리가 들릴 때마다 석주는 무심결에라도 그쪽으로 시선을 돌리지 않으려고 애썼다. 산만하다는 인상은 주고 싶지 않았다. 그녀는 사수의 목소리에 귀를 기울였다. 그가 필자를 응대할 때의 유연하고도 정중한 태도를 배우고 싶어서였다.

강아지들은 선생님이 키우시는 건가요? 아직 어린 거 같은데. 배가 볼록하니 아주 귀엽습니다. 이렇게 보고 있으면 시간 가는 줄 모르겠어요.

장민재는 계속 딴소리를 했다. 원고에 대한 이야기가 나오면 분위기를 흩트리듯 엉뚱한 화제를 꺼냈고, 대화의 방향을 다른 쪽으로 틀어버렸다.

장선생에게 면목이 없네. 보내도 벌써 보냈어야 할 원고인데. 일정이 너무 늦어졌죠?

한참 만에 서유화가 결심한 듯 일 이야기를 꺼냈지만 이번에도 그는 찻잔을 매만지며 말을 아꼈고 도망치듯 뜰로 내려섰다.

풍경이 정말 그림 같습니다. 공기도 좋고, 시야도 탁 트여 있는 게. 저도 나중에 은퇴하면 이런 데 와서 살면 좋겠다 싶어요.

백구 두 마리가 그에게 달려왔다. 그런 후엔 경쟁하듯 그의 신발과 바짓단을 물어뜯기 시작했다. 장민재가 난처하다는 표정으로 석주에게 도움을 청했다.

석주씨, 강아지 좋아해요? 난 동물을 키워본 적이 없어서 어떻게 해야 할지 모르겠네요.

석주가 엉겁결에 뜰로 내려섰고 순식간에 백구 두 마리에 둘러싸였다. 장민재가 조용히 길 쪽으로 돌아서는 게 보였다. 움직임이 없는 그의 뒷모습이 이상하게 감정을 억누르고 있는 것처럼 보였다. 그는 슬퍼 보였다.

선생님, 얘들 이름이 뭐예요?

석주는 그런 사수의 모습을 감춰주려는 듯 명랑한 목소리로 물었다.

내가 아주 재미있는 이름을 붙여줬어요. 귀가 접힌 애가 하쿠, 코에 얼룩이 있는 애가 이쿠.

뒤따라 나온 서유화가 답했고 석주가 되물었다.

하쿠, 이쿠요?

나지막한 장민재의 목소리가 끼어들었다.

하이쿠에서 딴 이름이네요. 한번 들은 사람은 절대 잊을 수 없겠습니다, 선생님.

이쪽을 돌아보는 그의 눈가가 붉었다. 아니, 그건 그의 얼굴을 환하게 뒤덮은 햇살 탓인지도 몰랐다. 그는 끝까지 원고에 대한 이야기는 꺼내지 않았다. 그 집을 나설 때, 그저 언제든 보내주시기만 하면 된다고, 기다리겠다고 덤덤하게 말한 게 전부였다.

그날 서유화는 두 사람에게 하이쿠 한 편씩을 써주었다. 벼루에 먹을 간 뒤 손바닥 크기의 화선지에 히라가나 열일곱 자를 쓰고, 아래 우리말 번역을 달았다. 석주에겐 책 두 권을 따로 챙겨주기까지 했다.

따갑게 쬐는

햇살은 무정해도

바람은 가을

 석주가 받은 건 마쓰오 바쇼의 하이쿠였다. 왜 그 시구를 골랐는지는 묻지 못했다. 어쩐지 침울해 보이는 사수의 모습이 마음에 걸린 탓이었다. 석주는 화선지의 먹이 다 마를 때까지 기다렸다가 그것을 책 사이에 조심스레 끼워넣었다. 서유화가 두 사람을 터미널에 내려주고 돌아간 뒤에야 장민재가 혼잣말처럼 중얼거렸다.

 아무래도 괜한 걸음을 한 것 같습니다. 경솔했어요.

 그런 후엔 주차장 쪽으로 걸어가서 담배를 피웠다. 대형 버스 사이에 서 있는 그는 아주 작아 보였다. 버스를 타고 돌아오는 내내 그는 말을 잃은 사람 같았다. 자신을 신경쓰는 석주를 배려하듯 어느 순간부터는 눈을 감고 있었으나 그가 깨어 있다는 걸 느낄 수 있었다.

 이듬해 봄, 서유화의 부고를 듣고 나서야 석주는 평소와 달랐던 그때 그의 모습을 이해했다. 그가 더 일찍 느꼈을 상실과 슬픔의 감정도 비로소 헤아려볼 수 있었다. 장민재는 곧바로 서유화의 유고를 갈무리하는 작업에 돌입했다. 그러나 이런저런 정기 행사와 이벤트가 몰려 있는 5월이 가까워지면서 해야 할 일이 점점 늘었다. 그래서 그 작업은 자연스레 석주의 몫이 되었다.

그 원고는 오십 편의 하이쿠에 짧게 해설을 단 글이었다. 자신의 죽음을 예견한 듯 서유화가 엄선한 시편에는 죽음의 정서가 짙게 배어 있었다. 그러나 그것을 풀이하고 해석하는 문장은 담담하고 의연했다. 석주는 주인이 없는, 더는 뭔가를 질문하고 의논할 사람이 없는 그 원고를 매만지는 일에 마음을 쏟았다. 대학에서 익힌 한자가 원고를 읽는 데 얼마간 도움이 되었으나 그것만으로는 충분치 않았다. 석주는 일본어 사전을 자주 들춰보았고, 서유화의 전작들을 찾아 읽었다. 이전이었다면 심상하게 넘겼을 접속사와 조사의 쓰임을 거의 강박적으로 살필 때도 있었다.

필자와 대화를 나눌 수 없는 상황 때문이었으나 답을 구하는 과정이 막막하지만은 않았다. 때론 필자와 직접 소통할 때보다 뚜렷하고 분명한 답을 아주 간접적인 방식으로 얻는 듯했다. 그러나 그 원고를 끝까지 마무리하지 못했다.

초겨울에 석주는 교한서가를 그만두었다.

새로운 출판사들이 계속 생겨났고 심심찮게 밀리언셀러가 탄생하면서 출판 시장은 호황을 맞은 듯 보였으나 실상은 그렇지 않았다. 과대광고와 사재기가 만연한 홍보 방식, 공공연하게 이뤄지던 무단 인용과 무단 전재, 불투명하고 복잡한 유통 과정까지. 그 무렵 양적으로 팽창하던 출판 시장은 언제 터질지 모르는 시한폭탄을 안고 있었다.

결국 무리하게 사업을 확장하던 도매상들이 도서 대금을 지불하지 못하면서 문제가 수면 위로 드러났다. 자금난을 견디지 못한 서점들이 폐업하면서 반품률이 치솟았고, 도매상 여러 곳이 연쇄적으로 문을 닫았다는 뉴스를 석주도 보았지만 크게 신경쓰지는 않았다.

교한서가는 대형 종합 출판사였고 한 차례 구조조정을 감행한 후였다. 일부 사람들이 이따금 부도설을 입에 올렸지만 석주는 개의치 않았다. 회사가 어떻게든 위기를 버텨낼 거라 믿었고, 매일 몰아치는 업무에 쫓기느라 거기에 미처 신경 쓸 겨를조차 없었다.

어느 오후, 유덕일은 석주를 불러 침통한 얼굴로 말했다. 회사 사정이 어려우니 이달 말까지만 출근해달라는 거였다. 양해를 구하는 것처럼 보였지만 거부할 수 있는 사안은 아니었다. 장민재가 강한 어조로 반발했지만 소용없었다.

마지막 출근 날에 석주는 사수와 회사 근처 식당에서 점심을 먹었다. 그는 컵에 물을 따르면서, 수저를 챙기면서 잠깐씩 석주를 보았지만 아무 말도 하지 않았다. 자신만 회사에 남게 된 이 상황이 몹시 곤혹스러운 눈치였다.

맛있는 걸로 먹어요. 비싼 걸로. 오늘 점심은 회사가 아니라 내가 사는 겁니다.

그가 한 말은 그게 다였다. 석주는 장어덮밥을 주문했고 그릇을 깨끗하게 비웠다. 식사를 끝내고 두 사람은 식당을 나왔다. 때 이른 추위에 두꺼운 외투를 껴입은 사람들이 분주하게 거리를 오가고 있었다. 차가운 공기 속에서 엷게 입김이 피어올랐다.

편집 일이 생각보다 재미가 없죠. 처음이라 힘들었을 텐데 고생 많았어요. 상황이 이렇게 되어서 미안합니다.

아닙니다. 과장님 잘못도 아닌걸요. 그동안 감사했습니다.

진심이었다. 인문교양부가 다른 부서로 통합되면서 그 역시 강등되다시피 한 것을 모르지 않았으니까.

그렇게 말해주니 고맙네요. 갑작스러운 상황이라 아직 계획을 세우지는 못했겠지만, 이 일을 계속할 마음이 있어요? 염두에 둔 다른 일이 있다거나.

갑자기 나타난 자전거를 피하느라 두 사람의 거리가 벌어졌다. 석주는 편집부에서 경험했던 일련의 일들을 떠올렸다. 언어가 전부인 원고에 형태와 구조를, 질서와 개성을 부여하는 과정은 수월하지 않았다. 어떤 기준도 규칙도 없는 그 일은 예측할 수 없었고, 우연적인 동시에 필연적이었다. 가슴 벅찬 순간이 없지 않았으나 석주는 자신이 이 일을 계속할 수 있을지, 또 계속하고 싶은지 확신할 수 없었다.

천천히 생각해보려고요.

그래요. 뭐든 내가 도울 일이 있으면 연락해요.

장민재는 그렇게 답했고 담배 한 개비를 꺼냈다. 그러나 불을 붙일 생각은 않고 담배를 만지작거리기만 했다.

첫 직장에 있을 때 문학책을 편집했어요. 오 년쯤 했나. 생각했던 거랑은 다르더군요. 버티고 버티다가 더는 못해먹겠다고 하고 거길 나왔는데, 지금 생각해보니 그때가 좋았구나 싶어요. 쉬운 일이야 없겠지만 좋아하는 책을 만드는 건 다를 겁니다. 그렇지 않은 책을 만드는 것과는 분명 다른 일이죠.

그는 그렇게 말하고 담배에 불을 붙였다.

석주의 미진한 애정을 꿰뚫어본 듯한, 최선을 다하지 않은 순간을 우회적으로 나무라는 듯한 그의 말은 석주의 가슴에 오래 남았다. 하지만 그 말이 훗날 자신의 마음을 돌려세울 거라곤 생각하지 못했다.

석주는 사무실에 들러 소지품을 챙겼다. 종이 상자 하나가 꽉 찼다. 석주는 묵직한 상자를 두 팔로 감싸안은 채 일층 교열부로 갔다. 오기서에게 인사를 하기 위해서였다. 책상에 앉은 그는 여느 때처럼 몸을 숙여 원고를 들여다보는 중이었다. 창을 통과한 햇살이 그의 구부정한 뒷모습 위로 쏟아지고 있었다. 널찍한 책상이 불을 켠 듯 환했다.

과장님, 그동안 감사했습니다.

석주가 다가가 인사했다. 그가 안경을 벗고 자리에서 일어났다. 그러곤 손수건으로 손에 묻은 흑연을 대충 닦아낸 뒤 악수를 청했다.

그래요. 그동안 고생 많았습니다. 곧 또 봅시다.

그의 손이 석주의 손을 힘껏 쥐고 짧게 흔들었다. 시시할 정도로 덤덤한 인사였지만 따뜻함을 느끼기엔 충분했다.

*

한동안 석주는 부모님 가게에서 일을 거들었다.

늦은 오후가 되면 붉고 진한 노을이 가게 깊숙이 밀려들었다. 그러면 출입문 쪽을 주시하고 있는 어머니의 얼굴에 애타는 마음이 어렸다. 텅 빈 가게 한쪽에서 신문을 읽는 아버지의 표정에서도 감출 수 없는 근심의 기색이 엿보였다. 부모는 좀처럼 속내를 드러내지 않는 사람들이었다. 그러나 그 무렵엔 곤두박질치는 매출과 가계에 대한 걱정으로 미처 단속하지 못한 불안이 흘러나오곤 했다.

석주는 뭐든 해야겠다고 생각했지만 자신이 뭘 할 수 있을지, 하고 싶은지 알 수 없었다. 그러므로 어느 날, 부모에게 임용시험을 준비하겠다고 말한 건 얼마간 상황에 떠밀린 선택이었다. 일찌감치 임용시험을 통과한 동기들은 벌써 오륙 년 차 교사로 일하는 중이었다. 도리를 하지 못하고 있다는 자책이 조급함을 몰고 왔다.

그해, 석주는 스물아홉이었다.

석주는 평일에 공부하고 주말에 아르바이트를 하며 시험을 준비했다. 자신이 교사라는 직업을 진짜 원하는지 고민하진 않았다. 책상 앞에 앉을 때마다 차선의 선택지가 있어 다행이라는 생각을 일종의 의무감처럼 상기했고 거기서 안도감을 얻었다.

그러나 그녀가 자각하지 못했던 어떤 애정이 서서히 모습을 드러내기 시작했다.

도서관에 들를 때마다, 발걸음이 열람실 서가로 향할 때마다, 습관적으로 판권면을 펼칠 때마다 조그마한 불씨에 불과해 거의 존재하지 않는 듯했던 이 일에 대한 열정이 뚜렷하게 감지되었다. 석주는 판권면에 적힌 낯선 이름들에 묘한 친숙함을 느꼈다. 책장을 넘길 때면 조심스럽게 스며들어 마침내 책의 일부가 된 그들의 비밀스러운 조력이 눈에 보일 듯했다.

그럼에도 자신이 그 일을 다시 하게 될 거라고 생각하지 않았다.

석주가 모르는 척했다면 삶의 아쉬움 중 하나로 남았을 그 일에 대한 열정을 일깨운 건 장민재였다. 기온이 영하로 떨어진 어느 겨울 오후, 석주는 그가 집으로 보내온 우편물을 뜯었다. 그리고 봉투 속에서 나온 것이 자신이 마지막으로 작업했던 서유화의 책임을 알고 깜짝 놀랐다.

책이 출간되어 한 부 보냅니다. 선생님이 살아 계셨으면 참 흡족해하셨을 것 같네요. 고생 많이 했습니다.

그녀는 동봉된 메모를 읽고 책을 펼쳤다. 차분하게 가라앉은 감정 사이로 잔잔한 일렁임이 느껴졌다. 이어 판권면에 적힌 자신의 이름을 발견한 순간, 단단히 잠가두었던 감정이 한꺼번에 쏟아졌다. 그것은 기대하지도, 예상하지도 못한 상황에서 오는 놀라움만은 아니었다. 그건 자신이 멀리 치워두었던 마음, 어쩔 수 없다고 단념했던 마음, 그러니까 어떻게 해도 떨쳐지지 않는 이상한 이끌림이었다.

석주는 출판사 세 곳에 지원서를 넣었다. 그러나 열람실 한쪽에서 지원서를 작성하면서도, 우체국에 들러 서류를 발송하면서도 섣부른 기대는 하지 않았다. 그것은 다만 운을 시험하는 행위였고 어떤 결과든 받아들일 준비가 되어 있었다. 그리고 일주일 뒤, 한 곳에서 연락이 왔다. 늦은 오후, 어머니가 받아둔 번호로 전화를 걸자 밝은 여성의 목소리가 말했다. 가능하면 빨리 면접을 보고 싶다는 내용이었다.

산티아고북스는 주택가에 자리하고 있어 버스에서 내려서도 골목을 한참 걸어올라가야 했다.

4월 초순이었지만 햇살이 뜨거웠다. 비슷비슷한 골목을 헤맨 탓에 석주가 건물 앞에 다다랐을 땐 온몸이 땀범벅이었다.

계세요?

석주는 열린 대문 안을 엿보았다. 담쟁이덩굴이 뒤덮고 있는 이층 주택은 회사라기보다는 가정집처럼 보였는데 널찍한 마당 한쪽에 포장을 뜯지 않은 가구와 집기가 놓여 있었다. 안쪽에서 사람들의 목소리가 새어나왔다. 석주는 마당 안으로 한 걸음 들어섰으나 더 다가갈 엄두는 내지 못했다. 누군가 나온 것은 몇 분이 지난 후였다. 동그란 안경을 쓴 여자가 석주를 향해 물었다.

거기, 누구세요?

아, 안녕하세요. 면접을 보러 왔습니다. 홍석주라고 합니다.

아, 맞아. 오늘 면접이 있었죠. 그런데 왜 거기 서 있어요? 들어오지 않고. 들어오세요.

여자가 현관문을 열어 보이며 앞장섰다. 그러나 사람들이 소파와 선반, 책장과 의자 같은 것들을 계속 나르는 통에 석주는 현관 앞에 발이 묶였다. 한참 만에 안쪽에서 누군가 얼굴을 내밀었다. 파란 셔츠를 입은 남자였다.

홍석주씨? 오늘 면접 보러 왔죠? 일단 들어오세요.

석주는 짐을 나르는 사람들을 피해 게걸음으로 현관을 통과했고, 종종걸음으로 남자를 뒤따라갔다. 실내는 환하고 널찍했으나 가구와 집기가 널려 있어 어수선했다. 면접 장소는 가장 안쪽 방이었다.

여기서 잠시만 기다리세요.

남자는 책상과 의자뿐이어서 썰렁한 느낌을 자아내는 그곳에 석주를 홀로 남겨두고 방을 나갔다. 석주는 창으로 다가가 자신의 모습을 비춰보았다. 땀으로 젖은 앞머리는 이마에 납작하게 달라붙었고, 다림질해 입고 나온 하얀 셔츠도 후줄근했다. 뭐랄까, 창에 비친 자신의 모습은 어리숙하고 주눅이 들어 보여 누가 봐도 선뜻 채용할 마음이 들지 않을 것 같았다.

이쪽으로 앉으시죠.

잠시 후 두 사람이 들어왔다. 남자가 대표 차인석, 여자가 편집장 손유라였다. 나중에 알게 된 것이지만 두 사람은 첫 직장에 같이 입사한 동기이자 십 년 넘게 교유해온 사이였다.

지난주에 이사를 끝냈어야 했는데 일정이 꼬였어요. 비가 계속 오기도 했고, 휴일까지 있는 바람에. 찾아오는 데 어렵진 않았어요? 아무래도 간판을 하나 걸어야 하나. 오는 사람마다 찾기 어렵다고 해서 고민이네.

차인석이 말했고 석주가 대답했다.

조금 헤매긴 했는데 어렵지는 않았습니다.

거봐요, 대표님. 제가 말했죠? 일을 제대로 하려면 간판부터 걸어야 한다고. 그나저나 물밖에 없네요. 대신 아주 시원해요!

손유라가 물 한 잔을 건네며 석주와 눈을 맞추었다. 미소를 띤 얼굴이었지만 눈빛에서는 엄격함이 느껴졌다. 석주는 몸을 바로 세웠다. 긴장을 떨쳐야 한다고 생각했지만 몸은 오히려 더 경직되는 듯했다.

그래요. 이사 끝나면 간판부터 달자고. 그건 그렇고 우리 소개가 늦었네요. 저는 차인석 대표고 이쪽은 손유라 편집장. 만나서 반가워요. 그럼 한번 봅시다. 교한서가 교열부에서 일을 시작했고 주로 역사 관련 책을 편집했네요? 역사 전공자라 그런가.

대답을 바라고 한 질문은 아닌 듯했다. 그는 곧바로 다음 질문을 했다.

장선배가 칭찬 많이 하던데, 본인 장점이 뭐라고 생각해요?

네?

장선배가 사수였던 장민재를 가리킨다는 걸 석주는 한참 만에 알아차렸다. 그녀는 그에게 이 회사에 지원한다고 알린 적이 없었다. 그저 서유화의 책을 받은 뒤 짧은 감사 메일을 쓰면서 이 일을 조금 더 해보고 싶다고 말한 게 전부였다.

아, 오해하지 말아요. 장선배랑은 친분도 있고 가끔 보는 사이라서 내가 슬쩍 물어본 거니까.

차인석이 말하고 손유라가 거들었다.

장선배가 칭찬했다고 해서 우리가 무조건 뽑지는 않는답니다.

질문이 이어졌다.

원고를 검토할 때 우선하는 가치가 무엇인지, 편집자의 역할이 뭐라고 생각하는지. 이전 회사에서 퇴사한 이유는 무엇이고, 퇴사 이후 뭘 하면서 시간을 보냈는지, 다른 사람들과 갈등을 겪은 경험이 있는지, 그럴 땐 어떻게 대처하는지. 교열부에서 일한 경험이 편집에 도움이 되었는지, 존경하는 편집자나 눈여겨보는 해외 출판사가 있는지. 자신이 다른 편집자와 차별되는 점이 무엇이라 생각하는지, 책을 만드는 데 자신만의 원칙과 기준이 있는지.

계통도, 맥락도 없는 질문들이 쏟아졌다. 긴장은 떨쳐지지 않았다. 석주의 대답은 굼뜨게 나왔고 자주 핵심을 놓쳤으며 엉뚱한 방향으로 튀어올랐다. 하나의 질문이 끝나고 다음 질문이 시작될 때면 답변이 미진했다는 자책 탓에 다시금 말이 엉키는 식이었다. 가구를 옮기는 모양인지 이따금 거실 쪽에서 둔탁한 소음과 사람들의 말소리가 흘러들었다.

단도직입적으로 말하죠. 홍석주씨가 우리 회사에 지원한 이유가 있을까요?

신경 쓰인다는 듯 문 쪽을 바라보던 차인석이 물었다.

네. 저, 저는 산티아고북스에서 나온 책들이 좋았습니다.

그래요? 어떤 책일까요?

손유라가 끼어들었고 석주가 몇몇 책의 제목을 언급했다. 나중에 알게 된 것이지만 그 책들은 창업 초기, 차인석이 상당한 비용을 들여 다른 출판사에서 사들인 것이었다. 말하자면 그 서적들이 이 회사의 초기 자산인 셈이었다. 석주는 언급한 책들의 인상적인 면면을 더듬더듬 짚어나갔다. 간결하게, 명확하게 말하려 했지만 말은 자꾸 늘어지고 엉키고 꼬였다. 핵심적인 뭔가를 놓쳤을지도 모른다는 불안 탓이었다.

차인석이 빙긋 미소를 지으며 말했다.

다 문학책이네요? 우리 회사에 다른 분야 책들도 꽤 있는데. 뭐, 아직 종수가 많진 않지만. 인문서도 있고, 역사서도 있고, 에세이도 있고. 아, 철학서도 한 권 있구나.

네, 알고 있습니다.

그래요. 그럼 홍석주씨는 어떤 책을 만들고 싶습니까? 포부랄지, 목표랄지 그런 게 있어요?

그가 다시 물었고 석주가 답했다.

저, 저는 문학책을 만들어보고 싶습니다.

문학책? 어떤 문학책?

오래 기억에 남는…… 그러니까 사람들의 마음을 우, 움직이는 책을 만들고 싶습니다.

뻔하고 식상한 대답이라는 생각에 부끄러움이 밀려왔다. 손유라가 팔짱을 낀 채 석주를 바라보았다. 뭐랄까, 그의 눈빛은 석주가 아직 꺼내놓지 못한 어떤 말들을 가만히 헤아리는 듯했다. 석주는 최선을 다하고 싶었다. 그곳이 선망하던 회사여서는 아니었다. 그럼에도 그곳에 깃든 좋은 기운을 느낄 수 있었다. 개방적이고 적극적인 분위기가 만들어내는 그곳의 활기가 마음에 들었다. 석주는 잠깐씩 창 너머로 시선을 돌렸다. 그러면 하얗게 만개한 벚나무가 보였고 거기에서 미약한 응원을 얻었다.

여기 말고 다른 회사에도 지원서를 냈겠네요.

차인석이 물었고 석주가 답했다.

네.

어디냐고 물어보면 실례가 되려나. 솔직하게 말하면 우리 회사는 시작 단계라 규모가 크지 않아요. 대우나 조건도 아주 만족스러운 수준은 아닐 겁니다. 그렇지만 일은 제대로 배울 수 있을 거예요. 이것저것 시도해볼 수 있을 테고요. 당연히 그만한 권한도 줄 생각입니다. 그건 약속할 수 있어요.

석주에겐 긍정적으로 들렸고 안도감도 일었으나 그는 그 자리에서 바로 결정을 내리지는 않았다. 서로 시간을 갖자는 말로 고민할 시간을 벌었다.

나중에 알게 된 것이지만 차인석은 나이에 비해 영민하고 노련한 사람이었다. 세월이 흘러 석주는 당시 그의 나이였던 마흔다섯이 되어서야 실감했다. 막 걸음마를 떼던 산티아고 북스를 중견 기업으로 성장시킨 것이 그의 능력과 수완 덕분이라는 사실을. 그는 실무에 깊이 관여하기보다는 그것을 지속할 기반을 만드는 데 힘을 쏟았다. 그는 우선해야 할 것과 집중해야 할 것을 냉정하게 판단하는 경영인이었다.

면접이 끝나고 건물을 나올 때 손유라가 물었다.

석주씨, 그런데 우리 회사 이름 들어본 것 같지 않나요? 산티아고라는 단어, 어딘가 익숙하지 않아요?

네?

놀란 얼굴로 석주가 돌아보자 손유라가 다독이듯 석주의 어깨를 살짝 두드렸다.

아니에요. 날도 더운데 어수선한 분위기에서 면접 보느라 고생 많았어요. 조심해서 가요.

보름 뒤, 석주는 산티아고북스에 대리로 입사했다. 교한서가에서의 경력과 작은 회사에서 저자를 응대하며 생길 수 있는 어려움까지 두루 고려한 편집장의 결정이었다.

며칠 뒤, 산티아고북스의 공식 홈페이지가 열렸다. '산티아고'가 『노인과 바다』의 주인공 이름에서 따온 것이라는 소개글이 게시되면서 그것에 관한 이야기는 꺼낼 수 없게 되었다. 그러니까 면접을 마치고 돌아오던 날, 버스 안에서 그 책 『노인과 바다』를 떠올렸다고 말할 기회는 영영 사라진 셈이었다.

*

10월에 석주는 회사 인근 원룸으로 이사했다.

출퇴근하는 데만 두 시간 이상이 걸렸고 퇴근이 늦어지면 귀가가 어렵다는 게 이사를 고집한 이유였지만 그게 전부는 아니었다. 당시엔 자신도 정확히 알지 못했으나 석주는 부모를 실망시키고 있다는 자책으로부터 벗어나고 싶었다. 부모의 만류에도 불구하고 이사를 감행할 만큼 자신이 이 일에 몰두하고 있다는 사실 또한 나중에 알게 된 것이었다.

이사하는 날에 아버지가 동행했다.

파란색 트럭에 싣고 온 짐은 단출해서 이사는 금방 끝이 났다. 조그마한 냉장고와 키 작은 옷장, 손때 묻은 책장과 의자까지. 어딘지 모르게 휑한 느낌을 자아내는 작은 방에 빼곡한 건 삼단 책장 두 개뿐이었다.

아버지는 책장에 다 꽂지 못한 책들을 벽 한쪽에 쌓기 시작했다. 잠깐씩 돌아보는 아버지의 뒷모습은 여느 때와 같았지만 약간 마른 것 같기도, 작아진 것 같기도 했다. 아니, 낯선 곳에서 보는 아버지는 다른 사람 같았다. 살면서 예상하지 못했던 그 공간이 두 사람 사이를 서먹하게 만들어버린 건지도 몰랐다.

열린 창 사이로 차가운 바람이 새어들었다. 아버지는 창을 닫고 외풍을 점검하듯 여기저기 손등을 갖다댔다. 그런 후엔 무심한 목소리로 중얼거렸다.

당분간은 희주가 많이 서운해하겠구나.

직장인이 된 뒤로 자매가 함께 시간을 보내는 경우는 드물었다. 느지막이 일어나 희주와 게으르게 보내던 주말마저 사라진다고 생각하자 아쉬움이 밀려왔다.

집에 자주 갈게요.

석주가 말했고 아버지가 고개를 저었다.

그럴 거 없다. 일 배우는 게 우선이지. 남의 돈 받는 게 어디 쉬운 일이야. 뭐든 제대로 배워서 제대로 해야지. 우리는 괜찮다. 시간이 지나면 어떻게든 다 적응하기 마련이니까. 그나저나 외풍이 심하진 않을지 걱정이구나.

아버지는 화제를 돌리듯 몇 차례 소리 나게 창문을 여닫으며 창틈을 확인했다. 그런 후엔 모든 살림살이를 다섯 평 남짓한 공간에 죄다 밀어넣은 이 상황이 믿기지 않는다는 듯 계속 방을 둘러보았다.

석주가 나갈 채비를 할 때 아버지가 점퍼를 챙겨 입으며 물었다.

그래, 일은 좀 할 만하니?

그러곤 책상 위에 놓인 책 한 권을 집어들었다.

표지에 앙상한 나무가 그려진, 석주가 아끼는 문고본 소설이었다. 한동안 지니고 다닌 탓에 표지 모서리가 구겨지고 책

등에 얼룩이 남아 있었다.

  이런 책을 만든다는 거지, 네가 하는 일이.

  아버지의 커다란 손안에서 책은 아주 작아 보였다. 그는 무심한 눈길로 그 책을 이리저리 돌려 보았다. 석주는 말을 고르며 아버지에게 다가갔다. 책에 대해 말하려는 순간, 아버지가 황급히 그것을 제자리에 내려놓았다. 그 책을 덥석 집어든 자신의 행동을 그제야 깨달은 사람처럼, 자신의 부주의함을 뒤늦게 알아차린 사람처럼. 아버지는 얼마간 놀란 것 같았다.

  두 사람은 밖으로 나왔다.

  골목 끝에 사그라지는 주홍빛 노을의 흔적이 가느다랗게 남아 있었다. 두 사람은 골목 초입의 작은 식당에서 저녁을 먹었다. 아버지가 주문한 순두부찌개는 싱거웠고, 석주가 주문한 김치찌개는 입이 따가울 정도로 매웠다. 그럼에도 두 사람 모두 깨끗하게 그릇을 비웠다. 계산은 석주가 했다. 만류하던 아버지는 결국 그녀가 계산을 하도록 내버려두었고, 식당을 나온 뒤 무뚝뚝한 목소리로 말했다.

  이 동네에서 지내려면 여기보단 솜씨가 좋은 식당을 알아봐야겠구나.

  그런 뒤엔 식당 쪽을 보며 장난스럽게 눈을 두 번 깜빡였다. 아버지가 파란 트럭을 타고 떠나고 방으로 돌아왔을 때,

다섯 평짜리 원룸은 이상하리만치 커 보였다. 고민 끝에 배치한 가구들은 죄다 엉뚱한 곳에 놓여 있는 듯했고, 한기가 느껴지는 방안의 공기도 당혹스러웠다. 석주는 늦게까지 잠들지 못했다. 그 방에 적응하려는 듯 그녀의 두 눈이 낯선 방안 이곳저곳을 오갔다.

다음날 아침이 되어서야 석주는 아버지가 두고 간 지폐를 보았다. 구김이라고는 하나도 없는 새 만원권 지폐 스무 장이 전날 아버지가 무심하게 훑어본 책 사이에 끼여 있었다. 그녀는 그 돈을 아끼는 몇 권의 책에 부적처럼 나눠 끼워넣고 오래도록 쓰지 않았다.

*

산티아고북스 건물은 주택을 개조한 공간이라 사무적인 느낌을 주진 않았다.

일층엔 네 개의 방이 있었는데, 가장 안쪽의 큰 방은 서재였다. 대표와 편집장이 엄선한 양서가 그 방의 주인인 셈이었다. 두 개의 방은 하나로 터서 편집부 사무실로 썼고, 나머지 방은 차인석이 집무실로 사용했다. 거실은 회의실과 응접실을 겸한 공간이었는데 안쪽에 주방과 화장실, 작은 베란다가 있었다. 이층은 도서와 비품을 보관하는 창고로 활용했고, 안쪽에 숨은 휴게실이 있었다. 때때로 차인석이 그곳에서 쪽잠을 자며 밤을 보내는 모양이었다.

이사 후, 석주의 출근 시각은 조금씩 빨라져서 매일 아침, 아무도 없는 실내에 발을 들여놓을 때의 가벼운 긴장을 즐기게 되었다. 그녀를 먼저 맞이하는 건 소파가 놓인 거실이었고, 그곳을 지나면 편집부 방이 나왔다. 그녀는 자신의 책상에 가방을 내려놓고 컴퓨터 전원 버튼을 누른 뒤 곧장 서재로 갔다.

조심스럽게 발을 내딛는데도 이따금 마룻바닥의 이음새가 어긋나며 삐걱거리는 소리가 났다. 한동안 그녀를 멈칫거리게 했던 그 소리는 시간이 갈수록 익숙해져 나중엔 서재를 깨우는 기척처럼 느껴졌다. 석주가 서재에 들어서기 전, 그 소리가 먼저 서재로 달려가 그녀의 방문을 부드럽게 알리는 것 같았다.

석주는 그곳에서 책을 읽었다. 아니, 읽는다기보다는 인사를 나누듯 책을 살폈다. 날씨가 좋은 날에는 건조한 공기와 환한 햇살 속에서 유독 반짝이는 책들이 있었다. 그러면 그녀는 이끌린 듯 다가갔고 서가에서 신중하게 책을 뽑아들었다. 마치 자신이 그 책을 택한 게 아니라 그 책이 자신을 택하기라도 한 것처럼.

석주는 표지를 매만진 다음 조심스레 책을 펼쳤다. 그런 뒤엔 활자가 이끄는 세계로 천천히 걸어들어갔다. 독서는 내용을 파악하는 차원에 그치지 않았다. 그녀는 종이의 두께와 감촉, 미묘하게 다른 서체, 책장을 넘길 때의 감각에 집중했다. 글자들은 서로 다른 자간과 행간 속에 알맞게 자리했다. 각기 다른 세부를 통해 고유함을 부여받은 책들은 자신만의 유일한 모습으로 빛났다. 그 사각의 형태는 언어를 담기에 가장 완벽한 형식처럼 보였다.

인기척이 들리면 그녀는 보던 책을 제자리에 꽂아둔 다음 그곳을 나왔다. 원한다면 가져와서 읽을 수도 있었으나 그렇게 한 적은 없었다. 석주에게 그곳은 하나의 소우주였다. 그녀는 그곳의 질서를 깨트리고 싶지 않았다.

석주는 이른 아침, 아무도 없는 그 고요한 서재에 머무는 시간을 사랑했다. 시간이 많이 흐른 뒤, 누군가 이 일을 하며 가장 행복했던 때가 언제냐고 물었을 때 망설임 없이 그 순간을 언급한 건 그 때문이었다.

삶이 아주 길다고 믿었던 시절, 자신이 어떤 책을 만나고, 또 어떤 책을 만들지 알 수 없었던 시절, 모든 것이 막연한 가능성에 불과하던 시절. 석주가 그곳에서 보낸 시간은 앞으로

오직 그녀의 것

펼쳐질 그녀의 삶을 가만히 예견하고 있었는지도 몰랐다.

 차인석은 외부 업무로 거의 자리를 비우다시피 했으므로 실무는 손유라가 책임졌다. 그 외 직원은 모두 세 명으로 편집부 소속인 석주와 삼 개월 먼저 입사한 임규한, 영업과 홍보 업무를 담당하는 조대진이었다.

 석주와 동갑내기인 임규한은 자신감이 넘치는 사람이었다. 처음 만나는 사람과도 스스럼없이 대화를 나누었고, 농담으로 분위기를 바꿀 줄도 알았다. 때때로 그의 유쾌함이 짓궂음으로, 자신감이 성급함으로 치달을 때가 있었으나 그건 모두 일에 대한 의욕에서 비롯된 것 같았다.

 십 년 넘게 영업 일을 해온 조대진은 체구가 작고 말수가 없는 편이었다. 회의 때면 미간을 찌푸린 채 한참 뜸을 들인 다음 말을 시작하곤 했으므로 까다롭고 예민한 사람이라는 인상을 주었다. 그것이 신중한 성격 탓임을 석주는 나중에 알았다. 그가 두 딸에게는 한없이 자상한 아버지라는 것, 버려지다시피 한 화분을 돌보며 삭막한 옥상의 풍경을 바꿔놓은 사람이라는 것도.

 한동안 석주의 일은 편집장의 업무를 보조하는 수준에 머물렀다.

 자신이 하는 일이 책을 만드는 일과 무관하다는 생각은 하지 않았다. 손유라가 업무 과정을 지나칠 정도로 꼼꼼하게 일러준 덕분이었다. 손유라는 비슷한 일을 반복해서 시키는 방식으로, 석주가 간과한 부분을 스스로 깨닫게 하는 방식으로 그녀를 가르쳤다.

석주는 매일 뭔가를 배웠다. 바짝 마른 스펀지 같은 상태로 출근해 종일 새로운 정보와 경험을 흠뻑 빨아들이는 것 같았다. 권태나 염증이 무엇인지 모르던 그 시절, 석주는 아무렇게나 쌓인 원고 더미에서, 전화통화를 하는 편집장의 목소리에서, 심지어 무심하게 오가는 발소리에서조차 뭔가를 배울 수 있었다. 그곳은 그녀가 익히고 습득해야 할 가르침으로 가득한 것 같았다.

석주의 하루는 이른 아침 원룸을 나서면서, 좁은 골목을 빠져나오면서, 정류장에서 버스를 기다리면서 시작되었고 저녁 무렵 같은 풍경을 되짚어 오면서 끝이 났다. 멀리서 보면 단조로워서 똑같은 하루를 이어붙인 것 같은 나날. 그러나 그녀에겐 매일매일이 새로웠다. 조마조마하고 필사적인 마음 사이로, 이상한 기대감과 설렘 사이로 속절없이 흩어지는 시간은 너무 빨라서 모두 기억할 수도, 붙잡을 수도 없었으나 석주를 그 일상의 진짜 주인으로 만들었다.

당시 편집부의 업무는 창업 초기부터 차인석이 야금야금

사들인 소설—주로 절판되었거나 판매가 중지된 서적이었다—을 재출간하는 데 집중되어 있었다. 몇몇 작가는 원고를 새로 손보길 원했고, 계약 사항에 문제를 제기하는 경우도 있었다. 그 외에도 마감이 늦어지는 사정은 많았고 이유 또한 제각각이었다.

석주는 편집장이 교정본 원고를 확인한 뒤, 출간 점검표를 기준 삼아 최종교를 점검했다. 회의가 있는 날에는 안건을 챙기고, 작가의 마감 상황을 틈틈이 점검했다. 인쇄소에 연락해 일정을 조정하고 인쇄용 필름이 배열표와 일치하는지 살피는 것도 석주의 몫이었다. 그 밖에 우편으로 오는 독자 엽서와 투고 원고를 검토하는 일도 병행해야 했다.

업무는 순차적으로 주어지지 않고 한꺼번에 쏟아지기 일쑤였다. 일이 몰릴 때에는 모두가 신경을 곤두세웠고 사무실에 팽팽한 긴장감이 감돌았다.

석주씨, 표지 시안 요청했어요? 지난주에 보낸 우편물 도착했는지 확인했죠? 인용 허가 아직이에요? 작가님에게 일정 미리 알려야 해요. 책 발송 전에 주소록 점검하고요. 이번에도 잘못 보내면 아주 곤란해져요.

편집장은 석주가 놓쳤거나 놓칠지도 모르는 사항들을 짚어주었고,

석주씨, 재교 보던 거, 오늘 퇴근 전에 넘겨요. 오래 붙들고 있는 게 능사는 아니에요.

일의 강도와 정도를 일러주었다.

어쩐지 냉랭하게 느껴지는 편집장의 말투는 그녀를 주눅들게 했으나 동시에 긴장을 놓지 않게 했다.

석주는 몰라서 저질렀고, 알면서 놓친 사항을 기록하기 시작했다. 같은 실수를 반복하고 싶지 않아서였다. 퇴근길, 덜컹이는 버스 안에서 수첩을 꺼내 그날의 잘못을 적어내려갈 때면 말할 수 없이 마음이 작아졌다. 인쇄용 필름을 망가뜨리거나 표지의 오식을 뒤늦게 발견하는 치명적 실수를 저지른 날에는, 대표나 편집장에게 불려가 호되게 꾸지람을 들은 날에는 밤늦도록 잠을 이루지 못하기도 했다.

새로운 일에 적응하는 동안에도 석주가 가장 많은 시간을 할애한 건 읽기였다. 읽는다고 읽는데도 읽어야 할 글은 줄지 않았다. 특히 투고 원고를 검토하는 일은 까다롭고 어려웠다. 풋내기 편집자인 자신이 뭔가를 놓쳤을지도 모른다는 불안 때문이었다. 석주는 읽었던 원고를 읽고 또 읽고 다시 읽었다. 그럼에도 매력이 느껴지는 글은 드물었다.

생활을 바탕으로 한 산문은 일상의 기록 수준에 머물러 있어 새로운 인식을 엿보기 힘들었고, 자기감정에 취한 듯한 시는 독자의 존재를 잊은 듯 보였다. 소설의 경우도 사정은 비슷했다. 기대감을 안겨주던 초반부는 중반부에 들어서며 긴장감을 잃었고 갈등은 설득력 있게 봉합되지 않았다. 인물들은 어디서 본 듯했고, 서두른 결말에선 여운을 느끼기 어려웠다.

  석주는 눈에 띄는 원고를 골라냈고 보고서를 썼다. 수월하지는 않았다. 어떤 단어는 과하게 보였고, 어떤 문장은 인색하게 여겨졌다. 단정적인 표현은 건방지다는 오해를 살 것 같았고, 후한 평가는 나태하다는 인상을 줄 것 같았다. 그래서 고심 끝에 보고서를 올리고 나면 늘 아쉬움이 남았다.

  시간이 지날수록 손유라가 구체적인 근거와 대안, 수정 방향과 참고 자료 등을 풍부하게 제시하길 요청했으므로 의견을 밝히는 것만으로는 충분하지 않았다. 석주는 거듭 원고로 되돌아갔다. 그것이 일종의 훈련임을 당시에는 알지 못했다.

*

  석주는 아는 사람이 많지 않은 편이었다.

  소극적인 성격 탓에 지금껏 당연하게 여겨온 이 사실을 석주는 이 무렵에야 새삼스럽게 자각했다. 정보와 요령이 알음알음으로 공유되던 시절이었다. 편집장을 비롯한 회사 사람들은 믿을 만한 조언 상대였지만 언제까지 시시콜콜한 것까지 물어볼 수는 없었다. 혼자서도 일의 과정을 예상하고 준비하며 처리하는 감각을 익힐 필요가 있었다. 석주는 자신이 제대로 일하고 있는지, 또 어떻게 일해야 하는지 알고 싶었다. 그건 자신에 대한 의구심이자 같은 일을 하는 사람들에 대한 호기심이기도 했다.

석주가 편집자 소모임에 나간 건 9월의 일이었다.

이 주에 한 번, 토요일 저녁마다 열리는 그 모임은 삼 년 차에서 오 년 차 편집자들이 자발적으로 결성한 것이었고 실무를 익히는 데 목적이 있었다. 첫날, 석주는 퇴근하자마자 약속 장소로 갔다. 번화가 뒷골목에 위치한 카페는 널찍했고, 모임별로 독립된 공간이 마련되어 있었다.

안녕하세요. 홍석주라고 합니다. 산티아고북스에서 편집자로 일하고 있어요.

석주는 긴 테이블을 사이에 두고 마주앉은 스무여 명의 사람을 향해 인사한 뒤 적당한 곳에 자리를 잡았다. 이후 서너 번 더 모임에 참석하는 동안에도 사람들의 이야기를 가만히 듣기만 했다. 아는 것이 많지 않기도 했고 불쑥 끼어들 용기가 나지 않아서였다. 그러나 두 달이 지나고부터는 몇몇 사람과 편하게 이야기를 나누었고, 모임 후 이어지는 식사 자리에도 자연스럽게 어울리기 시작했다.

모임에서 주로 다루는 것은 편집 실무였다. 한 주는 이론과 방식을 익히고, 다음주에는 이를 바탕으로 출간 도서의 만듦새를 살폈다. 시기별로 주목받는 도서를 선정해 내용과 형식을 분석할 때도 있었다. 장정을 파악하고 목차와 구성을 들여다보며, 담당 편집자가 고심해서 결정했을 띠지며 카피 같은 세부를 짚어나가는 과정이 석주에게 놀라움을 가져다주었다. 자신이 이미 잘 안다고 여겼던 것들이 단편적이고 표면적인 수준에 머물러 있음을 매번 새롭게 깨닫는 것 같았다.

특히 기획에 관한 이야기는 석주를 늘 들뜨게 했다. 눈 밝은 편집자들이 시대의 흐름과 독자의 요구에 맞춰 기획안을 작성하고 그것을 토대로 의미 있는 책을 만들어낸다는 사실을 알고 있었지만 그녀는 그것이 어떻게 가능한지 알지 못했다.

교한서가 편집부에서 일할 때 기획안을 써본 적이 있었으나 그건 절판된 도서에 한정된 것이었고 이따금 혼자 어설프게 기획안을 끄적이곤 했지만 누구에게 보여준 적은 없었다.

누군가는 다양한 관심사가 필수라고 하고, 또 누군가는 관찰력과 끈질김이 필요하다고 하는, 어쩌면 타고난 재능일지도 모르는 그 기획력을 석주도 갖고 싶었다. 노력한다면 대표가 회의 때마다 입에 올리는 그 능력을 가질 수 있을 것 같았다. 그 시기, 석주는 무엇이든 배울 준비가 되어 있었다. 그건 자신이 편집할 미래의 책을 적극적으로 상상하는 사람들이 공통으로 품고 있는 열정 덕분이었다.

석주는 성실하게 모임에 나갔다. 어느 날엔 무서울 정도의 집중력으로 대화에 임했고 또 어느 날엔 자신이 저질렀던 실수를 떠올리며 자책에 휩싸였다. 날씨가 궂은 날에는 모임 장소로 가는 길이 유난히 길고 힘들게 느껴졌지만 빠지겠다는 생각은 하지 않았다.

석주는 그곳이 주는 소속감이 좋았다. 그곳의 사람들은 자신과 비슷한 속도로, 닮은꼴의 꿈을 좇는 듯 보였다. 그들의 목표는 추상적이고 유동적이었으나 그래서 더 절실하게 다가왔다. 그들과 함께 있을 때 석주는 자신이 원하는 것을 더 구체적으로 그려볼 수 있었다.

석주에게 새로운 업무가 주어진 건 11월의 일이었다.

수요일 오후, 우체국에 다녀온 직후였다. 그해엔 추위가 일찍 찾아왔다. 한 차례 비가 온 뒤 기온이 급격하게 떨어졌고, 우체국을 오가는 내내 석주는 이가 덜덜 떨릴 만큼 추위를 느꼈다. 훈훈한 사무실로 돌아오자 얼굴에 열이 올랐고, 석주는 약간은 멍한 상태로 차가운 손끝을 매만지는 중이었다.

석주씨,「등반 일기」이 원고 본인이 검토한 거예요?

손유라가 그녀를 불렀다.

네, 맞습니다.

석주는 자리에서 벌떡 일어나 손유라에게 다가갔다. 그건 투고 원고 중 자신이 골라 짧게 보고를 올린 소설이었다.

원고지 1,000매 분량의 그 글은 정상에 다다르기 위해 매일 산을 오르는 한 남자의 이야기였다. 단번에 흥미를 끌 만한 내용은 아니었다. 매일 산을 오르는 주인공의 고군분투는 궁금증을 자아냈으나 묘하게 기시감이 들었고 산을 오르는 장면이 구체적인 데 비해 주인공의 사연이나 심정은 흐릿하게 감춰져 있었다. 그런 점을 만회하는 게 감각적인 묘사와 안정적인 문장이었다.

이 원고, 보완할 만한 지점들을 한번 체크해볼래요?

네?

출간한다고 가정하고 기획안을 한번 써봐요.

기획안을요?

예상치 못한 지시에 석주는 당황했다. 어쩌면 그건 보고서를 대충 훑어볼 거라 여겼던 편집장이 실은 모든 의견을 면밀히 확인하고 있다는 데서 오는 놀라움인지도 몰랐다.

기획안 작성해본 적 없어요? 규한씨한테 기존 기획안 공유해달라고 요청하세요. 아니면 내가……

아니요. 작성해봤습니다. 어, 언제까지 하면 될까요?

석주가 서둘러 답했고 모니터 화면을 들여다보던 손유라가 석주를 올려다보았다.

빠르면 빠를수록 좋겠죠. 다음주 월요일 회의 전까지?

네, 그렇게 하겠습니다.

석주는 고개를 까닥하고 자리로 돌아왔다. 그리고 그 원고를 다시 읽는 동안 자신의 평가가 엄격하다못해 매정하다고 할 만한 수준임을 깨달았다. 결점에 집중하느라 원고가 지닌 장점을 제대로 읽어내지 못했다는 것도. 가파르고 험준한 산의 풍경이 주인공의 내면을 비유적으로 드러낸다는 사실도.

며칠 후 석주가 기획안을 올렸을 때 손유라가 말했다. 완성도라는 것은 상대적인 개념에 불과하다고. 원고에 쓰이지 않은 것들을 볼 수 있는 안목을 길러야 한다고. 그러곤 작가를 직접 만나보라고 일렀다.

저 혼자서요?

석주가 당황한 목소리로 묻자 손유라가 답했다.

원고를 제대로 읽었던데? 석주씨 의견대로 개고하면 지금보다 나아질 거 같아요. 시기적으로 필요한 이야기 같기도 하고. 작가한테 연락해서 미팅 날짜 잡아요. 수정 방향도 논의하고. 계약까지 할 수 있으면 더 좋고.

그때까지 석주는 작가를 혼자 만나본 적이 없었다. 계약서를 작성한 경험도 없었다.

만약 개고할 생각이 없다고 하시면요? 작가님이요.

석주가 머뭇거리며 입을 열자 손유라가 웃으며 말했다.

당연히 개고할 생각이 없다고 하겠죠. 작가들은 자기 글이 완벽한 줄 알거든. 어쩌겠어요. 고치게 만들어야지. 그것도 우리 일이니까. 잘 설득해봐요. 그래야 일이 진행이 돼요.

네, 알겠습니다.

석주는 그렇게 답하고 자리로 돌아왔다. 그런 후엔 멍하니 모니터를 응시하며 자신이 해야 할 말을 고민했다. 그 원고의 주인, 김도경에게 메일을 쓰기 위해서였다. 적절한 인사말을 찾느라, 문장의 뉘앙스를 고심하느라 석주는 오후 내내 책상 앞을 벗어나지 못했다.

외환 위기의 한가운데를 통과하는 중에도 새 천년을 앞둔 그 시기에는 발전과 성장 같은 말들이 사람들의 입에 흔히 오르내렸다. 어디서 시작되었는지 몰라도 낙관적이고 희망적인 전망이 이상하리만치 넘쳐나기도 했다. 석주는 그 소설이 그런 사회 분위기와 동떨어져 있다고 느꼈지만, 편집장이 그 원고에서 무엇을 보았는지 깊이 생각해보진 못했다.

여러 해 뒤, 다시 경제 위기가 닥쳐오고 나서야 석주는 편집장이 이런 상황을 내다본 게 아닐까 짐작했다. 그건 우연일 수도, 석주의 착각일 수도 있었다. 그럼에도 원고의 가치가 얼마나 유동적으로 달라질 수 있는지를 배우기엔 충분했다.

11월 마지막 주 수요일, 석주는 김도경을 만났다.

화창한 날이었다. 석주는 점심시간 전에 회사를 나와 예약해둔 식당으로 갔다. 그런 후엔 출입문이 보이는 가장 안쪽 테이블에 자리를 잡았다. 작가는 정시에 왔다. 체크무늬 코트를 입은 비쩍 마른 남자가 가게 안으로 들어섰을 때, 석주는 자리에서 벌떡 일어나 인사를 건넸다.

안녕하세요. 처음 뵙겠습니다. 홍석주입니다.

안녕하세요. 김도경이라고 합니다.

그가 코트를 벗고 자리에 앉자, 한쪽으로 기울어진 듯한 그의 안경과 구김이 간 면바지가 석주의 시선을 끌었다. 석주가 그에 관해 아는 건 많지 않았다. 서른다섯의 그는 서른 살이 되던 해, 지역 일간지에 단편소설을 발표하며 데뷔했고, 이후 문예지에 간간이 작품을 실었다. 하지만 주목을 받지는 못했고, 두 해 전 출간한 장편소설 또한 별다른 반응을 얻지 못했다. 뭐랄까, 어쩐지 의기소침하고 방어적으로 느껴지는 그의 모습은 그 때문인 것 같았다.

서먹한 분위기 속에서 두 사람의 대화는 길게 이어지지 못했다. 서로를 대하는 태도는 정중했으나 잠깐씩 침묵이 끼어들면 어쩔 줄 몰라하는 서로의 모습이 바로 보였다. 그녀는 이 만남을 요청한 게 자신이고 바보같이 굴면 안 된다고 스스로를 다잡았다. 그러나 음식을 주문하고 날씨 이야기를 몇 마디 주고받고 나자 더는 할말이 떠오르지 않았다. 작가님이라는 호칭에 깜짝깜짝 놀라는 듯한 그의 표정에서 당혹스러움이 엿보였다. 고개를 들면 소설을 읽을 때 상상하지 못했던 작가의 경직된 모습이 애처로워 보일 지경이었다.

음식이 나왔고 두 사람은 어색함으로부터 도망치듯 식사에 열중했다. 석주는 음식을 조금씩만 입에 넣고 오래 씹었다. 어떤 실수를 저지르게 될까봐 신경을 곤두세운 탓이었다. 식사를 끝냈을 때 석주의 음식은 거의 그대로 남아 있었다.

카페로 자리를 옮긴 뒤에야 석주는 준비해온 말을 꺼냈다.

그의 원고 「등반 일기」에 대한 감상과 수정 방향에 대한 의견이었다. 그녀는 무던한 단어를 동원하려고 애썼다. 과장되었다는 인상은 주고 싶지 않았다. 그러나 말을 마치고 나자 무미건조한 표현들이 인사치레처럼 들렸을지도 모르겠다는 생각이 들었다.

김도경은 무표정한 얼굴로 석주의 이야기를 들었다. 집중하는 것 같진 않았다. 그는 생각에 잠긴 듯했고 약간은 언짢은 듯 보이기도 했다.

한참 만에 그가 물었다.

편집자님 말대로 수정을 하면 제 소설, 가망이 있다고 생각하세요?

석주가 대답을 하기 전에 그는 한마디 더 했다.

그 원고는 결혼 전에 썼어요. 그땐 마음도 힘들고 해서 매일 산에 갔거든요. 이젠 그렇게 살 수 없게 됐지만. 지금은 책임져야 할 식구도 생겼고, 직장도 다니고 있어서. 모르겠네요. 편집자님이 가망이 있다고 하면 해볼 수 있겠지만 그게 아니라면 더는 가망 없는 일에 시간 낭비하고 싶지가 않아요.

장점이 많은 원고인데 제 말이 투박하게 나간 것 같아요.

석주는 그렇게 답하며 이 정도의 대답으로는 부족하다는 생각을 했다. 그럼에도 무슨 말을 더 해야 할지 알 수 없었다. 그의 말은 불쾌하다는 의사표시 같았고, 수정 요청을 받아들이지 않겠다는 의미 같았고, 가망 운운하며 원고의 성패를 자신의 책임으로 떠넘기는 것 같았다. 두 사람은 애매한 말들을 주고받다 아무런 소득 없이 카페를 나왔다. 오후의 강한 햇살이 두 사람 발밑에 짙은 그림자를 드리웠다.

오늘 시간 내주셔서 고맙습니다. 계약 건은 천천히 생각해 보시고 알려주세요.

석주가 인사했고 그가 말했다.

그럴게요. 그럼 먼저 가보겠습니다.

그날 오후, 전체 회의에서 미팅 결과를 보고했을 때 차인석이 말했다.

그럴 땐 무조건 가망이 있다고 말해야죠. 잘 만들 수 있다, 잘 팔 수 있다, 의지를 보여달라는 거잖아요. 실제로 잘 만들면 되는 거고, 잘 팔면 되는 거고. 홍석주씨, 그 정도 자신도 없습니까?

하지만 작가님이 원고를 수정해야 하는 일이라서……

석주가 얼버무렸고 손유라가 끼어들었다.

그래, 잘했어요. 작가도 긴가민가하는 원고를 무슨 수로 잘 만들겠어. 둘 다 의욕이 넘쳐도 잘 될까 말까인데.

차인석이 심각해지는 분위기를 물리치듯 장난스러운 목소리로 말했다.

자, 여러분. 자신감을 가집시다. 우리 회사가 지금 보여줄 수 있는 건 패기, 기백 그런 거 아니겠어요? 작가가 긴가민가하는 거? 그건 안 중요해요. 일 퍼센트의 가능성만 있어도 원고는 무조건 확보하고 보는 겁니다. 제대로 만들겠다고, 잘 팔겠다고 당당하게 말하세요. 아시겠습니까?

유연하지 못한 자신을 우회적으로 나무라는 것 같은 그 말은 석주의 마음에 오래 남았다. 조심스러움이 지나쳐 좋은 원고를 놓쳤다는 후회도 뒤늦게 따라왔다.

퇴근 준비를 할 때 규한이 외투를 입으며 소곤거렸다.

석주씨, 그 원고 말이에요. 솔직히 별로였던 거죠?

아뇨, 그건 아니에요.

그래요? 근데 왜 그런 질문을 했을까요, 그 작가님은. 자신이 없는 건 석주씨가 아니라 그 작가님 본인 아니에요?

규한은 고개를 갸웃하며 먼저 사무실을 나갔다. 창밖은 캄캄했다. 석주는 목도리를 두르고 가방을 챙겨 사무실을 나섰다. 그러곤 현관 앞에 멈춰 섰고, 다시 자리로 돌아와 컴퓨터를 켰다. 김도경에게 메일을 쓰기 위해서였다.

훗날 미흡한 것투성이였던 그 첫 미팅을 떠올릴 때마다 석주는 자신에게 그런 시절이 있었다는 것이 새삼스럽게 여겨졌다. 모든 면에서 어리숙했던 자신의 모습이 한심하면서도 애틋하게 느껴지기도 했다. 그럼에도 어떤 부족함은 끝까지 남았다. 오래도록 그녀는 그 첫 미팅에서 부족했던 점을 만회하려 애썼다. 그러나 그 과정에서 깨달은 건 경험이 쌓여도 능숙해지지 않는 일이 있다는 사실이었다. 그녀에겐 사람을 만나는 일이 그랬다. 그것은 늘 처음처럼 어려웠고 익숙해지지 않았다.

석주는 매번 후회와 아쉬움을 남기는 그 일에 마음을 비웠다. 훗날 작가를 좀처럼 만나주지 않는다는, 콧대 높은 편집자라는 고약한 별명을 얻은 건 만남을 줄이고 줄여서 꼭 필요한 만남에만 응했기 때문이었다. 그녀는 사람을 대할 때의 미숙함을 글을 대하는 데서 채우려고 했다. 그렇게 하지 않으면 이 일에 대한 어떤 마음을 지키기 어려울 거라는 막연한 예감 때문이었다.

*

김도경의 책은 이듬해 봄에 출간되었다.

'등반 일기'에서 '가장 높이, 가장 낮은 자세로'로 제목이 바뀐 그 소설은 수정을 거치며 분량이 줄었고, 결말도 다소간 바뀌었다. 불필요한 내용을 덜어내고, 문장을 손보고, 디자인을 고심하는 과정은 수월하지 않았으나 보람 있었다. 그 책은 작가는 물론 제작에 관여한 모든 사람이 조금씩 양보하고 물러서며 도달한 협의의 산물처럼 느껴졌다.

어느 월요일 오후, 석주는 아무도 없는 사무실에서 그 책과 마주했다.

험준한 산등성이를 연필로 그린 듯한 표지, 세로쓰기로 적힌 제목, 회색빛 면지와 책날개의 간결한 구성까지. 실물로 보는 책은 익숙한 듯 낯설었고 얼마간 예상을 비껴나 있었으나 그래서 마음에 들었다.

석주는 천천히 책장을 넘겨보았다. 계약부터 출간에 이르는 모든 과정에 자신의 판단과 결정이 담긴 첫 책이었다. 자신의 것이라고 할 수 없으나 자신이 아니었다면 지금과는 전혀 다른 모습으로 구현되었을 책의 세부는 우연과 필연이 빚어낸 단 하나뿐인 세계처럼 보였다. 책장을 넘길 때마다 애틋함이 살아났다. 판권면에 이르러 그녀의 시선이 여러 이름 가운데 자신의 이름에 가닿았다. 수없이 말하고 듣고 써왔던 이름이었지만 그 순간에는 마치 타인의 것처럼 낯설었다.

석주는 홍보 대행사에 도서를 발송했고, 영향력 있는 출판 관계자와 기자, 작가 들에게 책을 보냈다. 한 주 뒤, 몇몇 일간지에 소개 기사가 실린 것을 시작으로 서점 소식지와 대학신문에 리뷰가 하나둘 올라왔다.

석주는 인상적인 평을 골라내어 서점용 포스터를 제작했고 잡지 광고에 오류가 있지 않은지 꼼꼼히 확인했다. 주말에는 사람들로 붐비는 서점을 직접 찾았다. 책이 눈에 잘 띄는 곳에 놓여 있는지, 독자 반응이 어떤지 확인하기 위해서였다. 대부분의 홍보가 대면과 발품으로 이뤄지던 시절이었다. 석주는 피시 통신 동호회의 반응 또한 빠짐없이 챙겼다.

 이후 서점 두 곳에서 작가와의 만남 행사를 열고, 책갈피를 증정하는 이벤트도 진행했다. 도서관과 도서 대여점을 돌며 그 책의 비치 유무를 살피는 것도, 때 이른 실망감에 의기소침해 있을지 모를 작가를 다독이는 것도 석주의 몫이었다.

 이 모든 일이 출간 한 달 안에 이뤄진데다 다른 업무까지 겸해야 했으므로 석주는 정신없이 바빴다. 어떤 의미에서 원고를 편집하는 과정보다 그 이후의 과정이 더 분주한 셈이었다. 책이 독자에게 가닿기까지의 여정은 복잡하고 우연적이며 긴 안내를 필요로 했다. 그것은 석주가 예측할 수도, 계획할 수도 없어서 언제나 더 창의적이고 독창적인 방식을 요구하는 것 같았다.

 석주씨, 그 책 한 권만 편집하고 말 거야? 그 정도 했으면 됐어요. 나머지는 책 운명에 맡겨야지. 어떤 독자들은 좀 늦게 오기도 해요.

 어느 날, 손유라가 말했다. 석주가 『가장 높이, 가장 낮은 자세로』의 새로운 홍보 안건을 올렸을 때였다.

 관심을 보이는 서점들이 있어요. 아직 신간이기도 하고. 예산이 많이 들지 않는 선에서 제가……

 예산이 문제가 아니라 에너지 문제지. 다른 책은 안 만들

거예요? 에너지를 거기 다 쓰면 어떡해. 일단 좀 두고 보죠.

김도경의 책은 큰 주목을 받지 못했다. 아니, 작가의 인지도를 고려하면 아주 실망스러운 결과는 아니었으나 석주는 아쉬움을 떨칠 수 없었다. 그 결과는 온전히 자기 책임처럼 느껴졌고 뭐든 더 해야만 할 것 같았다. 당시엔 그 책이 뒤늦게 독자의 관심을 끌 거라곤 예상하지 못했다.

여러 해 뒤, 경기침체의 먹구름이 사회 전반에 드리워지던 시기. 나름의 위기를 돌파하는 서사가 절실해지면서 『가장 높이, 가장 낮은 자세로』는 비로소 주목받기 시작했다. 그 책은 내면의 힘을 발견하고자 하는 이들에게, 용기가 필요한 이들에게 위로가 되어주었다.

풋내기 편집자인 석주가 이런 가능성을 염두에 두었을 리 없었다. 그녀는 책의 성패를 성급하게 판단했고, 그 책임이 자신에게 있다고 믿었다. 오만할 수 있다는 생각은 하지 못했다. 시대와 독자, 그 책에 관여한 수많은 사람의 영향, 지금은 알 수 없는 그 책의 잠재력과 가능성을 간과하고 있다는 사실 또한. 그래서 그때, 손유라의 그 말은 석주에게 차갑다못해 매정하게까지 여겨졌다.

가을에 장민재가 동료와 함께 새로운 출판사를 열었다는 소식을 전했다.

수요일 저녁, 석주는 퇴근한 뒤 그곳으로 갔다. 회사 근처 베이커리에서 주문한 케이크를 찾아 나올 때 빗방울이 듣는가 싶더니 버스에서 내리자 장대비가 쏟아지고 있었다. 오피스텔 건물 앞에 도착했을 땐 머리와 재킷이 흠뻑 젖었다.

석주는 칠층으로 갔다. 어둑한 복도 끝, 반쯤 열린 문 너머로 불빛과 말소리가 흘러나오고 있었다. 석주는 긴 복도를 걸어가 晧書閣호서각이라고 적힌 나무 현판 앞에 멈춰 섰다. 아는 사람이 하나도 없는 사무실 안으로 곧장 들어갈 엄두가 나지 않아서였다.

어? 석주씨, 왔군요. 왜 이러고 있어요. 들어오지 않고. 어서 와요.

눈 밝은 장민재가 그녀를 알아보았다.

과장님, 안녕하세요. 오랜만에 뵙습니다.

교한서가를 나온 뒤, 석주는 장민재를 따로 만난 적은 없었으나 자신이 편집한 책을 보내는 것으로 꾸준히 안부를 전했다. 그러면 장민재가 덕분에 좋은 책을 읽었다거나 의미 있는 책을 만드느라 고생이 많다거나 하는 격려의 메시지를 보내왔다. 책에 관해서라면, 글에 관해서라면 빈말을 할 줄 모르는 사람이었으므로 석주는 그의 정중한 답신에 용기를 얻었다. 그녀는 장민재의 그런 고지식함과 한결같음을 존경했다.

과장은 무슨, 그냥 선배라고 불러요. 아니다, 나야말로 석주씨를 홍과장이라고 불러야 하나? 들었어요. 과장으로 승진한 거. 축하합니다.

그의 눈빛은 여전히 날카로웠으나 부드럽게 잡히기 시작한 눈가의 주름 덕에 인상이 한결 부드러웠다. 안타까울 정도로 깡말랐던 몸에 보기 좋게 살이 올라 전에 없던 여유가 느껴지기도 했다.

그냥 시간 지나면 얻는 직함인데요, 뭐.

반은 맞고 반은 틀린 말이었다. 석주는 규한과 동시에 과장으로 승진했지만 여전히 편집부의 막내였다.

세상에 그냥 생기는 게 어디 있던가요? 뭐든 그만한 자격이 있으니 얻는 거죠. 그나저나 우산이 없었던 모양이네요. 잠깐 기다려요. 어디에 수건이 있을 겁니다.

그녀가 실내로 들어서자 사람들의 시선이 그녀에게 집중되었다. 그리고 누군가 다가와 손수건을 내밀었다.

급한 대로 이거라도 쓰실래요? 깨끗한 거예요.

검은 뿔테안경을 쓴 남자였다. 석주는 망설이다 손수건을 받았고, 옷의 물기를 대충 떨어낸 뒤 그것을 돌려주었다. 남자가 손수건을 받아들며 말했다.

비가 갑자기 쏟아지네요. 아, 저는 조원호라고 합니다. 장선배는 대학 다닐 때, 서점 아르바이트 하면서 알게 됐어요. 벌써 십 년도 더 전이네요. 아무튼 살면서 선배한테 이런저런 도움을 많이 받았어요.

전 홍석주라고 해요. 교한서가 있을 때 과장님 밑에 있었어요.

아, 그렇군요.

사무실은 예상보다 컸다. 세로로 긴 직사각형 공간이었는데 실내에 들어서자마자 커다란 통창이 눈길을 끌었다. 창 너머로 비 내리는 도심의 모습이 바로 보였다. 몇몇 사람이 다가와 알은체를 했다. 편집자이거나 영업자이거나 저자이거나 언젠가 어느 자리에서 한 번쯤 마주쳤을 법한 이들. 석주는 친숙한 얼굴들과 안부를 나누었고, 처음 보는 사람들에게 명함을 건네며 인사했다. 그럼에도 자신을 적극적으로 소개하진 못했다.

이따금 산티아고북스에서 나온 책들을 다정하게 언급해주는 사람들이 있었다. 애정어린 목소리로 대표와 편집장의 안부를 묻고 석주가 편집한 책들의 인상적인 면면을 입에 올렸다. 서먹서먹한 분위기 속에서 서로에 대한 호의가 모습을 드러냈다. 같은 업계에서, 비슷한 업무를 수행하는 이들이 공유할 수 있는 연대감이 그 공간을 은은히 감싸고 있는 듯했다.

새로운 사람들이 더 왔다. 사람들은 자연스럽게 자리를 옮겨 다니며 대화에 섞여들었다. 이야기는 소수의 사람들만이 공유하는 은밀한 주제에서 누구나 한마디쯤 거들 수 있는 광범위한 주제를 부드럽게 넘나들었다. 웃음소리와 말소리, 나지막한 음악소리가 떠다니는 실내에 훈훈한 공기가 감돌았다.

석주는 사람들 사이를 살짝 빠져나와 간이 테이블로 다가갔다. 미니 샌드위치 하나를 집어먹고, 설탕에 절인 토마토와 쿠키를 맛보고 있을 때 누군가 다가왔다.

그런데 진짜 저를 전혀 기억 못하시네요.

석주에게 손수건을 건넸던 남자, 조원호였다. 열기가 오른 탓인지 그의 얼굴이 발그스름했다. 그는 긴장한 듯 안경을 고쳐 쓰며 석주와 눈을 맞추었다. 그 순간, 검은 재킷을 입은 남자가 포크로 샴페인 잔을 두드리며 사람들 앞으로 걸어나왔다. 장민재의 동료이자 공동 창업자, 강정혁이었다.

잠시 주목해주십시오!

굵직한 목소리가 실내에 울렸다. 환호 소리와 박수 소리가 뒤따라왔다. 그는 벅찬 표정으로 사람들을 둘러본 뒤 창업을 결심하기까지의 과정과 앞으로의 포부를 간략하게 밝혔다. 그러곤 손을 들어 장민재를 불렀다. 손사래를 치던 장민재가 결국 앞으로 걸어나왔다. 그는 무슨 말을 해야 할지 모르겠다는 듯 바닥의 한 지점을 멍하니 내려다보다가 느릿느릿 입을 열었다.

오늘 귀한 발걸음 해주셔서 고맙습니다. 이 일을 제가 언제까지 할 수 있을지 모르겠습니다만 일하는 동안에는 만들고 싶은 책을 열심히 만들어볼 생각입니다. 여러분도 아시겠지만 책은 단순한 상품이 아닙니다. 책은 시대의 정신이고 사상의 요체입니다. 요즘엔 특히 그렇습니다만……

아이, 야, 장대표. 좀 가볍게 갑시다. 가볍게! 오늘 같은 날 분위기 또 이렇게 만들 거야?

누군가 핀잔을 주듯 소리쳤고 웃음이 터졌다. 그는 장난스럽게 눈을 질끈 감았다 뜨며 말했다.

네, 가볍게 다시 하겠습니다. 가볍게, 가볍게. 호서각 만세!

그가 고개를 숙인 채 잔을 치켜들었고 사람들이 복창했다.

호서각 만세!

사람들의 목소리가 어찌나 큰지 벽이 쩌렁쩌렁 울릴 정도였다.

사람들은 다시금 유연하게 이곳저곳을 옮겨다니며 무리를 지었다. 몇 사람이 자리를 떴고, 몇 사람이 새로 왔다. 밤 열시가 가까워지자 사람들로 북적였던 실내가 눈에 띄게 한산해졌다. 비는 그쳐 있었다. 열린 창문으로 축축하고 선선한 공기가 새어들었다. 석주는 계속 그곳에 머물렀다. 시간을 확인할 때마다 그만 일어서야겠다고 생각했지만 그러지 못했다.

원호와의 대화가 즐거웠기 때문이었다.

그는 편집자 소모임에서 석주를 본 적이 있다고 했다. 그녀는 여전히 이 주에 한 번, 토요일마다 열리는 그 모임의 멤버였지만 최근엔 참석하지 못하는 경우가 잦았다. 들고 나는 사람이 많은 모임이었고, 주도적으로 활동하는 몇 사람을 제외하면 대부분의 얼굴은 흐릿했다. 게다가 그는 모임에 서너 번 나온 게 전부였다. 석주는 그를 끝내 기억해내지 못했다.

그는 자신을 잡지 만드는 사람이라고 소개했다.

그의 명함엔 기자, 편집자, 기획자라는 세 개의 직함이 적혀 있었다. 매달 하나의 테마—공중전화, 테니스, 여인숙, 의자, 자전거 등등—를 흥미로운 방식으로 탐색하는 잡지, 『하비스트』는 석주도 들어본 적이 있었다. 취재 장소를 찾고, 사진 촬영을 하고, 특집 기사를 작성한다는 이야기를 할 때엔 차분하던 그의 목소리가 흥분으로 잠깐씩 커졌다.

잡지를 혼자 만드시는 거예요?

석주가 물었고 그가 답했다.

그럴 리가요. 혼자선 못하죠. 그래도 기분엔 저 혼자 다 하는 거 같아요.

그는 어린 시절, 삼촌에게 받은 필름 카메라가 자신의 삶을 바꿔놓았다고 말했다. 한쪽 눈을 뷰파인더에 갖다대고 셔터를 누르는 순간 사진과 사랑에 빠져버렸다는 거였다. 그는 사진작가를 꿈꿨다고 말했다. 유학을 떠나려고 했으나 가정 형편상 그럴 수 없었고, 또래보다 늦은 나이에 대학에 진학했다고 털어놓았다. 사진을 더 배우고 싶은 마음에 무작정 잡지사 인턴에 지원했고 몇 년간 허드렛일을 하며 어깨너머로 선배들의 일을 익혔다고 했다.

기사를 쓰는 건 또다른 일일 텐데, 어렵지 않으셨어요?

이래 봬도 제가 문학 소년이었거든요. 저는 제가 사진작가가 못 되면 작가가 될 줄 알았어요. 결과적으론 두 가지 일을 다 애매한 수준으로 하는 셈이지만.

두 가지 꿈을 다 이룬 거네요.

뭐, 너그럽게 보면요. 석주씨는 어때요? 책 만드는 거. 원래 편집자가 꿈이었어요?

아뇨. 그렇지는 않아요.

석주는 학창시절 인상 깊게 읽었던 몇 권의 책을 언급했고, 기억에 남는 장면을 더듬거렸다. 창을 등지고 선 두 사람의 자세가 서로를 향해 조금씩 기울어졌다. 주변의 소음을 피해 상대의 목소리에 집중한 탓이었다. 두 사람의 대화는 오래전 세상을 떠난 작가들과 그들이 남긴 작품, 그 작품에 대한 개인적이고 구체적인 감상으로 이어졌다. 대화에 집중할수록 두 사람의 자리는 그곳으로부터 멀어져서 마치 외따로 존재하는 듯했다. 두 사람은 자신이 동경해 마지않는 어떤 세계 속으로 걸어들어가 기꺼이 그 세계의 일부가 된 듯 보였다. 아니, 그들조차 의식하지 못한 순수한 열정이 다가와 두 사람의 대화를 조용히 경청하고 있는 것 같았다.

한 시간 남짓 이어진 그 대화에서 두 사람은 많은 이야기를 나눈 듯한, 서로를 깊이 알게 된 듯한 느낌을 나눠 가졌다. 그런 감정은 대화의 총량과는 무관하게 생겨나는 것 같았다.

시간이 벌써 이렇게 되었네요. 이젠 진짜 일어나야 해요.

자정이 되기 전에 석주는 자리에서 일어났다.

다음에 잡지를 한 권 드리고 싶은데 그럴 기회가 있을까요? 이번 호 테마가 아웃사이더거든요. 재밌을 거예요.

그는 문밖까지 석주를 따라나왔다. 석주는 얼른 대답하지 못했다. 그 순간, 장민재가 불쑥 모습을 드러낸 탓이었다.

석주씨, 가려고요? 아, 시간이 많이 늦긴 했네요. 정신이 없어서 시간 가는 줄도 모르고 있었어요.

네, 전 이만 가보려고요. 오늘 초대해주셔서 고맙습니다.

나야말로 와줘서 고맙죠. 그나저나 어떻게 갈 겁니까? 아니다, 내가 택시를 불러줄게요. 여기 잠깐 있어요.

아니에요. 막차가 아직 다닐 거예요. 가보겠습니다.

석주가 인사하고 돌아설 때 장민재가 물었다.

참, 석주씨. 이거 봤습니까?

그가 晧書閣이라고 적힌 나무 현판을 가리켰다. 석주가 고개를 끄덕이자 그가 웃으며 말했다.

서유화 선생님 기억하죠? 하쿠, 이쿠. 이게 서선생님 필체를 따온 겁니다.

그녀가 현판 앞으로 다가갔다. 오래전 서유화를 만났던 그날이 떠올랐다. 그제야 당시에는 미처 다 헤아리지 못했던 그 사람의 다정함과 자상함을 실감할 수 있었다.

어? 이 현판…… 두 분한테 특별한 의미가 있는 거죠? 잠깐만요. 여기 계세요.

원호가 두 사람에게 말하고 안으로 뛰어들어갔다. 그가 가져온 건 조그마한 필름 카메라였다. 눈치 빠른 몇 사람이 따라나왔다. 원호의 권유대로 사람들이 현판 앞에 모여 서는 바람에 석주도 어정쩡하게 그 사이에 자리를 잡았다.

찍을게요. 하나, 둘, 셋! 한 장 더 찍습니다!

왁자지껄한 웃음소리가 고요한 복도에 울려퍼졌다. 석주는 적당한 순간을 골라 살며시 그곳을 빠져나왔다. 밖으로 나오자 밤의 정적이 그녀를 맞았다. 바람이 쌀쌀했지만 한기를 느낄 수 없었다.

석주는 곧장 택시를 타는 대신 조금 걷기로 했다. 젖은 도로를 질주하는 차들의 소음을 제외하면 도심은 깊은 잠에 빠져 있었다. 주홍빛 가등이 점선처럼 이어지는 거리는 익숙했지만 묘하게 달라 보였다. 사거리 앞에 이르자 환하게 불을 밝힌 가게와 무리를 지어 오가는 사람들이 나타났다. 술 취한 사람들이 도로에서 손을 흔들며 택시를 잡고 있었다. 석주는 조금 더 걸었다. 한 건물 앞을 지날 때, 낯익은 기운이 그녀의 걸음을 멈춰 세웠다. 석주는 주변을 둘러보았고, 그제야 그곳이 어딘지 알아차린 사람처럼 몇 걸음 물러서서 고개를 들었다.

그곳은 교한서가였다.

출근길에 올려다보면 햇살을 받아 은빛으로 빛나던 건물, 건물 전체가 스스로 빛을 뿜어내는 듯한 외관, 새내기 직장인이던 석주에게 매일 얼마간의 두려움과 기대감을 안겨주던 장소.

반가움과 놀라움 속에서 오래된 기억들이 한꺼번에 몰려왔다. 석주는 불이 켜진 몇 개의 창을 올려다보았고 유리 출입문 쪽으로 다가갔다. 기다란 유리문에 자신의 모습이 비쳤다.

석주는 그 건물이 기억하는 모습에서 얼마간 바뀌고 달라진 자신을 마주했다.

원호에게서 연락이 온 건 한 주 뒤였다.

*

오랜 시간이 흐른 뒤, 석주는 원호에게 처음 느꼈던 감정이 매혹이나 이끌림이 아니었음을 깨달았다. 그것은 이성을 마비시키는 충동적인 에너지와는 거리가 멀었다. 오히려 천천히 시작되고 꾸준히 이어지는 우정에 가까웠다.

석주가 아는 사랑은 문학을 통해 배운 것이어서 비현실적이고 불완전했다. 그녀는 사랑이 한 사람의 삶을 전복시킬 수 있음을 알았지만 그것이 어떻게 가능한지 알지 못했다. 사랑은 그것을 능히 감당할 수 있는 사람들에게만 선택적으로 주어지는 특권 같았고, 허구의 형식 안에서만 존재하는 허무맹랑한 이야기 같기도 했다.

토요일 저녁, 원호는 카페에 먼저 와 있었다.

안쪽 자리에 앉은 그는 카메라 가방과 잡지를 거의 끌어안다시피 한 채 졸음에 빠져 있었다. 동그란 테이블에 커피 자국이 남은 잔 두 개가 나란히 놓여 있었다.

석주가 다가가자 인기척을 느낀 그가 자리에서 벌떡 일어났다.

아, 오셨어요? 제가 깜빡 졸았네요.

일찍 오신 거예요?

아, 근처에 볼일이 있었는데 일이 너무 빨리 끝나는 바람에 좀 일찍 왔어요.

다시 보는 원호는 그녀가 기억하는 것보다 마른 체구였고 고개를 돌릴 때마다 날카로운 턱선이 드러나 예민해 보였다. 그걸 상쇄하는 게 부드럽게 처진 눈매였다. 웃을 때면 기다란 눈이 감기다시피 했고 표정이 아이처럼 천진해졌다. 그가 커피 두 잔을 새로 주문했다.

그날은 인사도 제대로 못했네요. 사진 찍느라. 아, 연락처는 장선배에게 받았습니다. 잡지를 드리고 싶다고 했더니 알려주시더라고요.

네, 장선배한테 들었어요.

그러셨군요.

그는 석주에게 주려고 가져온 게 분명한 잡지를 잠깐씩 내려다볼 뿐 건네지는 않았다. 편집자 모임이 예정되어 있었고 모임이 열리는 카페까지 가려면 서둘러야 했다. 석주에겐 시간이 많지 않았다.

그 잡지, 저 주려고 가져오신 거 아니에요?

그녀가 물었고 그가 답했다.

아, 네. 맞아요. 근데 혹시 제가 모임 끝날 때까지 기다리면 실례가 될까요?

네?

그냥 잡지만 주고 가기엔 아쉬워서. 저녁이라도 같이 하면 좋을 텐데. 시간이 너무 늦어질까요?

아랫입술을 깨문 그의 얼굴에 긴장이 배어났다. 석주는 머뭇거렸다. 모임이 끝나면 으레 식사 자리가 이어지는데다 그날은 서둘러 귀가해 기획안에 참고가 될 만한 신간 서평집을 읽을 계획이었다. 옅은 낙담의 기색이 그의 얼굴에 번지기 시작했다.

한 시간 반, 두 시간 정도 걸릴 거예요. 기다리다가 지루하면 먼저 가셔도 돼요. 잡지는 다음에 받죠, 뭐.

석주가 답했고 그가 들뜬 목소리로 대꾸했다.

아뇨, 기다리겠습니다.

석주는 고개를 까닥하고 자리에서 일어났다. 그러곤 그런 대답을 한 스스로에게 놀란 듯 얼떨떨한 기분으로 그곳을 빠져나왔다. 그가 두 시간 넘게 자신을 기다릴 거라고 생각하진 않았다. 모임이 늦어졌다는 핑계로 자신 또한 나타나지 않으면 그만이기도 했으니까. 그러니까 석주의 그 말은 승낙도 거절도 아닌, 그저 예의를 갖춘 모호한 답변에 지나지 않았다.

그러나 미처 자각하지 못했던 어떤 감정이 모습을 드러내기 시작했다.

석주는 모임 내내 집중하지 못했다. 발제자가 준비해온 자료는 눈에 들어오지 않았고 자꾸 벽시계를 올려다보게 되었다.

석주씨, 무슨 일 있어요? 정신이 딴 데 가 있는 사람 같아.

쉬는 시간, 옆에 앉은 사람이 소곤거렸다.

아니에요.

그렇게 답하면서 석주는 다시금 무심결에 시계를 올려다보았다.

그를 무작정 기다리게 하는 건 예의가 아닌 듯했고, 그가 이렇게까지 하는 데엔 나름의 이유가 있을 것 같았다. 석주의 마음이 그가 머무는 약간은 어둑한 카페 안을 이리저리 서성였다.

모임이 끝났을 땐 미안함과 호기심 정도에 불과했던 감정이 어느새 조마조마함으로 바뀌어 있었다. 석주는 그가 있는 카페로 향하면서, 빨라지는 걸음을 다독이면서 차라리 그가 그곳에 없기를 바랐다. 그러면 자신을 불편하게 하는 이 정체 모를 감정을 조금은 떨쳐낼 수 있을 것 같았다. 그러나 마침내 카페 안으로 들어섰을 때, 여전히 그 자리에 앉아 있는 그를 보았을 때 석주는 자신의 그 바람이 진심이 아니었음을 깨달았다.

두 사람은 밖으로 나왔다.

토요일 저녁, 거리는 여유로운 활기로 가득했다. 그들은 조심스레 간격을 유지하며 붐비는 골목으로 접어들었고, 떠들썩한 식당에서 늦은 저녁을 먹었다. 대화는 거의 나누지 못했다. 사람들의 말소리로 실내가 몹시 시끄러웠기 때문이었다. 식당을 나온 뒤, 잠깐 걷지 않겠냐고 제안한 건 석주였다. 쌀쌀한 날이었다. 계절은 짧은 가을을 지나 겨울로 진입하는 중이었다. 그럼에도 추위를 느낄 수 없었다. 약간의 긴장감이 두 사람 모두에게 적당한 열기를 불어넣은 것 같았다.

두 사람의 대화는 그들이 보폭을 맞추는 것만큼이나 어색하게 이어졌다. 중심가에서 멀어질수록 거리는 한산해졌고 경적소리, 사이렌소리 등이 가까워졌다가 멀어지길 반복했다. 두 사람은 눈앞에 펼쳐진 어둡고 고요한 풍경을 응시하며 걸었다. 서로의 목소리에 귀기울일 수 있는 그 적막이 반가우면서도 주의를 돌릴 데가 없는 집중된 분위기가 순간적으로 부담스럽게 느껴졌다.

대화는 각자의 일 주변을 머뭇거리듯 맴돌았다. 선을 넘지 않으려고, 실수를 저지르지 않으려고 두 사람 모두 말을 아끼는 듯했다. 그럼에도 잠깐씩 사적인 이야기가 끼어들었다. 좋아하는 음악과 영화, 지극히 개인적인 취향과 일상의 작은 기쁨들. 그러면 우물쭈물하던 대화가 힘을 얻었고, 두 사람의 목소리에 활기가 실렸다.

지하철역 앞에 이르러서야 그는 석주에게 잡지를 건넸다. 회색빛 군중과 외따로 서 있는 컬러풀한 한 사람의 대비가 인상적인 표지였다. 표지 상단에 '아웃사이더'라는 제호가 큼지막하게 적혀 있었다.

잘 읽어볼게요.

집중해서 읽진 마세요. 그냥 심심할 때 봐요. 그러라고 만드는 게 잡지잖아요.

그는 쑥스러운 표정으로 대답했고 무언가 더 말할 듯하다가 고개를 꾸벅 숙여 인사했다. 석주는 고개를 까닥하고 지하철역 계단을 내려갔다. 계단을 다 내려가서 돌아보니 조그마해진 그가 여전히 그 자리에 서서 손을 흔들고 있었다.

객차 안은 한산했다. 하루치의 피로를 끌어안은 사람들이 고개를 떨구고 졸음에 빠져 있었다. 석주는 출입문이 열리고 닫힐 때마다 타고 내리는 사람들을 바라보았다. 아니, 그녀가 보는 건 따로 있었다. 그녀의 시선은 사람들 너머, 자신의 내면 어딘가에서 막 일렁이기 시작한 어떤 감정에 닿아 있었다.

석주는 썰렁함이 감도는 원룸에 돌아온 뒤에야 그 잡지를 펼쳐보았고, 그 사이에 끼워져 있는 작은 봉투를 발견했다. 거기 사진 몇 장이 들어 있었다. 장민재의 사무실 개소식 때 현판 앞에서 찍은 것이었다. 자신을 찾는 건 어렵지 않았다. 렌즈의 초점이 묘하게 자신에게 맞추어져 있었기 때문이었다. 몇몇 사진에서는 자신을 제외한 사람들이 거의 흐릿한 배경으로 보일 지경이었다.

월요일에 출근했을 때 석주가 평소보다 활기차 보였던 건 지난 토요일 밤의 영향인지도 몰랐다. 그녀는 여느 때처럼 우편물을 챙기고, 최근 출간 도서의 판매량을 훑어본 뒤 그 주의 중요한 일정을 확인했다. 그런 후엔 주말에 검토를 끝낸 원고에 대한 의견을 작성하기 시작했다. 오후에 전체 회의가 예정되어 있었으므로 마음이 급했다. 그래서 그날 사무실에 흐르고 있던 냉랭한 분위기를 감지하지 못했다. 평소보다 늦게 출근한 손유라가 가방을 내려놓고 곧장 대표실로 걸어가는 것도 알아차리지 못했다.

편집장과 대표의 갈등은 겉으로 드러나지 않았다.

보이는 곳에선 두 사람 모두가 서로를 깍듯하게 대했으므로 그들 사이의 불화를 짐작하긴 어려웠다. 하지만 어떤 미묘한 신경전이 존재한다는 것은 느낄 수 있었다. 때로 서로에게 과하다 싶을 정도로 예의를 차리는 모습이 오히려 부자연스럽게 보이기도 한 때문이었다. 석주는 대수롭지 않게 여겼다. 실무를 맡은 편집장과 살림을 책임지는 대표 사이에 이견이 생기는 건 당연하다고 생각했다.

그날 회의에서 두 사람의 대립이 수면 위로 떠올랐다.

석주가 만년필을 만지작거리는 차인석을 가만히 주시하고 있을 때였다. 그 은빛 만년필은 그가 회의에 종종 들고 오는 것이었는데 쓰임새는 두 가지였다. 기분좋은 소식을 알리거나 껄끄러운 이야기를 꺼내야 할 때. 그는 생각에 잠긴 얼굴로 만년필을 요리조리 돌려보는 중이었다.

대표님, 서점이랑 거래를 끊기 전에 편집부와 상의는 하셨어야죠. 동네 구멍가게도 아니고 거점 서점인데. 거기 실장님하고는 한두 해 알고 지낸 것도 아니잖아요.

회의 시간 내내 감정을 억누르듯 테이블만 내려다보던 손유라가 못 참겠다는 듯 입을 열었다. 규한이 새 기획안 발표를 막 끝냈을 때였다.

서점이 뭐 거기 하나뿐입니까?

차인석이 퉁명스럽게 대꾸했고 손유라가 말했다.

그런 이야기가 아니잖아요. 불경기라 원래 있던 서점들도 하나둘 문을 닫는 형편인데…… 거기만큼 우리 책에 신경써주는 데가 또 있어요?

신경써주는 데가 육 개월짜리 어음을 발행합니까? 이 개월, 삼 개월짜리도 아니고 어처구니가 없어서. 공급률도 그래요. 육십 퍼센트에서 더 낮춰달라는 것도 속이 쓰려 죽겠는데, 할인 행사니 재고 도서니 하면서 행사 때마다 책을 더 싸게 내놓으라니. 우리는 뭐 책을 그냥 만듭니까?

차인석의 언성이 높아지자 회의실 분위기가 싸늘해졌다.

그럼 그 문제를 정식으로 논의하면 되잖아요. 대표님이 직접 하시기 힘들면 제가 가서 말해도 되고요. 일단 말은 해봐야죠. 얘기도 안 하고 이렇게 일방적으로 거래를 끊으면 어떡해요.

이야기할 거 없어요. 아쉬울 것도 없고. 책을 이런 식으로 취급하는 곳과는 거래 안 할 겁니다.

차인석이 잘라 말했다.

그럼 어디랑 거래해요? 책을 어디서, 어떻게 팔 건데요, 대표님?

상식적으로 일하는 곳을 찾아야죠.

차인석이 테이블 위에 만년필을 내려놓고 영업부 조대진을 바라보았다.

조부장, 총판 수금 됐어요?

아직입니다. 며칠 늦어진다고 통보받았습니다.

전부 다?

아뇨. 온라인 서점은 제외하고요. 거긴 현금 결제니까. 규모가 크지 않아서 수금액이 많진 않습니다.

그래요. 뭐 놀랍지도 않네.

차인석이 헛웃음을 지으며 말을 이었다.

사람들이 분명 돈을 내고 책을 사갈 텐데, 그 돈을 받는 게 이렇게 어렵다는 게 편집장은 이해가 돼요? 의문이 조금도 안 듭니까? 돈이 들어와야 우리도 일을 할 거 아니에요. 계약도 하고, 인세도 주고, 책도 내고.

책이 독자에게 가닿는 과정은 길고 복잡했다. 배본사와 도매상, 총판과 서점 등 여러 유통 단계를 거치는 동안 책값은 수시로 달라졌고, 판매 수량을 예측할 수 없다는 이유로 반품과 외상 거래가 관행처럼 굳어 있었다.

서적의 정가가 무의미하던 시절이었다.

도서정가제 도입을 주장하는 이들이 있었으나 동의하는 사람은 많지 않았다. 신간은 신간이어서, 구간은 구간이어서 제값을 받지 못하는 책들이 허다했다. 여러 사람이 마음을 다해 만든 책은 그 안에 담긴 지식과 사유의 총량과는 무관하게 언제나 값비싼 상품으로 여겨지는 것 같았다.

　내가 떼돈 벌자고 이러는 게 아니에요. 빚을 내서 책을 만들 순 없지 않습니까. 출판도 엄연히 사업입니다. 자본이 있어야 상품을 제작하죠. 이런 식이면 도대체 무슨 수로 좋은 책을 내겠어요?

　차인석은 부유한 집안 출신으로 대학을 졸업할 무렵 그의 통장 잔고는 일억원이 훌쩍 넘었다. 건설업계에서 이름난 사업가였던 그의 조부가 유산의 일부를 미리 떼어준 것이었다. 그는 사업가가 되기 위해 여러 분야를 기웃거렸지만 흥미를 찾지 못했고 유일하게 관심을 가진 것이 책이었다. 어떤 사업이든 실무부터 배워야 한다는 조부의 조언에 따라 그는 대형 출판사 제작부에서 삼 년을 일했고, 이후 다른 출판사 편집부에서 이 년간 경력을 쌓았다. 그리고 일본 유학을 마치고 돌아와 첫 직장의 입사 동기인 손유라와 함께 산티아고북스를 창업했다.

　그가 시간과 돈, 마음을 쏟은 첫 회사는 고전을 면치 못하는 중이었다.

　다음주 출판인 간담회에서 한번 얘기해보죠. 다른 회사 사정도 좀 알아보고. 아무튼 이대로는 안 됩니다. 관행을 계속 따라가다가는 이도 저도 안 돼요.

그는 그렇게 말한 뒤 내려놓았던 만년필을 다시 집어들었다. 그러곤 직원들을 둘러보며 말했다.

적극적으로 고민합시다. 편집부는 편집부대로 좋은 원고를 어떻게 확보할지, 조부장은 어떻게 수금률을 끌어올릴지, 저는 저대로 어디서 얼마나 투자를 받을지. 혁신적으로 생각하자고요. 그리고 임과장, 그 기획은 보류예요. 그 정도로는 안 됩니다. 보완하세요. 더 하실 말씀 있습니까?

회의는 그렇게 끝이 났다. 퇴근 직전, 손유라가 석주에게 물었다.

석주씨, 퇴근하고 시간 괜찮아요?

네, 뭐 시킬 일 있으세요?

거기 삼중문고에 가보려고.

차인석이 일방적으로 거래를 끊어버린 그 서점을 말하는 거였다. 석주가 머뭇거리자 손유라가 소곤거리는 목소리로 말했다.

깐깐하신 대표님 의견 들었으니 가서 한번 타진해봐야지. 안 되면 사정 설명하고 인사라도 하고 오든가. 알고 지낸 세월이 있는데 거래 끊는다고 발길까지 딱 끊으면 너무 인간미 없잖아. 난 그런 사람은 되기 싫어.

네, 알겠습니다.

석주는 서둘러 코트를 챙겨 입고 편집장을 따라나섰다.

*

 원호를 다시 만났을 때 석주는 그가 건네준 잡지 『하비스트』에 대한 인상과 소감을 전하려고 했지만 그러지 못했다. 이전 만남에서 두 사람을 머뭇거리게 하던 어색함이 그날은 빠르게 휘발되어 대화가 다양한 주제를 넘나든 덕분이었다.
 수요일 저녁, 두 사람은 몸이 닿을 듯 붙어 앉아야 하는 좁은 우동 가게에서 저녁을 먹고 미술관으로 갔다. 사진전을 보러 가는 길이었다. 12월 초순인데도 거리엔 벌써 캐럴이 흐르고 있었다. 건물마다 조명이 반짝이고 크고 작은 장식들이 눈길을 끌었다. 멀리 영화관 앞, 공중전화 부스 앞에 사람들이 길게 줄지어 서 있었다.
 크리스마스 시즌엔 사람들이 보통 찰스 디킨스 소설을 떠올리잖아요. 『크리스마스 캐럴』은 제목 덕을 보는 거죠. 근데 전 『왕자와 거지』나 『톰 아저씨의 오두막』 같은 소설이 더 많이 생각나요. 지금 계절에 읽으면 참 좋죠.
 『왕자와 거지』는 마크 트웨인. 『톰 아저씨의 오두막』은……
 해리엇 비처 스토.

그런데 그 두 작품이 크리스마스랑 관련이 있나요?

오래전, 눈이 펑펑 내리던 밤에 어머니가 그 책 두 권을 사주셨거든요. 크리스마스 선물이라고.

그래요? 몇 학년 때요?

3학년 때인가? 열 살쯤이었을 거예요. 『톰 아저씨의 오두막』은 읽으면서 막 울었던 기억이 나요.

바람이 찼다. 여러 겹 옷을 껴입은 몸은 견딜 만했지만 발이 문제였다. 구두를 신은 탓에 발끝부터 감각이 사라지고 있었다. 전날 내린 비로 거리까지 미끄러워 석주의 걸음이 조금씩 느려졌다. 몸이 기우뚱할 때마다 원호가 반사적으로 손을 뻗어 그녀를 붙잡아주었다. 그래서 미술관 앞에 이르렀을 때엔 그가 손을 내밀고 이렇게 말했다.

잡아요. 계단이라 위험해요.

두 사람은 커다란 걸개그림이 걸린 로비를 지나 특별 전시관으로 들어섰다. 훈훈한 공기가 감도는 전시실은 관람객들로 북적였고 작품 앞에 서서 나지막하게 이야기를 나누는 사람들의 뒷모습이 다정해 보였다.

석주보다 머리 하나가 더 큰 원호가 그녀 쪽으로 몸을 기울여 다정하게 설명을 이어갔다. 사진에 관해선 아는 게 거의 없었지만 석주는 그곳에 온 사람들처럼 금세 작품들에 마음을 빼앗겼다. 아니, 그녀가 마음을 빼앗긴 건 작품만이 아닐지도 몰랐다.

미술관을 나왔을 때 두 사람은 조금 더 가까워져 있었다. 지하철역으로 걸어가면서 그가 말했다.

토요일이었으면 조금 더 있다 가라고 졸라볼 수 있었을 텐데. 수요일이네요, 오늘은.

가로등 불빛 아래 가로수의 앙상한 그림자가 드리워져 있었다. 석주는 나무 그림자를 피해 걸으며 답했다.

수요일에 보자고 하셔서 오늘만 시간이 되는 줄 알았어요.

그럴 리가요. 시간은 어떻게든 내기 마련인데. 그냥 용기가 안 났어요. 토요일에 보자고 하면 괜히 마음을 들킬 거 같더라고요. 보기보다 소심하죠?

그는 겸연쩍게 웃었다. 그러곤 멀리 지하철역이 성큼성큼 가까워지는데도 별다른 말이 없었다. 근처에서 뭘 좀 먹겠냐고 먼저 물은 건 석주였다. 대수롭지 않은 말투였지만 그 말을 건넬 때 가슴이 두근거렸다. 두 사람은 역 근처 골목에서 적당한 맥줏집을 찾아냈다. 미닫이 나무문을 열고 들어서자 왁자한 말소리와 뜨거운 열기가 두 사람을 덮쳤다. 그곳은 딴 세상 같았다.

원호는 중학교 1학년이 되던 해, 어머니를 여의고 아버지

손에 자랐다고 했다. 갑작스러운 교통사고였다. 아내의 죽음을 받아들이기 어려웠던 아버지에게는 섬세한 아들의 마음을 돌볼 여력이 없었다. 그래서 사춘기에 접어든 그가 아버지의 마음을 살폈다. 그 시절, 그에게 반항은 사치였다. 그는 아버지마저 자신의 곁을 떠날까봐 겁이 났다고 털어놓았다. 몇 해 뒤 그의 아버지가 재혼하면서 원호에겐 새어머니와 남동생이 생겼다. 새어머니는 그에게 필요한 것들을 챙겨주고 해야 할 일을 빠짐없이 가르쳐주었으나 따뜻한 정을 주는 사람은 아니었다. 그럼에도 아버지와 단둘이 지내던 썰렁한 집에 새로 온 두 사람이 가져다준 온기가 반가웠다고 그는 말했다.

원호는 동네를 쏘다니며 사진을 찍는 때를 제외하면 대개 시계 초침소리가 흐르는 자신의 방에서 과월호 잡지를 읽으며 시간을 보냈다. 처음엔 소년 잡지와 만화 잡지를 즐겨 읽었지만 점차 과학, 미술, 사진 잡지로 관심사가 넓어졌고 그는 자신이 내용보다 형식에 더 큰 흥미를 느낀다는 사실을 깨달았다. 그의 시선은 언제나 사진과 이미지, 텍스트의 형태와 배치 같은 디자인적 요소에 머물렀다. 그는 잡지가 주는 다채로움과 시끌벅적함이 좋았다고 했다. 그 잡다한 세계가 무채색 적막 같던 유년 시절에 위안이 되었다고 했다. 그 말을 들을 때 석주는 그의 외로움을 잠시 엿본 것 같았다.

어머니의 죽음, 아버지의 재혼, 갑자기 등장한 새어머니와 의붓동생까지. 원호는 그들에 대해 부정적으로 말한 적이 없었다. 그럼에도 상실과 혼란 속에서 비틀거리며 적응해나가는 애처로운 한 소년의 모습이 눈에 보이는 듯했다. 그가 잡지라는 형식에 이끌린 게 우연처럼 느껴지지 않았다.

대학을 졸업하고 인턴으로 『하비스트』에 발을 들였을 때만 해도, 작가에게 원고를 받아오거나 비품을 사오는 허드렛일을 도맡을 때만 해도, 그는 자신이 잡지를 만들며 살게 될 거라고는 예상하지 못했다.

그는 사진작가가 되겠다는 꿈을 포기하지 않았다. 그러다 인터뷰 사진을 촬영해보겠느냐는 제안을 받았고 그 일을 계기로 편집부에 합류하게 되었다.

기분이 묘하더라고요. 내가 촬영한 사진이 잡지에 딱 실려 있는데. 그런 생각이 들었어요. 사진작가가 뭐 별건가. 내 사진이 갤러리에 걸리든, 잡지에 실리든 그게 그거 아닌가. 잡지는 더 많은 사람이 보는 거니까 오히려 더 좋은 거 아닌가.

그는 어색하게 웃었다. 석주는 그것이 현실과 이상 사이에서 그가 얼마간 물러서고 포기하며 다다른 결론임을 짐작했으나 내색하지 않았다. 다행히 그는 지금의 일에 열중하고 만족하는 듯 보였다.

자신의 차례가 되었을 때 석주는 어린 시절, 동생과 많은 시간을 보냈던 도서관 이야기를 했다. 아이들에게 유독 엄격했던 경비 아저씨에 대해, 대출 카드에 삐뚤빼뚤 쓴 글자를 정자로 고쳐주던 사서 언니에 대해. 종일 동생을 돌보아야 했던 맏이로서의 외로움과 주방의 기름냄새가 스며들던 가게 안 살림집에 대해서도.

처음에 두 사람의 대화를 방해하던 소음은 어느 순간부터 멀리로 물러나서 거의 들리지 않았다. 취기 탓인지도 몰랐다. 그들은 막차가 끊기기 전에 가게를 나섰다. 그리고 썰렁한 버스 정류장에서 좀처럼 오지 않는 버스를 기다릴 때 그가 석주에게 입을 맞추었다. 너무나 자연스러운 입맞춤이어서 두 사람 모두 그 순간을 얼마간 준비하고 기다려온 듯했다.

그렇게 연애가 시작되었다.

그러나 일정을 맞추는 건 쉽지 않았다. 마감을 중심으로 돌아가는 두 사람의 일상은 빠듯했고 변동도 잦았다. 약속은 자주 변경되고 조정되었으며 때때로 어긋났다. 그래서 일주일에 한두 번 겨우 이뤄지는 만남이 더없이 소중하면서도 늘 아쉬움이 남았다.

처음 한동안 그들은 여느 연인들처럼 주말 점심 무렵 만나 전시나 공연을 보고 식사를 한 뒤 늦은 밤에 헤어지는 것을 암묵적인 규칙으로 삼았다. 그러나 오래지 않아 그런 형식적인 만남이 소모적이라는 결론에 다다랐다. 겉치레로 예의를 차리는 일이 시간 낭비라는 것도. 무엇보다 두 사람에겐 상대 외에 집중할 다른 무엇이 전혀 필요하지 않다는 사실도.

두 사람은 도심을 걷기 시작했다. 때로는 가볍게 때로는 지칠 때까지. 커피를 마시고 식사를 하는 일들은 마치 긴 산책을 위한 준비운동처럼 여겨질 정도였다.

석주가 아는 도시는 고층 빌딩이 드리우는 한낮의 짙은 그늘과 화려한 조명이 수놓은 야경이 전부였다. 원호는 달랐다. 취재를 하고, 사진을 찍으며 다양한 사람을 만나온 그는 그런 단조로운 풍경 너머에 숨어 있는 도시의 다른 얼굴들을 잘 알고 있었다.

그들은 봄기운이 무르익은 골목을 빠져나오며, 더위가 점령한 대로변을 걸으며, 노을이 깔린 횡단보도를 건너며 이야기를 나눴다. 망설이고 머뭇거리던 말들은 서로에 대한 호기심과 애정에 용기를 얻어, 상대의 더 깊은 내면으로 다가섰다. 매 순간 그들은 서로를 발견했다. 마치 그 성실한 산책의 최종 목적지가 실은 상대의 마음인 것처럼. 아니, 그들이 발견한 건 서로를 통해 더욱 또렷해지는 스스로의 모습인지도 몰랐다. 특별하지 않은 도심의 산책이 두 사람에게 매번 새로운 감동을 안겨주었다.

다정하고도 필사적인 그 산책은 일 년 넘게 이어졌다. 그 시기, 두 사람이 함께 걸어서 다다를 수 없는 곳은 존재하지 않았다.

원호가 석주의 삶에 활기를 불어넣었다. 그녀는 그 활기가 느슨함으로, 방만함으로 번지지 않도록 신경썼다. 그 무렵엔 지나칠 정도로 꼼꼼하게 업무를 챙겼기 때문에 석주는 어느 때보다 일에 몰두한 사람처럼 보였다.

그해, 그녀는 서른넷이었고 더는 신출내기 편집자가 아니었다.

어느 월요일 오전, 동료 규한이 말을 걸었다.

홍과장님, 이따가 오후에 시간 되면 저 좀 도와줄 수 있어요?

석주가 오전까지 반드시 답을 해야 하는 메일을 순서대로 작성하고 있을 때였다. 그중엔 거절당할 게 뻔한 작가에게 출간 제안서를 보내는 일도 포함되어 있었다. 거절은 빈번했고 방식은 제각각이었지만 좀처럼 익숙해지지는 않았다. 산티아고북스는 작은 출판사였고 그녀 자신도 경험이 많지 않은 편집자였다. 그래서 출간 제안서를 보낼 때마다 완강하게 닫힌 문 앞에 속수무책으로 서 있는 듯한 기분이 들었다.

창고에 가는 거죠? 같이 갈게요. 오래는 못 있어요. 두 시간 정도?

그 정도면 충분해요. 일요일에 조부장님이 도와주셔서 꽤 했거든요. 다시 사무실에 와야 하면 태워다줄게요.

그래주면 고맙죠.

규한이 편집한 책에서 오류가 발견된 것이 지난주였다. 판권과 표지 뒷면의 가격이 서로 달랐다. 차인석은 노발대발했다. 가격도 정확하지 않은 책을 누가 사겠느냐는 거였다. 손유라가 판권면 가격 정보를 스티커로 가리기로 결정하면서 그 일은 일단락되었다. 출고 전 오류를 발견한 게 그나마 다행이라면 다행이었다. 규한은 일요일도 반납하고 창고에서 종일 스티커를 붙인 모양이었다.

간단히 점심을 해결하고 창고로 이동할 때 규한이 물었다.

홍과장님, 여행 좋아해요?

조수석에 앉은 석주를 돌아보는 그의 눈빛이 반짝였다. 자책감은 또 금세 털어버린 모양이었다.

여행 좋죠. 못 가서 그렇지.

석주가 대답했고 그가 속도를 줄이며 말했다.

그죠? 바로 그거예요. 요즘 사람들이 여행 에세이를 많이 읽는 게. 그래서 저도 한 권 기획해보려고요. 필자로 누굴 섭외한 줄 아세요?

여행 에세이? 필자 섭외까지 한 거예요?

거의 했다고 봐야죠. 이건 회의할 필요도 없어요. 대표님도 깜짝 놀라실걸요. 백 퍼센트 통과예요, 이건. 무조건 백 퍼센트.

누군데요, 필자가?

비밀. 회의 때 말해줄게요. 아, 뭐든 하나라도 터트려서 이런 스티커 작업 좀 벗어나고 싶다. 승진도 하고, 인센티브도 받고, 스카우트 제의도 받고. 그러면 얼마나 좋을까? 그죠?

그는 석주를 돌아보며 히죽 웃었다. 그러곤 스티커 작업을 하는 내내 푸념인지 포부인지 모를 말들을 계속 늘어놓았다. 석주는 고개를 끄덕였지만 그의 말에 집중하고 있진 않았다.

고개를 들면 까마득하게 높은 철제 선반에 도서 상자들이 차곡차곡 쌓여 있었다. 회사가 매달 비용을 지불하는 이곳에서 책들은 주문을 기다리다 서점으로 옮겨진 뒤 독자를 만나게 될 거였다. 독자를 만나지 못하고 세월에 야금야금 훼손되다 폐기되는 책들도 있을 터였다. 문득 한 권의 책이 소멸할 때 함께 사라지는 건 무엇일까 하는 생각이 들었고 그러자 씁쓸함이 밀려왔다. 누군가 전력을 다해 만든 책들이 흔적 없이 사라진다는 사실. 그럼에도 매일 새로운 책이 태어나고 이처럼 어마어마하게 쌓여간다는 사실. 석주는 놀라움과 애잔함을 동시에 느꼈다.

얼마 후 규한은 새로운 기획안을 냈다.

*

규한이 기획한 책은 여행 힐링 에세이였다.

힐링이라는 단어는 그가 끼워넣은 것이었는데 그 무렵엔 유행처럼 흔히 쓰이곤 했다. 필자 약력과 원고 콘셉트, 대략적인 내용과 분량, 편집 방향과 주요 독자층까지. 일목요연하게 정리된 그의 기획안에선 망설임의 흔적이 느껴지지 않았다. 그 기획안은 흠잡을 데가 없어 보였다.

기획안을 쓰는 일은 석주에게 언제나 어려운 숙제였다. 그래서 그 작업을 거침없이, 신속하게 해내는 규한이 신기하고 부러웠다.

임과장, 안정묵 작가 원고 맡기로 한 거 아니었어요?

질문한 건 손유라였다.

네, 그 원고 제가 맡기로 했었는데요. 작가님이랑 소통이 어려워서……

규한이 말을 끝내기도 전에 차인석이 들뜬 목소리로 물었다.

필자와 연락한 거예요? 이여주 선생님이 원고 주신대? 확실해요?

규한이 섭외한 필자, 이여주는 꽤 알려진 에세이스트였다. 두 권의 책은 이미 베스트셀러였고 최근에는 라디오 방송에 출연하며 인지도를 쌓아나가고 있었다.

원고 주신다고 했습니다. 확실히.

어떻게? 아는 분이야? 만났어요?

그건 비밀입니다. 기획안 통과되면 정식으로 만나 뵙고 말씀드리려고요. 다음주쯤으로 생각하고 있습니다.

확실한 거죠? 그럼 계약서 준비해서 같이 가지. 다음주까지 기다릴 거 없이 이번주 언제 시간 되시는지 한번 여쭤봐요.

규한의 기획안은 다른 이들이 의견을 내기도 전에 통과되는 듯 보였다. 손유라가 제동을 걸었다.

잠깐만요. 원고를 받을 때 받더라도 일정 정리는 확실히 해야. 어떤 원고를 주시는지도 알아야 하고. 선인세 수준도 고민해야 하는데. 임과장, 안선생님께는 연락해봤어요?

아직 못했습니다. 편집장님, 아무래도 저 그 원고 못 맡을 것 같습니다.

못 맡겠다니. 무슨 말이에요, 그게?

규한이 그 작가, 안정묵의 글을 탐탁지 않게 여긴다는 걸 석주는 알고 있었다. 편집장이 자리를 비울 때면 그의 소설이 고리타분하다거나 촌스럽다는 평을 서슴없이 했다. 규한은 문학이라는 틀 안에 갇힌 글을 못 견뎌하는 것처럼 보였다. 그가 흥미를 느끼는 글은 석주가 선호하는 글과는 달랐다. 그건 글에 대한 호오를 좀처럼 드러내지 않는 석주와 그것을 언제나 분명히 드러내는 규한의 태도만큼이나 대비되는 것이었다.

때때로 규한의 모습은 성급해 보였고 아슬아슬하게 느껴졌지만 동시에 스스로에 대한 의구심을 불러왔다. 그 무렵 석주는 자신의 취향을 조심스레 점검하기 시작했다. 규한과 비교하면 자신이 애정하는 글들은 어딘가 구태의연하고 무미건조해 보였다. 빠르게 변하는 세상과는 무관하게 늘 같은 자리에 머무는 듯했고 시대의 흐름을 반영하지 못하는 듯했다. 이런 고민이 조바심이 되고, 불안으로 번질 때도 있었다.

손유라와 규한 사이에 껄끄러운 말이 더 오갔고 분위기가 무겁게 가라앉았다. 한참 만에 대안을 찾듯 차인석이 석주에게 말했다. 그 원고를 맡아보겠느냐는 제안이었다.

그렇게 해서 안정묵의 원고는 석주의 몫이 되었다.

미안하게 됐어요, 홍과장.

그날, 손유라는 석주를 따로 불러 그렇게 사과했다.

아닙니다. 편집장님이 사과하실 일이 아닌걸요. 괜찮습니다.

진심이었다. 아홉 권의 단독 저서를 낸 오십대 중반의 안정묵은 낯선 작가가 아니었다. 최근 펴낸 두 권짜리 장편소설을 제외하면 석주는 그의 모든 작품을 읽어온 독자였다. 대개의 경우가 그렇듯 어떤 작품은 인상 깊었고, 어떤 작품은 그저 그랬으며, 어떤 작품은 실망스러웠다. 하지만 이십대 남자 주인공이 먼지가 풀풀 날리는 시골 버스 정류장에서 연인에게 이별을 고하고 돌아서는 장면만은 여전히 또렷했다.

급하게 낼 필요는 없으니까 일단 선생님께 연락드리고 일정 조율해봐요. 내 생각엔 여름 지나고 나오는 게 제일 좋을 것 같긴 한데 모르겠네. 처음엔 까칠해 보여도 속은 그렇지 않은 분이에요. 아, 중요한 거 놓칠 뻔했다. 선생님이 복요리 좋아하세요. 복요릿집에서 만나면 분위기 좋을 거야. 괜찮은 식당 몇 군데 알려줄게요.

다음날, 편집장은 복어 요리 전문 식당 세 곳의 이름과 위치를 알려주었다. 퇴근 후, 석주는 그 식당들을 직접 찾아가보았다. 대로변에 위치한 첫번째 가게는 찾기 쉽다는 장점이 있었으나 실내가 비좁았고, 골목 안쪽에 자리한 두번째 가게는 아늑한 분위기가 마음에 들었으나 조명이 어두웠다. 세번째 가게가 적당하다고 느낀 건 안쪽에 독립된 룸이 있어서였다. 석주는 그 가게의 명함을 받아왔다.

그러나 안정묵과의 만남은 계속 미뤄졌다. 그가 초고를 마무리한 뒤 만나길 원했으므로 기다리는 수밖에 없었다. 그래서 그 식당에서 석주가 처음 마주한 이는 안정묵이 아니라 오기서였다. 자신의 첫 사수. 교열부 사무실에서 종일 원고를 읽고 또 읽던 사람. 교한서가를 나온 뒤 석주는 자신이 만든 책을 보내는 것으로 안부를 전했지만 그를 만난 적은 없었다. 그러다 얼마 전 그의 은퇴 소식을 듣고서야 용기를 내어 연락을 한 거였다.

3월 초순의 어느 늦은 오후 석주는 일찌감치 사무실에서 나와 식당으로 갔다. 쌀쌀한 공기 속에서도 봄이 가까이 왔음을 느낄 수 있었다. 매일 조금씩 가벼워지는 사람들의 옷차림이 그런 기분에 확신을 더해주었다.

오기서는 먼저 와 있었다. 석주가 룸의 문을 열고 들어서자 그가 자리에서 일어나 악수를 청했다.

과장님, 안녕하세요. 오랜만에 뵙습니다.

그러게요. 정말 오랜만이네요. 한 삼사 년쯤 되었나요?

제가 스물아홉에 퇴사하고 이제 서른다섯이니까. 오 년이 넘었네요.

아, 벌써 그렇게 되었군요. 시간 참 빠릅니다.

언젠가 그랬던 것처럼 투박한 그의 손이 석주의 손을 힘껏 쥐고 짧게 흔들었다. 석주가 복국을 주문했고 음식이 금방 나왔다. 두 사람은 식사를 하며 이야기를 나누었다. 어색함이 감도는 분위기 속에서도 반가움의 기색을 느낄 수 있었다.

석주가 퇴사한 뒤 교한서가는 서너 번의 구조조정을 거쳤다. 교열부가 대폭 축소되면서 대다수 직원이 회사를 떠났고, 나머지 직원들이 편집부와 제작부, 관리부로 흩어진 뒤에도 그는 교열부에 남아 원고를 보았다. 그러다 몇 해 전 계약직으로 전환되었고 외주로 드문드문 교열 일을 병행하다 마침내 은퇴를 결심했다고.

은퇴를 하시기엔 너무 이른 것 같아요.

그는 겨우 오십대 중반이었다.

그렇게 생각하면 또 그렇지요. 이 일에서 은퇴했으니 이제 다른 일을 찾아보려고 합니다. 이 일 말고 내가 할 수 있는 일이 하나쯤은 남아 있어야 할 텐데요.

그는 덤덤하게 웃어 보였다.

하긴 너무 오래하긴 했어요. 당연한 수순이라는 생각도 듭니다. 책을 쓰는 일도, 만드는 일도 시대에 따라 달라지기 마련이니까. 지금은 내가 한창 일하던 시절에 비해 많은 게 바뀌었지요.

그러나 그렇게 혼잣말처럼 중얼거릴 때에는 감출 수 없는

오직 그녀의 것

쓸쓸함이 배어났다. 그건 물러나기로 결심한 사람의 아쉬움처럼, 홀가분함처럼 느껴지기도 했다. 그는 출판과는 무관한 일을 찾는 중이라 했고, 요즘엔 매일 뒷산에 오른다고 했다. 얼마 전 읽었다는 야생초 관련 책에 대한 설명을 길게 이어가기도 했다. 석주는 말없이 그의 이야기를 들어주었다. 이따금 통제를 벗어난 듯 다급하게 말을 쏟아내는 그의 모습에서 잠깐씩 외로움이 엿보였다. 헤어질 때 그는 건강하라는 덕담과 함께 연필 상자 하나를 건넸다. 석주도 언젠가 들어본 적이 있는 에버하드 파버사의 블랙윙 여섯 자루였다. 그것이 몇 해 전 단종된 귀한 물건임을 석주는 나중에 알았다. 셔츠 차림의 그가 묘하게 추워 보였던 까닭이 늘 끼고 다니던 가죽 토시의 부재 탓이라는 것도.

오기서는 이듬해 세상을 떴다.

어느 토요일, 멀리 떨어져 사는 딸이 그의 집을 방문했을 때 그는 졸음에 빠진 사람처럼 책상에 엎드려 있었다고 했다. 사인은 심근경색으로 밝혀졌으나 석주는 그가 교열을 마친 원고들을 미련 없이 떠나보냈듯 자신의 삶도 그렇게 정리한 게 아닐까 생각했다. 어쩌면 평생 일터나 다름없는 교한서가를 떠나야 했을 때, 그는 늘 얼마간의 냉기가 감도는 거대한 자료실 어딘가에 자신의 남은 삶을 반듯하게 꽂아두고 나온

게 아닐까 하고.

장민재를 비롯한 옛 동료들과 빈소를 찾았을 때 석주도 다른 이들처럼 그에게 마지막 인사를 건넸다. 고개를 숙이고 속으로 길지도 짧지도 않은 말을 읊조리면서 석주는 생각했다. 긴 세월, 자신에게 주어진 글을 살피고 다듬던 그의 묵묵함과 성실함에 대해, 자신이 알게 모르게 닮고 배웠던 그의 태도와 마음가짐에 대해.

석주는 그가 그 일에서 어떤 성취를 느꼈는지, 어떤 좌절을 견뎠는지 알지 못했다. 그녀가 아는 거라곤 구부정한 자세로 책상 앞에 앉아 뭔가를 골똘히 읽던 모습이 전부였다. 어쩌면 그의 삶에서 아주 사소한 일부에 지나지 않았을 무엇. 그러나 그 순간, 그의 삶을 이해하는 데 그 이상의 것이 필요하지 않았다.

오기서의 유일한 가족인 이십대 딸은 멍한 얼굴로 조문객을 맞았다. 아버지 삶의 어떤 작은 조각을 뒤늦게 발견한 사람처럼. 이해할 수도, 인정할 수도 없는 일에 아버지가 평생을 바쳤다는 사실에 경악한 사람처럼. 영정을 올려다보는 그 사람의 눈에 당혹스러움인지, 원망인지, 슬픔인지 모를 감정들이 잠깐씩 떠오르는 것을 석주는 가만히 지켜보았다.

석주가 오기서의 딸을 다시 만난 건 몇 달 뒤였다.

오기서의 죽음 이후 자신이 어렴풋하게 떠올렸던 생각. 생전 오기서가 사보와 잡지 등에 썼던 글을 모아 책으로 엮는 작업을 진행하기 위해서였다. 저작권자인 오기서가 사망했으므로 모든 권리는 그의 딸에게 있었고, 동의를 받아야 했다.

출판계약서를 작성하려고 만났을 때, 오기서의 딸은 서류를 건성으로 넘겨보다가 물었다.

그런데요. 이게 무슨 의미가 있는 거예요?

석주는 조금 더 다가앉았고 다시금 계약의 주요 사항들을 짚어나갔다. 점심 무렵이어서 카페 안은 사람들로 붐볐다. 말소리와 음악소리를 이기려고 석주의 목소리가 조금씩 커졌다.

아니, 제 말은요. 이런 책이 나오면 읽을 사람이 있느냐는 거예요.

그 사람이 석주의 말을 끊고 되물었다. 목소리에 담긴 것이 호기심인지 냉소인지 그녀는 분간할 수 없었다. 대답을 하려 입을 여는 순간 그 사람이 재빨리 말을 이었다.

알아서 하세요. 전 다 동의할게요.

그러곤 바쁜 일이 있는 사람처럼 가방을 챙겨 그곳을 나가 버렸다. 오기서의 유고집은 늦여름, 그의 일주기를 보름 앞두고 출간되었다. 다소 밋밋한 표지에 '교열자 일기'라는 제목이 붙은 그 책은 200쪽이 채 되지 않았다. 소박하다못해 무미건조하게까지 여겨지는 그 책의 모습은 매일 이런저런 일에 치이느라 석주가 더 마음을 쏟지 못한 결과 같았고 얼마간 오기서의 모습과 닮아 보였다. 가식도 과장도 없이 오로지 정확한 의미를 찾고 바로잡는 데 열중했던 그의 시간과 비슷해 보이기도 했다.

오기서의 딸을 비롯해 그를 알 만한 사람들에게 책을 발송하면서 석주는 짧은 편지를 첨부했다. 이 책은 교열자로서의 소회가 주를 이루고 있지만 단순히 개인적 기록에 머물지 않는다고. 글을 대하는 그의 엄격함과 염결함은 글을 다루는 모든 이에게 깊은 울림을 전할 수 있을 거라고. 그러니 시간을 내어 꼭 읽어주셨으면 한다고. 스무 통 남짓의 편지를 모두 쓰고 나자 쥐가 난 것처럼 손 전체가 저릿했다.

얼마 후, 이여주의 세번째 여행 에세이 『내 마음의 지도를 따라』가 출간되었다. 규한이 일 년 넘게 공들여 편집한 책이었다.

*

원호와의 도심 산책은 드문드문 이어졌다.

만남을 앞둔 토요일 저녁에는 한 주간의 피로를 안고 귀가

하면서도 기분좋은 설렘을 느낄 수 있었다. 정시에 퇴근하는 날은 손에 꼽을 정도였고 주 오일제가 본격적으로 시행되기 전이어서 휴일은 일요일 딱 하루였다. 그러니까 그 하루가 석주에겐 길고 긴 한 주의 보상이자 해방구인 셈이었다.

원호 역시 석주를 만날 때를 제외하면 대부분의 시간을 『하비스트』의 기획과 편집에 쏟는 듯했다. 그 무렵, 그가 쓴 선글라스 기사가 특집으로 실리며 큰 주목을 받았고, 한때 잡지 구독자가 폭발적으로 늘었다. 그는 거기에서 자신도 몰랐던 어떤 가능성을 본 것 같았다.

석주는 그가 일하는 방식. 무작정 밖으로 나가 직접 발로 뛰며 누구도 주목하지 않는 아이템을 찾아내는 과정이 어떻게 가능한지 의아했다. 그건 놀라운 한편 무모하고 대책 없어 보였다. 그것이 세태와 유행을 붙잡아야 하는 잡지의 특성임을 이해한 건 시간이 지나서였다. 긴 시간을 들여 한 편의 원고를 단행본으로 만드는 자신의 일과는 본질적으로 다른 성격의 일이라는 것도.

육 년 차에 접어든 두 사람의 모습은 여느 연인들처럼 다정했지만 이 관계를 언제까지고 연인 관계로 붙잡아둘 수 없음을 그들은 모르지 않았다. 그해에 석주는 서른일곱, 그는 서른여덟이었다. 결혼 적령기를 넘어서고 있다는 사실에 두 사람 모두 약간의 조바심을 느꼈지만 심각하게 여기진 않았다. 서로가 각자의 일에 얼마나 몰두하고 있는지 누구보다 잘 알기 때문이었다.

햇살이 좋은 초가을 오후, 두 사람은 천변의 도서 행사장을 걷고 있었다.

헌책방이 밀집한 거리에서 비정기적으로 열리는 행사로, 독립 출판물과 지하 출판물, 절판 도서처럼 흔치 않은 책들이 주를 이뤘다. 아는 사람들 사이에서는 제법 입소문이 난 행사였고, 개인이 오래 소장한 도서를 구경하는 재미가 컸다.

거리는 인파로 붐볐다. 걸음을 내디딜 때마다 주의를 기울여야 했고, 사람들이 한꺼번에 몰릴 때면 옆 사람의 얼굴이 닿을 듯 가까워졌다.

한참 만에 두 사람이 걸음을 멈춘 곳은 상대적으로 한산한 매대 앞이었다. 원호가 매대를 지키는 사람에게 말을 걸었다.

이야, 귀한 책은 여기 다 있네요. 이걸 다 직접 소장하고 계셨던 거예요?

그러곤 못 참겠다는 듯 매대 위에 놓인 책들로 손을 뻗었다. 빛은 바랬지만 여전히 화려한 색감의 흔적이 남은 잡지들을 훑어나가던 그의 눈빛은 윌리엄 클라인과 도로시아 랭, 로버트 애덤스의 사진집을 발견하면서 흥분으로 반짝였다.

귀하다마다요. 이런 책들은 돈 주고도 못 구하는 거 아시죠?

하나로 질끈 묶은 머리 위에 선글라스를 올려둔 남자가 느릿느릿 대꾸했다. 남자와 원호 사이에 몇 마디 말이 더 오갔다.

이 책도 파시는 거예요?

석주의 목소리가 끼어들었다.

그녀가 집어든 책 표지엔 '여우골짜기'라는 글자가 붓글씨체로 적혀 있었다. 그 아래에는 한 인물의 실루엣이 누군가 직접 그린 듯한 스케치로 남아 있었다. 사철 제본으로 제작된 책은 얇았지만 정성을 들인 흔적이 느껴졌다. 그럼에도 전체적인 만듦새는 조잡했고, 국제표준 도서번호나 가격 표시도 찾을 수 없었다.

보는 눈이 있으시네. 마음에 들어요?

남자가 석주를 보며 싱긋 웃었다.

신기해서요. 원래 판매되던 책인가요? 가격이 적혀 있질 않네요.

그가 허락하듯 고개를 끄덕이고 나서야 석주는 그 책을 펼쳐보았다.

시인 소개와 수록 시 목차를 넘기자, 익숙한 구절로 시작하는 시 한 편이 눈에 들어왔다.

명절날 나는 엄매 아배 따라 우리집 개는 나를 따라 진할머니 진할아버지가 있는 큰집으로 가면

꾸밈이라고는 없는 질박하디 질박한 시구마다 묘하게 쓸쓸함이 감돌았다. 석주는 길지도 짧지도 않은 그 시를 천천히 읽어내려갔다.

그 시 참 좋죠? 그저 시일 뿐인데 그걸 못 읽게 하다니. 정말 야만적인 시대였어요. 왜 해금조치 되기 전까진 월북 작가들 글은 읽지도 못하게 했잖아요. 별수 있어? 직접 만들 수밖에. 딱 서른 권만 만들었어요. 모임에서 읽으려고. 제목도 딱 우리만 알아보게 지었지.

어떻게 만드신 거예요?

만들려고 작정하면 어떻게든 만들죠. 수동 타자기 알죠? 종이 딱 한 장씩만 넣어서 쓰는.

남자는 종이 뒤에 카본지를 대고 종이를 덧대는 방식으로 원고를 타이핑했다고 했다. 힘껏 자판을 두드리면 그럭저럭 서너 부는 한 번에 찍을 수 있었다고. 의지만 있다면 책 만드는 건 그리 어려운 일이 아니라고도 했다.

석주가 구매 의사를 밝혔지만 남자는 그 책을 팔지 않았다. 이제는 딱 한 권밖에 없는 책이어서 값을 매길 수 없다는 거

였다. 대신 그는 원호에게 사진집 두 권을 저렴한 값에 넘겨주었다.

두 사람은 행사장 끝까지 걸어갔고 각자 한 권씩 책을 더 구입한 다음 그곳을 빠져나왔다.

대단한 사람이네. 읽고 싶은 책을 직접 만들다니.

인파가 멀어지고 거리가 제법 한산해졌을 때 원호가 중얼거렸다.

그러게. 딱 한 권밖에 없는 책이라니. 나 같아도 못 팔았을 거야.

노을이 물든 도시의 가장자리가 서서히 어둠에 잠기고 있었다. 고대했던 주말이 저물어가는 중이었다. 느려지는 두 사람의 발걸음에 아쉬움이 묻어났다.

그날, 두 사람은 야경이 내려다보이는 레스토랑에서 저녁을 먹었다. 원호가 근사한 저녁을 사겠다고 고집을 부린 탓이었다. 자리에 앉자 검은색 유니폼을 입은 직원이 메뉴판을 가져다주었다. 석주는 지나치게 엄숙한 그곳 분위기에 주눅들지 않겠다는 듯 식사 내내 허리를 꼿꼿이 세우고 있었다. 직원을 부를 때엔 다른 손님들이 하는 것처럼 조용히 손을 들었고, 포크와 나이프를 다룰 때 소리가 나지 않도록 신경썼다. 그래서 식사를 끝냈을 땐 비로소 긴장이 풀어지면서 약간은 맥빠진 기분마저 들었다.

그곳을 나오기 전 원호는 석주에게 사진집 한 권을 건넸다. 제목도, 그림도 없는 빈 표지를 넘기자 첫 장에 자신의 이름이 있었다.

홍석주에게.

그의 필체였다. 자신을 바라보는 원호의 모습에 긴장이 배어났다. 그 긴장이 석주에게 곧장 전해진 것 같았다. 무덤덤하게 책장을 한 장, 또 한 장 넘기고 있었지만 심장소리가 커지는 걸 느낄 수 있었다.

석주는 원호가 촬영하고 엄선했을 사진들을 차례로 눈에 담았다. 어쩐지 낯설어 보이는 자신의 표정과 계절이 지나가는 거리의 풍경, 잊었다고 여긴 순간과 붙잡고 싶었던 순간까지. 그 사진들은 그들이 함께 보낸 길지도 짧지도 않은 시간의 강력하고도 확실한 증거 같았다. 마침내 마지막 장을 덮고 고개를 들자 상기된 그의 얼굴이 마주 보였다. 그 순간, 석주는 그가 무슨 말을 할지 직감했다. 자신이 어떤 대답을 하게 될지도.

그가 청혼했을 때 석주는 길게 고민하지 않았다. 마치 이 순간을 기다려온 사람처럼, 대답은 오래전에 이미 정해둔 것 같았다.

두 사람은 급히 처리해야 할 일들을 마무리하는 대로 양가 부모님을 찾아뵙기로 약속했다. 세부적인 절차를 잘 알지 못했지만 가능한 한 간소하고 소박하게 예식을 치르는 데에도 합의했다. 이것이 10월의 일이었다.

규한이 편집한 책 『내 마음의 지도를 따라』는 출간 직후에는 별다른 반향이 없었다. 그러나 두 달이 지나 재쇄를 찍었고 에세이 분야 순위권에 진입했다. 삼천 부, 오천 부, 만 부. 쇄를 거듭할수록 속도가 붙었고 곧 베스트셀러에 올랐다. 나중에 알게 된 사실이지만 그건 방송의 영향이 컸다. 유명 배우가 토크쇼에 나와 그 책을 짧게 언급한 것이 계기가 되었다.

크로스 교정을 보며 석주도 한 차례 읽은 적 있는 그 원고는 저자가 일 년 넘게 남미의 오지를 여행한 기록이었다. 직접 찍은 이국적인 풍경 사진이 가득했고, 삶에 대한 낙관과 희망이 주인 글과 조화를 이루었다.

석주는 그 원고에서 특별한 인상을 받지 못했다. 편안하게 읽히는 글이었지만 새로운 인식을 주기엔 부족해 보였고, 진부한 격언을 변용한 듯한 구절도 마음에 걸렸다. 감상이 지나쳐 자기감정에 취한 듯한 문장도, 과장된 표현도 아쉬운 지점 중 하나였다. 그 책에 대한 세간의 반응이 석주는 진심으로 놀라웠다. 아니, 자신도 알아차리지 못한 자격지심과 열등감이 그런 인색한 평가의 원인인지도 몰랐다.

회사 분위기는 전에 없는 활기로 들떴다.

규한은 그 책을 홍보하는 데 더 많은 비용과 시간을 쓰길 원했다. 이미 모든 직원이 직간접적으로 그 책에 관한 업무를 나눠 맡고 있는데도 그랬다. 그는 수시로 전체 회의를 요청했고 석주가 보기에도 실현 가능성이 희박한 제안들을 쏟아냈다. 티브이에 광고를 내자거나 대형 전광판에 책 광고를 띄우자는 식이었다. 자신감으로 가득찬 그의 모습은 석주에게 묘한 위화감으로 다가왔다. 지나친 자기 확신과 과도한 의욕이 그를 다른 사람으로 바꿔놓은 듯했다.

차인석은 둘을 거절하고 하나를 승인하는 방식으로 그의 제안을 수용했다. 형평성을 고려하는 듯 보였으나 그 책에 거는 기대는 감추지 않았다. 이견을 내는 건 분위기를 해치는 일이었고, 반박하는 건 옹졸해 보일 수 있었다. 그래서 회의가 끝나면 모든 직원이 그 책에 관한 일을 한두 개씩 더 떠맡게 되었다.

석주는 그 책에서 낭독하기 좋은 구절을 골라내고, 독자들의 감상 중 인상적인 부분을 추려 규한에게 전달했다. 열 번의 작가 낭독회가 예정되어 있었으므로 행사에 알맞은 장소를 찾고 일정을 조정하며 비용을 맞추는 일까지 도맡았다. 진행자를 섭외하고 모객을 위한 홍보 문구를 작성하는 것 또한 석주의 일이었다. 서점에서 급한 주문이 들어오면 조대진과 함께 직접 배송을 나가기도 했다.

규한은 그보다 더 중요한 일. 작가를 응대하거나 새로운 기획을 구성하는 일로 자리를 비울 때가 많았으므로 당장 처리해야 하는 업무는 사무실에 남은 사람들의 몫이었다. 그 무렵엔 전 직원이 그 한 권의 책을 위해 존재하는 것 같았다.

석주는 늦은 시각까지 사무실에 남았다. 모두 퇴근하고 주변이 고요해지면 비로소 자신의 일에 몰입할 수 있었다. 그녀는 다른 일을 처리하느라 미뤄두었던 교정지를 펼쳤고, 편집장에게 보고할 제목 안을 새로 손봤다. 아직은 급하지 않은 보도 자료의 내용을 느슨하게 구상하고, 다른 회사 편집자에게 전화를 걸어 조언을 구할 때도 있었다. 그러다보면 두세 시간이 훌쩍 지나갔다.

책을 만드는 건 인간적인 동시에 기계적인 일이었다. 그것은 많은 이의 시간과 마음이 모여 완성되는 작업이면서 순서와 방식에 따라 한 단계씩 이뤄지는 체계적인 공정이기도 했다.

오래도록 그녀에게 문학은 도서관에서 올려다보던 육중한 서가 이미지에 머물러 있었다. 처음 손을 뻗어 한 권의 책을 꺼낼 때의 설렘, 애호를 넘어 감탄으로 번져가던 그 마음은 작가를 향한 것만은 아니었다. 거기엔 펼치고 넘기고 읽는, 책이라는 형식이 주는 감동이 있었다.

이 시기, 석주는 자신에게 주어진 모든 일을 균형적으로, 객관적으로 처리했다.

책과 문학에 대한 애정은 여전했지만 그것들이 감정을 압도하는 경우는 드물었다. 한때 그녀를 격랑 속으로 속절없이 밀어넣곤 했던 열정은 직업인으로서 다져온 균형감각 속에서 차분히 제자리를 찾아가는 듯했다.

*

『내 마음의 지도를 따라』의 마지막 낭독회를 며칠 앞둔 화요일, 석주는 사흘간 휴가를 냈다.

행사를 끝내고 원호의 지방 출장에 동행한 뒤 그의 아버지를 만나러 갈 예정이었다. 그녀는 그 만남이 기대되면서도 부담스러웠다. 그의 아버지가 자신을 어떻게 생각할지 알 수 없어서였다.

낭독회가 열리던 날, 석주는 다른 직원들과 함께 먼저 행사장으로 갔다. 공간을 둘러보고 필요한 것들을 챙기기 위해서였다. 규한은 행사 시작 삼십 분 전, 저자 이여주와 함께 왔다. 백여 명을 수용할 수 있는 강당이 꽉 찼다. 조명이 켜지자 저자가 먼저, 규한이 뒤따라 무대에 올랐다.

행사는 저자가 고심해서 고른—석주가 고른 것이나 다름없는—문장들을 순서대로 낭독하고, 규한이 맥락을 짚은 뒤 독자의 감상을 듣는 방식으로 진행됐다. 초반의 경직된 분위기는 차츰 누그러졌다. 강당 뒤편에 서 있던 석주는 자신도 모르게 조금씩 앞으로 나아갔고 무대가 비스듬히 보이는 벽에 몸을 기댔다. 그러곤 잠깐씩 손목시계를 내려다보았다. 낭독회가 끝날 즈음, 원호가 석주의 짐을 챙겨 그녀를 데리러 오기로 되어 있었다.

그리고 누군가의 말이 그녀의 주의를 빼앗았다.

저는 지난해에 사고로 친구를 잃었어요.

객석 뒤쪽에서 일어난 그 사람의 모습은 제대로 보이지 않았다. 어두운 조명 탓이었다.

서점에서 우연히 이 책을 보게 됐는데 이렇게 큰 위로를 받을 줄 몰랐어요. 그 친구에 대한 미안함이랄지, 죄책감이랄지, 아무튼 그런 마음이 제 안에 있었더라고요. 그런데 처음으로 그애가 이런 제 모습을 바라고 있진 않겠구나 생각하게 됐어요. 그레이트 블루 홀을 보면서 작가님이 말씀하셨잖아요. 인생에는 누구나 혼자서 감당해야 하는 공동이 있다고.

사적인 이야기였다면 죄송합니다. 그렇지만 감사하다는 말을 꼭 하고 싶었어요.

떨리는 듯한 그 목소리에 모두의 시선이 쏠렸다. 순간의 집중이 정적을 불러왔다. 그 사람은 조금 더 말했다. 감상이라기엔 사적인 이야기였고, 책의 내용이나 메시지와도 거리가 있어 보였다. 그럼에도 그 사람의 이야기가 이상한 방식으로 그 책에 울림을 더하고 있었다.

그것이 신호가 되었다.

몇몇 사람이 손을 들고 수줍게 자리에서 일어나 감상을 밝히기 시작했다. 그들의 이야기가 책에 표정을 더하고 목소리를 불어넣었다. 저자의 손을 떠난 책은, 독자들의 내면에서 각자의 방식으로 다시 쓰이고 완성되어가는 듯했다.

행사가 끝났을 때 석주는 그 책 『내 마음의 지도를 따라』가 완전히 다른 책이 되었음을 깨달았다. 동시에 거의 매일 독자라는 단어를 입에 올리면서도 지금껏 진지하게 독자를 고려해본 적이 없다는 사실에 충격을 받았다. 자신이 만든 책이므로 성패가 모두 자신에게 달려 있다는 믿음이 얼마나 편협하고 오만했는지도. 그동안 자신이 만든 책들이 더 많은 독자를 만나지 못한 건 그 때문이었을지도 모른다는 자책이 뒤따랐다. 석주는 그날의 교훈을 마음에 새겼고 나중에도 잊지 않았다.

사람들이 모두 빠져나가고 석주가 뒷정리를 하고 있을 때 차인석이 다급하게 손유라를 찾았다. 두 사람은 강당 뒤쪽에서 심각한 표정으로 이야기를 나누었다. 석주가 인사를 하려 다가가자 차인석이 하얗게 질린 얼굴로 그녀를 돌아보았다.

대표님, 안색이 안 좋으세요. 무슨 일 있으세요?

석주가 묻자 그가 답했다.

화재가 났다는군요. 물류창고에.

네? 화재요?

손유라가 석주의 등에 부드럽게 손을 올리며 말했다.

큰불은 아닐 거예요. 조부장이 알아보러 갔으니 기다려봐야지. 석주씨, 내일부터 휴가죠? 여행 간다고 했었나? 아무튼 잘 쉬다 와요.

현장에 가봐야 하는 거 아니에요? 가서 꺼내올 수 있는 책이 있으면 꺼내와야죠.

소방차가 와서 불 끄는 중이래. 지금은 진입이 불가능한가봐요. 가봐야 우리가 할 수 있는 게 없고. 화재 현장이니까 위험하기도 하고. 큰불 아니길 비는 수밖에. 가, 얼른 가봐요.

석주는 손유라에게 떠밀리다시피 그곳을 나왔다. 바깥의 차가운 공기가 상기된 얼굴에 와닿았다. 긴장이 가시면서 약간의 나른함과 허탈함이 올라왔다. 석주는 방향을 가늠하듯 주위를 둘러보았다. 멀리, 건물 외부 계단 아래 서 있는 두 사람의 실루엣이 눈에 들어왔다.

가까이 붙어선 두 사람의 모습은 다정해 보였지만 날 선 말소리가 들리다가 말다가 했다. 그들이 규한과 작가임을 알아차린 순간, 석주는 반대쪽으로 몸을 돌려 빠르게 걸었다. 그러니까 그것이 규한이 끝내 밝히지 않았던 필자 섭외의 노하우인 모양이었다. 나중에 알게 된 것이지만 그즈음에는 알 만한 사람들은 다 아는 공공연한 비밀이었다. 석주는 건물 뒤편으로 걸어가 갓길에 서 있는 원호의 차에 올랐다.

그가 매달 취재를 위해 먼 지역을 오간다는 사실은 알고 있었지만 동행하는 건 처음이었다. 두 사람을 태운 차는 도심을 벗어나 고속도로로 진입했다. 전방으로 곧게 뻗은 어둠이 펼쳐지고 또 펼쳐졌다. 이 순간, 두 사람 사이에 존재하는, 오직 두 사람만이 소유하는 밤이었다. 일상에서 멀어지고 있다는 해방감과 홀가분함 사이로 걱정과 불안이 끼어들었다. 그럼에도 그것에 관한 이야기는 꺼내지 않았다.

이튿날 아침, 두 사람은 호텔 근처에서 아침을 먹고 곧장 동물원으로 갔다. 문 닫힌 매표소 앞에서 두꺼운 점퍼를 입은 남자가 그들을 맞았다. 원호가 섭외한 취재원이었다. 남자는 자신을 이 동물원의 유일한 관리자라고 소개했다.

부지가 넓어서 혼자 관리하기가 벅차요. 사육장 제외하면 다른 곳은 많이 지저분합니다. 망가진 데도 많고요.

남자는 잠긴 철문을 열고 두 사람을 동물원 안으로 안내했다. 몇 걸음 앞서 걷는 남자를 원호와 석주가 뒤따라갔다. 눈이 많이 왔었는지 여기저기 눈 쌓인 흔적이 남아 있었다. 얼어붙은 길을 디딜 때마다 원호가 그녀의 손을 잡아주었다.

겨울에 눈이 자주 오는 편인가요, 여기가?

원호가 묻고 남자가 답했다.

아유, 말도 마세요. 겨울엔 눈 때문에 가뜩이나 많은 일이 세 배, 네 배는 되는 거 같아요. 한파가 며칠씩 계속될 땐 난방도 해줘야 하고, 그 비용도 꽤 드는 편이죠. 여러모로 고달픈 계절이에요, 겨울은.

그렇겠네요. 여기가 사 년 전에 임시 폐장한 걸로 아는데, 다시 개장할 여지는 없는 겁니까?

맡겠다는 업체가 없어요. 시에서도 손놓고 있고. 모르죠. 남은 동물들이 있어서 그나마 이렇게 내버려두는 걸지도. 재개장은 아마 어렵지 싶습니다.

세 사람은 텅 빈 조류관을 지나 코끼리 우리 쪽으로 걸어갔다. 오래전, 영업을 중단한 그곳은 황량했고 으스스하게까지 느껴졌다. 관람객이 오갔을 길은 여기저기 파이고 망가져 울

퉁불퉁했고, 주인을 잃은 대형 우리엔 말라 죽은 나무와 더러운 연못이 그대로 방치되어 있었다. 원호는 잠깐씩 멈춰 서서 사진을 찍었다. 코끼리 축사 앞에 이르렀을 때, 남자가 말했다.

날이 추워서 코끼리 두 마리는 실내 축사에 있어요. 얼룩말 한 마리도 같이 있는데 보시겠어요? 겨울이라 환기가 어려워서 냄새가 좀 날 겁니다.

문만 열어주시면 저희만 잠깐 들어가서 보고 나오겠습니다.

원호가 석주를 돌아보며 답했다.

그러시죠.

두 사람이 축사 안으로 들어서자 코끼리 한 마리가 크게 울었다. 불청객의 방문에 심기가 불편한 모양이었다. 실내가 어두운 탓에 동물들의 모습은 자세히 보이지 않았다. 아니, 딱한 처지의 동물들을 마주하는 게 어쩐지 미안해져서 석주는 셔터를 누르는 원호의 뒷모습에 시선을 고정하고 있었다.

다 같이 곰사로 이동할 때 원호가 남자에게 물었다.

처음 개장할 땐 규모가 작았다고 들었습니다. 몇 번 증축을 한 걸까요?

아마 그럴 겁니다. 관리실 어디 연혁을 정리해놓은 게 있을 거예요. 이따가 관리실에 잠깐 가시죠. 서류를 보여드릴게요.

옛날 사진도 남아 있을 테고요.

늙은 말레이곰 한 마리, 늑대 한 마리와 재규어 두 마리, 육지거북과 앵무새까지 보고 나자 동물원 관람이 얼추 끝났다. 남자가 두 사람을 관리실로 안내하려고 할 때 원호가 말했다.

저희는 한 번만 더 둘러보고 가겠습니다. 사진이 조금 더 필요할 것 같네요.

그러시죠. 관리실은 정문 왼쪽에 있습니다. 말이 관리실이지 그냥 컨테이너예요. 아무튼 못 찾으시면 연락주세요.

두 사람은 남자와 함께 걸었던 길을 다시 찬찬히 되짚어갔다. 원호의 발걸음이 남자가 언급하지 않았던 풍경 쪽으로 자주 향했다. 흉물스럽게 변해버린 조형물과 문 닫힌 기념품 가게, 부서진 울타리와 글자가 떨어져나간 안내판까지. 석주는 그가 무엇을 카메라에 담고 있는지 알 수 없었다.

다만 그런 순간엔 그의 관심이 환한 곳이 아니라 어두운 곳으로, 이기는 쪽이 아니라 지는 쪽으로 향하고 있음을 어렴풋이 짐작할 수 있었다. 그것은 석주가 결코 알 수도, 닿을 수도 없는 그의 내면의 그늘 같았고, 그녀가 다루는 문학의 세계와도 얼마간 닮아 보였다.

커다란 표지판 앞에서 기념사진을 찍을 때 석주가 물었다.

여길 왜 취재하겠다고 한 거야? 회의에서 정해진 거야?

삼각대의 수평을 맞추던 그가 재빨리 석주 곁에 와 섰다.

알잖아. 난 회의에서 정해주는 건 못해. 그냥 내가 하겠다고 한 거야. 누가 이 동물원 이야기를 해주더라고. 한번 가봐야겠다 싶었지. 재밌겠다 싶기도 했고.

그가 부드럽게 석주의 어깨를 감싸안았다.

폐장한 동물원에 재미있을 게 있나? 잡지에 소개하기엔 좀 쓸쓸해 보여.

좀 그래 보이긴 해도 쓰기 나름이야 기사는. 은근히 이런 곳을 좋아하는 마니아층이 있다니까. 분위기가 독특하잖아. 화보 촬영 장소로도 괜찮고. 두고 봐. 이제 찾아오는 사람이 조금씩 늘 테니까. 제목도 벌써 생각해뒀어.

뭔데, 제목이?

미리 말해주면 재미없지. 잡지 나오면……

그 순간 바람이 두 사람의 머리를 헝클였고 뒤이어 찰칵 하고 셔터 소리가 났다. 나중에 확인한 사진 속 두 사람은 바람을 피하느라 반쯤 눈을 감고 있었다. 고개를 숙인 채 머리칼을 떼어내는 석주도, 멍하게 입을 벌린 원호도 어딘가 우스꽝스러웠다.

그 사진이 자신들의 미래를 암시하고 있었던 게 아닐까 하는 생각은 나중에 들었다. 스산한 풍경, 비스듬히 기운 구도,

서로 다른 곳을 바라보는 시선까지. 거기엔 서로에게 서툴고 어설픈 두 사람의 모습이 고스란히 담겨 있었다.

원호가 관리실에서 남자와 이야기를 나누는 사이 석주는 밖으로 나와 편집장에게 전화를 걸었다. 휴대전화 신호가 약해서 이리저리 손을 뻗어야 했다. 편집장의 목소리는 들리다가 말다가 했고 나중엔 한 손으로 반대쪽 귀를 막은 채 목소리에 집중해야 했다. 상황은 급박하게 돌아가는 듯했지만 손유라는 다음주 출근 후에 이야기하자며 말을 아꼈다. 아니, 석주와 몇 마디 나눌 여유조차 없어 보였다.

한참 만에 원호가 관리실 문을 열고 나왔을 때 석주가 말했다.

아버님 뵈러 가는 거 미뤄도 될까? 회사에 가봐야 할 거 같아. 미안해.

그는 어리둥절한 눈으로 석주를 보았지만 이내 들고 있던 서류 뭉치를 단단히 옆구리에 끼며 답했다.

그래, 그렇게 해. 아버지한텐 다음에 간다고 말씀드릴게.

*

물류창고는 화재로 인해 전소되다시피 했고 비용 절감을

이유로 화재보험을 가입하지 않았던 터라 손해가 더욱 컸다. 그나마 차인석이 출판사 화재보험을 따로 들어둔 것이 다행이라면 다행이었다. 그러나 보상은 제한적이었고 보상 시기와 범위도 추후 상황을 지켜봐야 했다.

석주는 이 모든 소식을 금요일 출근 직후에 들었는데, 회사 분위기가 말할 수 없이 무거웠다. 차인석은 피해를 입은 다른 출판사들과 대책을 논의하느라 내내 자리를 비웠고, 규한은 필자 섭외를 위해 점심 전에 사무실을 나갔다. 손유라는 사무실에 남아 급한 연락을 받아야 했으므로 오후에 석주가 조대진과 창고로 갔다. 석주가 동행하겠다고 고집을 부린 거였다.

도심 외곽의 창고까지는 차로 한 시간 남짓 걸렸다.

그는 능숙하게 차를 몰았고 곧 널찍한 순환도로에 접어들었다. 대시보드에 부착된 스프링 액자가 가볍게 흔들거렸다. 그가 아내와 아이 둘과 함께 찍은 사진이었다. 그는 말수가 적고 무뚝뚝한 편이었지만 그 차 안엔 그의 다정함을 짐작게 하는 것이 많았다.

휴가는 다 쓰고 돌아오지 그랬어요?

그가 라디오 볼륨을 낮추며 물었다.

마음이 불편해서요. 현장엔 다녀오신 거죠?

사고 다음날 아침에 바로 갔죠. 대표님, 편집장님 다 같이.

다른 출판사 사람들도 꽤 와 있더라고요. 업체랑은 말 한마디 못하고 돌아왔어요. 수습하느라 다들 정신이 없어서.

거의 전소가 됐다고 하던데요.

그런가봐요. 얼추 삼십만 권이 넘을 거라 하더군요. 그것도 보수적으로 어림잡은 거라고.

정말 다 탔어요? 찾아보면 그래도 멀쩡한 책이 있지 않을까요?

남은 게 거의 없어요. 용케 화재를 피했다고 해도 연기 냄새가 배어 있어서 판매하긴 어렵죠. 상품성이 없으니까요.

현장은 예상보다 심각했다. 포클레인 세 대가 앙상하게 뼈대만 남은 건물 안쪽에서 잔해들을 퍼내고 있었는데 시커먼 재가 사방으로 흩날렸다. 조대진이 그곳 실무자와 후속 절차를 논의하는 동안 석주는 내내 창고 쪽을 바라보고 있었다. 화창한 날이어서 새파란 하늘과 현장의 잿빛이 극적인 대비를 이루었다. 바람이 불 때마다 검은 재들이 소용돌이치며 공중으로 날아올랐다.

석주는 충격을 받았다.

그 광경은 순식간에 불이 붙고 남김 없이 타버리는 종이의 속성, 그 연약한 종이로 이루어진 것이 책의 본질임을 새삼스레 일깨워주고 있는 것 같았다.

30만 부 전소. 출판사 피해 30여억원 추산.

언론에 간략하게 보도된 이 사고로 산티아고북스 역시 큰 손해를 입었다. 물류창고를 운영하던 총판은 파산했고 차인석이 별도로 가입한 화재보험의 보상액은 터무니없이 적었다. 화재보험조차 없는 영세한 출판사에 비하면 사정이 나은 편이었지만 그것을 위안 삼기엔 피해가 너무 컸다.

차인석은 꾸준히 판매되는 도서의 재쇄를 지시했고, 기관과 협회 지원을 받아 만든 도서 일부를 절판하기로 결정했다. 언뜻 보기엔 다른 회사들처럼 손해를 만회하려 경영 전반을 보수적으로 조정하는 듯했지만 실상은 그 반대였다.

얼마 후, 그는 석주와 규한을 따로 불러 원고를 확보할 수 있는 방안을 고민해보라 일렀고, 새해 첫 전체 회의에서 답을 듣겠다고 말했다.

1월 둘째 주에 전체 회의가 열렸다.

사고 수습하느라 다들 고생 많았습니다. 안 일어났으면 가장 좋았겠지만 어쨌든 벌어진 일이니 배울 건 배우고 잊을 건 잊읍시다. 이런 일 저런 일 겪으면서 성장하는 거 아니겠어요? 회사도, 저도, 여러분도.

차인석이 만지작거리는 만년필에 석주의 시선이 자꾸 가닿았다. 대표와 편집장, 편집장과 조부장 사이에 짧은 대화가 오갔다. 한참 만에 대표가 석주와 규한을 향해 물었다.

원고 수급 방안들, 고민 좀 해봤어요?

네, 대표님.

규한이 먼저 답했다. 그는 준비한 자료를 모두에게 나눠준 뒤 설명을 시작했다. 인지도 있는 필자를 섭외하여 여행 에세이를 시리즈로 열 권 이상 출간하는 계획, 인터넷 게시판을 중심으로 연재되는 로맨스 소설을 빠르게 선점하는 전략, 외서 중 가볍게 읽을 수 있는 자기계발서를 발굴하여 소개하는 방안. 그중엔 한국인이 선호하는 해외 관광지 안내서를 포켓북 형식으로 제작하는 아이디어도 포함되어 있었다.

피로 탓인지 그의 두 눈은 붉었지만 목소리엔 자신감이 넘쳤다. 실수를 저지를까봐 겁을 먹은 채 조심조심하던 옛날의 모습은 더는 찾아볼 수 없었다. 그는 자신이 하는 일을 정확히 이해하는 듯했고, 마침내 이 일의 진짜 주인이 될 준비를 마친 것 같았다.

자신의 차례가 되었을 때 석주가 말했다.

저희도 잡지를 발간해보면 어떨까요? 계절마다 내는 게 어려우면 일 년에 한두 번 정도라도…… 아무래도 지면이 있으면 원고 확보가 지금보다는 수월하지 않을까요?

잡지? 문예지를 말하는 건가요?

차인석이 물었고 석주가 답했다.

네, 그렇지만 꼭 문예지 형식일 필요는 없을 것 같아요. 그보단 더 다양한 주제를 담을 수 있는 형식이면 좋지 않을까 싶습니다.

하긴 지면이 있으면 원고 확보가 쉬워지긴 하겠죠. 그런데 비용이 많이 들지 않나? 원고료에, 제작비에. 어쨌든 한번 시작하면 최소 몇 년은 꾸준하게 내야 할 테고.

네. 그렇긴 하지만 보조금이나 지원금을 받을 수 있는 방법이 있어요. 매년 금액은 조금씩 차이가 나는 걸로 알고 있습니다.

석주의 말이 끝나기가 무섭게 손유라가 끼어들었다.

비용도 문제지만 잡지를 일 년에 두 번이든 네 번이든 내려면 기본 틀은 있어야 하잖아. 지금 편집부에서 그 일을 감당할 수 있을까? 홍과장, 지금 하는 일도 빠듯하지 않아요?

자본과 인력은 충분하지 않았고 잡지를 낸다 해도 원고를 얼마나 확보할 수 있을지는 장담할 수 없었다. 편집장이 석주의 이런 마음을 엿본 것 같았다. 사람들의 시선이 석주를 향했다.

저도 한때는 문예지 열심히 챙겨 봤는데. 요즘엔 종류도 많아지고 분위기도 꽤 달라진 거 같더라고요.

멀찍이 앉은 조대진이 그 침묵을 깼다. 은근하지만 호의적인 그 말이 석주에게 용기를 불어넣었다. 그녀는 조금 더 말했다. 자신이 챙겨 보는 월간지와 계간지, 연재중이거나 연재가 끝난 작품들의 경향, 주요 서점별 잡지 판매 추이와 제작에 필요한 최소 비용까지.

맞은편에 앉은 규한이 뭔가 메모하는 게 보였다. 다시 보니 같은 궤적을 무의미하게 오가는 그의 펜은 낙서를 하는 중이었다.

근데 요즘 문예지를 누가 읽나요? 여성지나 연예 잡지면 모를까. 그마저도 부록 없으면 안 팔리던데요.

규한의 심드렁한 목소리가 건너왔다.

꼭 문예지 형식일 필요는 없다고 생각해요. 보기 편하고 읽기 쉬운 새로운 형식을 고민해보면……

석주의 말이 끝나기도 전에 그가 끼어들었다.

읽지도 않는 잡지를 내는 게 의미가 있을까요? 원고 확보가 목적이라면 다른 방법도 많을 텐데요. 취지가 좋은 건 알겠는데 실효성이 있을지 모르겠네요. 요즘 시대랑 맞나 하는 생각도 들고.

그 말이 석주 안의 무언가를 건드린 것 같았다.

독자가 적은 거지, 없는 건 아니죠. 독자가 적어도 필요한 책이라면 내는 게 맞고요.

 감정을 드러내지 않으려고 했지만 그것이 제대로 되었는지 알 수 없었다. 시큰둥한 표정으로 낙서를 이어가는 규한은 그녀의 말을 듣고 있지 않았다. 석주는 양해를 구한 뒤 자리에서 일어났고 문예지 두 권을 가져왔다. 그러곤 과거 연재됐던, 당시엔 주목을 받지 못했던 작가들의 작품을 더듬더듬 짚어나갔다. 조대진이 조용히 손을 뻗어 잡지 한 권을 집어들었다. 힘을 실어주려는 몸짓 같았다.

 차분하게 말해야 한다는 생각과는 달리 말은 쏟아지듯 흘러나왔다. 그 순간에는 오기인지 절박함인지 모를 어떤 감정이 그녀를 계속 다그치는 것 같았다.

 그래요. 고민을 한번 해봅시다. 당장 시작하기에는 여러모로 제약이 많은 상황이긴 한데 장기적으로 보면 뭐 우리도 못할 건 없지.

 석주의 말이 끝나자 차인석이 다독이듯 말했다. 규한이 다시 끼어들었다.

 대표님, 지금 인원으로는 무리입니다. 지금 하는 업무로도 벅찬 거 아시잖아요. 추가 인력이 있는 것도 아니고요.

 알죠. 그래서 조건을 달았잖아요. 장기적으로 보자고.

 차인석이 그렇게 답하며 석주를 보았다. 그의 눈빛에 뜻밖의 기색이 어른거렸다. 석주가 이처럼 강한 어조로 의견을 낸 것이 처음이어서 모두가 적잖이 놀란 눈치였다.

콘셉트를 구체적으로 잡아봐요. 제작비와 지원금 수준도 알아보고. 세부적인 조건을 하나씩 차근차근 따져보자고요.

손유라가 지시했고 석주는 그제야 정신이 돌아온 사람처럼 답했다.

네, 알겠습니다.

볼을 감싸쥐자 열기가 느껴졌다. 그날 회의는 그렇게 끝이 났다.

*

대개의 문예지는 소설과 시, 비평과 논평, 사회 정론이 고루 실려 있어 문화 교양서에 가까웠다. 그러나 독자층이 업계 종사자에 집중된다는 한계가 있었고, 그에 비해 비용과 품이 적지 않게 드는 편이었다.

잡지 발간에 대한 세부 항목을 검토하는 동안 석주는 막연하게 짐작하던 이러한 사실을 구체적인 수치로 체감했다. 편집장의 지시가 실은 이 일이 불가능하다는 걸 깨닫게 하려는 의도였을지 모른다는 생각마저 들었다.

어느 평일 오후 석주는 대표실로 갔다. 차인석이 잡지 제안 건에 대한 보고를 직접 받겠다고 한 때문이었다. 석주는 노크를 한 뒤 안으로 들어갔고 대표와 소파에 마주앉았다. 책상 한쪽에 어지럽게 포개진 몇 권의 책 위로 햇살이 비스듬히 쏟아지고 있었다. 그 빛 속에서 먼지 조각들이 느릿느릿 떠다녔다. 묘하게 익숙한 그 광경이 불현듯 어떤 기억을 불러왔다.

석주의 입에서 이런 질문이 튀어나왔다.

대표님, 저 면접 볼 때 했던 말씀 기억하세요?

홍과장 면접 볼 때? 글쎄, 내가 뭐 특별한 말을 했었나요?

여기서 일하게 되면 자유롭게 일할 수 있을 거라고 하셨어요. 규모는 작지만 이것저것 시도해볼 수 있고 그만한 권한도 주시겠다고요.

차인석이 기억을 더듬듯 미간을 찌푸렸다가 부드럽게 웃었다.

아, 맞아. 기억납니다. 그런 말을 했었죠.

석주는 테이블에 보고서를 내려놓으며 말했다.

편집장님 말씀이 맞아요. 지금 당장 잡지를 내는 건 어려울 것 같습니다. 인력도 부족하고 제작비도 만만치 않더라고요.

차인석이 동의하듯 고개를 끄덕이며 보고서를 집어들었다. 석주가 말을 이었다.

그래서 기존 매체를 활용하는 방안을 고민해봤는데요. 현재 발간중인 잡지에 소설 꼭지를 하나 만들어보면 어떨까요?

발간중인 잡지라면, 지금 나오고 있는 잡지를 말하는 건가요?

네, 맞습니다. 협업 방식으로 하는 거죠.

그가 보고서를 내려놓고 석주와 눈을 맞추었다. 그녀는 이 제안의 합리적인 측면을 짚고, 협업 대상이 될 만한 잡지의 목록과 그 선정 이유를 설명했다. 호기심과 미심쩍음이 뒤섞인 차인석의 표정이 골똘해졌다.

기존 잡지를 활용한다라…… 그런 제안을 받아줄 매체가 있을까요?

그가 그렇게 물었고, 석주는 준비해온 또다른 보고서를 내밀었다. 여성 생활지, 영화 계간지, 시사 정론지까지. 모두 석주의 제안에 긍정적인 관심을 보인 잡지사였다.

일부 매체에는 직접 찾아가 의사를 물었고, 일부는 전화나 메일로 뜻을 전했다. 알음알음으로 직원의 개인 연락처를 구해 연락하기도 했다. 석주는 그들에게 말했다. 신인 작가들의 소설을 엄선해 싣고 싶다고. 성과를 장담할 수 없지만 의미 있는 일이고 좋은 경험이 될 거라고. 분명 그만한 가치가 있을 거라고도.

음, 작가 원고료는 우리가 부담하면 될 테고, 그럼 잡지사 쪽에 별도로 비용을 낼 필요가 없는 건가?

승인해주시면 본격적으로 논의해보겠습니다. 가능한 한 예산을 줄이는 방향으로요.

그가 재킷 안주머니에서 만년필을 꺼냈다. 그러곤 생각에 잠긴 얼굴로 그것을 만지작거렸다.

일이 많아질 텐데 괜찮을까? 어쨌든 시작하면 석주씨가 책임지고 끌고 가야 할 텐데.

한참 만에 그가 물었고 석주가 답했다.

네, 다만 잡지 실무 경험이 있는 분이 한 분이라도 계시면 좋겠습니다. 자문료를 드리고 도움을 받는 형식이라도요.

음, 그래요. 편집장한테는 아직 말 안 했죠?

네, 오늘 자리에 안 계셔서요.

그래요. 오후에 편집장 돌아오면 다시 얘기합시다.

그날 오후, 대표는 편집장과 상의를 마친 뒤 석주의 제안을 최종 승인했다. 단 몇 가지 단서를 달았다. 일 년간 시범적으로 운영할 것. 비용이 들더라도 독자가 자주 펼쳐보는 앞쪽이나 중간 지면을 확보할 것. 매달 공모 형식으로 소설을 받되 신인 중심의 새롭고 참신한 작품을 선정할 것.

실무 경험자가 필요하다는 석주의 요청은 받아들여지지 않았다. 대신 대표는 인턴 직원을 붙여주겠다고 약속했고 정말 그렇게 했다.

얼마 후, 종합 월간지 『모던 라이프』에 광고가 실렸다.

산티아고북스가 『모던 라이프』와 함께 신인 작가의 단편소설을 정기적으로 선보이는 지면을 엽니다. 한국문학의 미래를 이끌어갈 참신한 작품을 기다립니다.

응모 자격과 접수 방식, 마감 일정 등이 담긴 그 글을 몇 번이나 고쳐쓰는 동안 석주는 두려움과 설렘을 동시에 느꼈다. 그럼에도 그 일에서 그처럼 큰 기쁨과 보람을 느낄 거라고는 미처 예상하지 못했다.

『모던 라이프』에 첫 소설이 실린 건 두 달 뒤였다.

광고가 나간 뒤 응모작이 쏟아지다시피 했으므로 편집부 직원 모두가 꼬박 한 달을 원고를 읽는 데 매달려야 했다. 마지막까지 남은 건 「스키드 마크」와 「82번지 건물」 두 편이었고, 최종적으로 「82번지 건물」이 선정되었다. 얼마간 석주의 의견이 반영된 결과였다. 단 한 편의 소설을 고르는 과정은 쉽지 않았고 이후에도 익숙해지지 않았다. 하나를 고르는 일은 나머지를 모두 외면하는 일처럼 느껴질 때가 많았다.

3월 21일, 잡지 발행일에 회사 전체 회식이 열렸다.

차인석과 손유라, 석주와 규한, 조대진과 새로 온 인턴 이보민까지. 여섯 사람은 퇴근 후 예약한 식당으로 갔다. 종업원이 밑반찬을 내왔고, 화로에 숯불을 얹은 뒤 고기를 구워주었다. 차인석의 건배사가 끝나자 다 같이 술잔을 부딪쳤다. 고기 굽는 소리와 먹음직스러운 냄새, 환한 조명과 실내를 떠다니는 유쾌한 말소리가 그들 사이의 어색함을 누그러뜨렸다. 고개를 들면 취기가 오르기 시작한 얼굴들이 친숙하게 느껴졌다. 고깃집에서 나와 근처 호프집으로 자리를 옮겼을 땐 업무가 주를 이루던 대화가 일상적인 화제로 자연스럽게 이어졌다.

내가 말했나? 『며느리도 모르는 요리비책』, 그 책이 십만 부를 찍었다네. 집사람이 샀는지 우리집에도 있더라고. 믿어져요?

차인석이 땅콩을 집어먹으며 테이블 쪽으로 몸을 기울였다.

김대표님 돈 많이 버셨겠네. 왜 좋잖아요. 제목도 직관적이고, 무슨 비책이 있나 싶고. 우리도 요리책 기획해야 하나. 십만 부면 뭐 못할 것도 없죠.

손유라가 장난스럽게 말을 받았고 규한이 말을 보탰다.

그 책 때문에 요즘 요리책이 쏟아진대요. 요리도 범주가 넓어서 이젠 콘셉트를 잘 잡아야죠. 필자도 잘 골라야 하고.

홍과장이랑 보민씨도 그렇게 생각하나? 잘만 팔리면 뭐든 만들 수 있다고? 다 같은 의견인 건가?

차인석이 불쑥 물었다. 그러곤 푸념하듯 덧붙였다.

다들 수준을 좀 높일 순 없는 거야? 많이 팔려도 우러러볼 수 있는 책이면 서로 좋잖아. 힘도 나고, 본받고 싶은 마음도 들고. 아, 내가 이렇게 고상한 세계에 속해 있구나, 벅찬 감동도 느끼고.

손유라가 미심쩍다는 투로 대꾸했다.

어? 대표님, 그거 진심이세요? 먹고사는 문제 앞에서 수준이 뭐가 중요하냐던 분이. 일단 팔고 보자고 하셨잖아요. 그래야 다음 책도 내고, 직원들 월급도 주고, 회사도 굴러간다고.

알죠, 잘 알죠. 그래도 사람이 빵만으로 사는 건 아니잖아요.

말은 이렇게 하시고, 다음주 출근하면 요리책 만들자고 하는 거 아니에요?

차인석이 어깨를 으쓱하며 말했다.

가능성이 전혀 없진 않죠. 악서가 양서의 밑천이 되기도 하니까. 건배합시다. 악서든 양서든 일단 많이 팔고 보자고요.

회식은 자정이 넘어서 끝이 났다. 석주는 사람들과 헤어진 뒤, 홀로 걸었다. 회사생활에서 얻은 습관 중 하나였다. 잠든 도시는 고즈넉했고 동시에 고단해 보였다. 그 정취가 묘한 위안을 주었다. 그건 하루를 충실히 보냈다는 데서 오는 뿌듯함, 사회의 일원으로 나름의 역할을 하고 있다는 데서 오는 안도감이었다.

오기서의 유고집 출간과 원호의 청혼, 물류창고 화재와 잡지 연재 기획까지.

몇 해간 석주의 시간은 숨가쁘게 흘렀다. 퇴근 시각은 들쭉날쭉했고 주말에도 좀처럼 여유를 갖기 어려웠다. 힘들다는 생각은 하지 않았다. 하루가 끝나면 기진맥진함 사이로 미약한 성취감이 올라왔고 하루 중 오직 자신만이 기억하는 어떤 순간을 가만히 떠올려보곤 했다.

원호는 회사 앞에서 석주의 퇴근을 기다리거나 주말이면 그녀의 집으로 왔다. 한 차례 이사를 한 뒤여서 집은 이전보다 넓어졌지만, 늘어나는 살림—대부분이 책이었다—의 속도를 감당하기엔 역부족이었다. 두 사람은 비좁은 싱크대 앞에서 서투른 솜씨로 음식을 만들고, 작은 식탁에 마주앉아 식사를 했다. 그마저도 귀찮은 날에는 밖에서 끼니를 해결하고 오랜만에 밤 산책에 나설 때도 있었다.

그 집에서 두 사람은 미래를 꿈꿨다.

적당한 동네를 찾아보고 같이 살 집을 고르며 결혼 이후의 삶을 구체적으로 그려나갔다. 모아둔 돈을 합치고 은행 대출까지 받는다면 도심 외곽의 전세 아파트 정도는 구할 수 있을 거였다. 부모에게 손을 벌릴 마음은 없었다. 늦은 밤, 침대에 누워 집을 어떻게 꾸미고 방을 어떻게 나눌지 이야기하다보면 엎치락뒤치락하는 두 사람의 목소리에 기분좋은 활기가 묻어났다.

결혼을 서두르진 않았다. 그것은 그들의 관계가 언젠가 자연스레 도달할 목적지 중 하나였고, 두 사람을 위한 것이라기보다 그들을 제외한 이들을 위한 의식처럼 느껴졌다. 결혼의 절차와 과정이 번거롭고 부담스럽게 느껴진 건 그 때문인지도 몰랐다.

두 사람의 대화는 이제 서로가 너무나 잘 안다고 여기는 일상과 각자의 일 이야기로 자연스럽게 이어졌다. 마감에 쫓겨 늘 전전긍긍하면서도 그 과정에서 얻은 작은 성취를 기꺼이 나누었고 소중하게 간직했다.

만 부, 십만 부, 백만 부. 지금으로선 요원해 보이는 판매 목표를 장난스럽게, 자신만만하게 입에 올릴 때도 있었으나 베스트셀러가 그들의 궁극적인 목표는 아니었다. 두 사람의 목표는 그들 자신조차 뚜렷이 알지 못한 채로 아득히 먼 곳에 존재하는 것 같았다. 어쩌면 그들은 본능적으로 서로가 그 긴

여정의 훌륭한 동반자임을 알아본 건지도 몰랐다.

석주는 나중에 알았다. 그 시절, 원호와 나눴던 것이 없는 것을 만들어내는 데서 오는 희열이었음을. 계획할 수 있으나 계획대로 되지 않고, 예상할 수 있으나 예상을 비껴난 형태로 완성되는. 두 사람은 그런 우연적이고 불완전한 세계에 매료된 닮은꼴의 서로를 단번에 알아본 거였다.

어린 시절, 석주는 사랑을 정념, 충동, 정열과 같은 단어로 이해했다. 운명에 의해 선택된 두 사람 사이에서만 일어나는, 피할 수도 거부할 수도 없는 무엇. 다른 모든 것을 단번에 시시하게 만들어버리는 무엇. 석주는 이런 생각이 얼마나 편협했는지 깨닫기 시작했다. 사랑은 극적이기보다 안정적인 것이었다. 그것은 오래전 자신이 상상한 것처럼 삶을 송두리째 바꿔놓을 수 있었으나 다른 모든 것을 압도하는 방식은 아니었다. 오히려 그 모든 것에 스며드는 방식으로 기능했다. 그건 언제나 결과가 아니라 과정 속에 존재하는 무엇이었다.

석주는 원호와의 관계를 통해 배운 이 모든 것이 놀랍고 신기했다. 그래서 대학 시절, 고작 몇 달 남짓 이어졌던 두 번의 연애를 떠올릴 때면 약간은 창피한 마음이 들었다. 대학교 2학년 때, 처음 사귄 남자애는 석주와 지나치게 많은 시간을 함께 보내려고 했다. 애정이라 여겼던 이 요구는 점차 부담스러운 수준이 되었고 결국 씁쓸한 결말을 맞았다. 대학교 4학년 때 만난 남자애는 수줍음이 많은 사람이었다. 석주는 그가 늘 뭔가를 망설인다는 인상을 받았으나 그것이 그를 괴롭히고 있다는 생각은 하지 못했다. 그는 석주가 기억하지도 못하는 자신의 말과 행동을 후회하고 자책하고 사과하는 패턴을 반복하다가 어느 날, 수없이 고민하고 완성했을 짧은 메모를 건네주며 이별을 고했다. 석주는 연애라고 부르기도 민망한 이 관계를 어디에서도 언급한 적이 없었다. 그 시절, 자신 또한 얼마간 어리석고 서툴렀음을 모르지 않기 때문이었다.

우리가 더 어렸을 때 만났으면 어땠을까?

그럼에도 한 번씩 원호에게 그렇게 물을 때가 있었다.

글쎄. 더 어린 방식으로 만났겠지?

어떻게?

풋풋하게, 유치하게, 가난하게?

그러면 그는 생각에 잠긴 듯 허공을 응시하며 답했다. 질문의 의도를 캐묻는 경우는 없었다. 석주는 그런 무던함이 좋았다. 그건 그가 호들갑스럽지 않게 자신의 내면을 지키고 보호하는 방식처럼 보였다. 두 사람이 그처럼 편안한 사이가 된 건 그의 그런 성격 덕분인지도 몰랐다.

얼마 후, 석주는 차장으로 승진했다.

*

원호의 부모를 만나러 가는 길엔 눈이 왔다.

11월 초순이었지만 바람이 매서운 날이었다. 고속도로에 접어들면서부터 흩날리던 눈발이 거세지더니 금세 주변이 어둑해졌다. 비상등을 켠 채 느릿느릿 움직이는 차들 사이로 눈이 쌓이고 있었다.

저녁 무렵 두 사람은 그의 아버지 가게에 도착했다. 터미널 근처 공터에 차를 대고 있을 때 멀리 가정설비라고 적힌 가게에서 머리가 새하얀 남자가 걸어나왔다. 우산을 들고 휘적휘적 걸어오는 그 사람이 원호의 아버지임을 석주는 바로 알아보았다.

석주와 원호, 원호의 아버지와 새어머니까지. 네 사람은 소읍에 딱 하나뿐인 한식당에서 점심을 먹으며 결혼 계획을 이야기할 예정이었다. 집이 허름하다는 이유로 그의 새어머니가 두 사람을 밖에서 만나길 원했기 때문이었다. 그러나 시간이 늦은데다 눈발이 그칠 기미가 없었으므로 계획을 변경할 수밖에 없었다. 그의 아버지가 철제 책상 앞에서 여기저기 전화를 거는 동안 나머지 세 사람은 가게 안 쪽방에 마주앉아 있었다. 방바닥은 놀랄 만큼 뜨거워서 피부가 따끔거릴 정도였고 뭔가 사정하는 듯한 말소리가 민망할 정도로 또렷하게 들렸다.

얼마 후 털모자를 뒤집어쓴 중년 남자가 음식을 가져왔다.

귀한 손님이 왔다고 우리 집사람이 특별히 신경써서 만든 겁니다, 형님.

아저씨, 오셨어요?

원호가 얼른 방밖으로 나가 남자에게 인사했다. 남자가 방 안으로 고개를 불쑥 들이밀며 석주에게 말을 걸었다.

고대하던 손님이 이제야 왔네요. 아이고, 반갑습니다. 난 요 앞에 식당 하는 사람인데, 그냥 하는 말이 아니라 원호는 어렸을 적부터 봐서 내가 잘 알아요. 반듯하고 야무진 애라 걱정할 게 없을 겁니다. 그건 내가 장담할 수 있어요. 우리 형님도 얼마나 성실하게……

석주가 무슨 대답을 하기도 전에 원호의 아버지가 남자를 만류하며 가게 밖으로 내보냈다. 곧 그의 어머니가 상에 음식을 내왔다. 황태구이와 가자미식해, 게장까지. 따뜻한 밥에서 윤기가 돌았다. 나지막하게 흘러나오는 라디오 소리에 이따금 잡음이 섞여들었다. 말끔하게 차려입은 네 사람이 작은 상 앞에 둘러앉은 모습이 어색함을 자아냈다.

눈이 이렇게 올 줄 알았으면 한 주 뒤에 오는 게 나을 뻔했다. 그럼 아가씨도 고생하지 않고 좋았을 거 아니니.

반찬을 두 사람 쪽으로 밀어주는 그의 새어머니는 친절했으나 묘하게 거리감이 느껴지는 태도로 두 사람을 대했다. 고개를 숙일 때마다 신경써서 손질한 듯한 머리칼에서 진한 화장품 냄새가 올라왔다.

눈이 올 줄 알고 왔는가, 모르고 왔지. 그래도 몇 달만 지나봐, 언제 그랬냐 싶게 지천으로 새잎이 올라오지. 이 마을이 해가 참 잘 들거든. 가게 앞, 저 나무가 목련인데 봄에는 꽃이 얼마나 많이 달리는지. 찾아보면 원호 어릴 때 저 앞에서 찍은 사진이 있을 텐데. 그걸 어디 뒀더라.

그의 아버지는 호리호리한 체격이었는데 눈을 계속 깜빡이는 버릇이 있었다. 다시 보니 두 눈이 미세하게 다른 방향을 보고 있었다.

음식 식겠어요. 드시죠.

원호가 그렇게 말한 뒤에야 부모가 숟가락을 들었다. 그의 아버지가 밥을 한 술 뜨고 나서야 식사가 시작되었다. 수저가 그릇에 닿는 소리, 음식을 씹고 삼키는 소리가 조용히 이어졌다. 석주는 음식을 입에 넣으면서도 맛을 느끼지 못했다. 그의 부모, 특히 그의 새어머니가 자신을 요모조모 뜯어보는 게 느껴져서였다.

그래, 아가씨 부모님 두 분은 다 건강하시고?

침묵을 깬 건 그의 아버지였다.

네, 건강하세요.

그녀가 대답하자 그의 어머니가 보다 구체적인 질문을 던졌다. 부모의 나이와 직업, 형제 관계에 이르기까지. 일견 너그러워 보이는 남편의 허술한 질문을 아내가 보완하는 식이었다. 석주는 대답을 이어나가면서도 자신이 제대로 답하고 있는지 알 수 없었다. 그들이 염려하는 게 무엇인지. 자신이 어떤 사람으로 비쳐질지도.

상을 물리고 그의 아버지가 두 사람이 사온 청주를 맛보았다. 취기가 오르자 그가 가라앉은 목소리로 말했다. 어린 나이에 친모를 여읜 아들에 대한 안타까움, 선선히 잘 자라준 것에 대한 고마움. 아버지로서 미숙했던 지난날을 언급할 땐 옅은 자책이 묻어났다. 한참 만에 그의 넋두리를 가로막듯 그의 어머니가 나섰다.

그래, 식은 언제쯤 올릴 생각이에요?

늦지 않게 하려고요. 내년 오뉴월쯤으로 생각하고 있습니다.

대답은 원호가 했다.

그래. 지금도 많이 늦긴 했다. 아이도 갖고 하려면 아무래도 서둘러야지.

석주는 동의하듯 고개를 끄덕였지만 당혹스러움을 감추기 어려웠다. 결혼이 늦어졌다는 건 모르지 않았지만 아이에 대해서는 진지하게 생각해본 적이 없었다. 가져야 한다고 마음먹은 것도, 가지지 않겠다고 결심한 것도 아니었다. 그건 자연스러운 흐름 안에서 정해질 일이라 여겼고, 아직 가능성에 불과했다. 그러므로 그 순간, 석주가 느낀 건 거부감이나 불쾌감이 아닌, 예상치 못한 난감함에 가까웠다.

아가씨도 원호랑 같은 일을 한다고 했었나요?

질문이 이어졌다. 석주가 자신이 하는 일을 설명하려는 순간 그의 아버지가 불쑥 말했다.

결혼하면 차차 일을 줄여야지. 아이 낳고 키우고 하려면 아무래도 여자가 집에 있는 게 나아.

석주는 모두가 불편함을 느끼지 않을 정도의 반응을 유지하려 애썼다. 그러나 그의 부모가 말하는 결혼생활이 자신이 상상한 것과 너무 달랐으므로 마음이 어지러웠다. 그 모든 말을 묵묵히 듣고만 있는 원호의 모습도 이해되지 않긴 마찬가지였다.

저는 일을 그만둔다는 생각은 해본 적이 없어요. 결혼한다고 해서 꼭 아이를 가져야 한다고 생각해본 적도 없고요. 저한테는 일이 큰 부분이라서요. 이 일은 저한테……

한참 만에 석주가 어렵게 입을 뗐다. 그러나 끝까지 말을 잇지 못했다. 웃음기가 사라진 그들의 얼굴에 거의 경악에 가까운 표정이 떠올랐으므로 더 말을 이을 엄두가 나지 않았다.

두 사람이 의논해서 정할 일이긴 하지만 결혼이라는 게 둘만의 일이 아니잖아요. 일보다는 가정이 우선이라는 마음을 가져야……

그의 어머니가 말했고 원호가 황급히 끼어들었다.

저희가 알아서 할게요. 그 문제는 결혼하고 차차 의논해도 되니까요.

얼어붙은 분위기는 좀처럼 풀어지지 않았다. 그의 부모는 형식적인 말투로 준비한 말을 쏟아냈다. 맏아들의 결혼을 위해 자신들이 모아둔 자금, 자신들이 도울 수 있는 일과 없는 일. 예식을 치르기 전에 미리 인사해야 할 집안 어른과 반드시 초대해야 할 지인, 빠뜨리지 말아야 할 제사까지.

석주는 고개를 끄덕이고 있었지만 그들의 말을 듣고 있진 않았다. 한꺼번에 여러 감정이 밀려왔고 자신이 어떤 기분을 느껴야 할지 알 수 없었다. 석주는 뭉뚱그려진 감정의 다발 속에서 자신을 불편하게 하는 뭔가를 필사적으로 찾는 중이었다.

그녀는 혼란스러웠다. 자신이 이 결혼을 너무 낙관적으로 봐왔다는 사실에, 자신이 그려온 결혼과 원호가 꿈꾸는 결혼이 다를 수 있다는 깨달음에, 자신이 정말 결혼을 원하는지조차 제대로 고민해본 적이 없었다는 자각에. 석주는 자신이 준비가 되어 있는지 알 수 없었다.

긴 시간이 흐른 뒤 그날을 떠올렸을 때, 석주의 기억에 남은 건 몇 가지에 불과했다. 갑작스러운 폭설, 살이 따끔거릴 만큼 뜨겁던 방바닥, 작은 상을 가득 채운 음식. 그리고 돌연 자신을 얼어붙게 만든 감정들.

자정이 되기 전 그의 부모는 이웃집으로 갔다. 폭설 탓에 오토바이를 타고 집까지 갈 수 없었기 때문이었다. 석주와 원호는 이부자리를 펴고 누웠다. 누워서 보는 방의 풍경은 또 달랐다. 한쪽 벽에는 옷가지가 걸려 있었고, 온기를 머금은 공기 속에 묵은 먼지 냄새가 떠다녔다. 어디선가 찬 공기가 새어들었지만 춥진 않았다. 뭐랄까, 그 방은 원호의 삶을 얼마간 반영하고 있는 듯 보였고, 그러자 그를 조금 더 이해할 수 있을 것 같았다.

두 사람은 서너 시간 눈을 붙이고 새벽녘 가게를 나섰다. 아침에 다시 폭설이 예고되어 있었으므로 서둘러야 했다. 밖은 캄캄했다. 차로 걸어가면서 석주는 잠깐씩 뒤를 돌아보았다. 그러면 주홍빛 가등 아래 가정설비라고 적힌 그 가게와 가게를 둘러싼 캄캄한 밤의 풍경이 이상하리만치 멀어 보였다.

그가 문득 걸음을 멈추고 물었다.

사진 하나 찍어줄까?

여기서?

기념으로. 여기 있어. 카메라 가져올게.

그가 눈 쌓인 이차선 도로를 건너가 차에서 카메라를 꺼내왔다.

석주는 대충 자리를 잡고 섰다. 그와 실랑이를 벌이고 싶지 않아서였다. 카메라를 든 그가 이리저리 움직일 때마다 발밑에서 눈 밟히는 소리가 크게 났다. 이윽고 그가 천천히 자세를 낮추었다. 어쩐지 그 순간이 오래도록 기억에 남을 것 같았다.

석주는 그날 자신이 느꼈던 감정을 원호에게 말하지 않았다. 입 밖으로 꺼내고 나면 돌이킬 수 없을 것 같았고, 결혼을 앞둔 사람들이 한 번쯤 겪는 흔한 일일 거라 생각했다.

괜찮아?

그래서 시동을 걸며 원호가 그렇게 물었을 때 석주는 고개를 끄덕이고 말았다.

 3월에 원호가 석주의 부모를 만나러 왔다.

 동생 희주의 결혼식이 있는 날이었다. 그는 당일 식장으로 바로 오기로 했고, 석주는 하루 전 본가로 가서 가족들과 시간을 보낸 뒤 함께 이동할 예정이었다.

 전날 오후 석주가 작은 중국집 문을 열고 들어섰을 때 어머니와 아버지는 어둑한 식당 한쪽에서 뭔가를 적고 있었다. 얼마나 집중했는지 석주가 들어서는 소리도 듣지 못한 모양이었다.

 불도 안 켜고 뭐해?

 석주의 목소리에 어머니가 자리에서 일어났다.

 내 정신 좀 봐. 시간이 벌써 이렇게 됐네. 언제 왔니? 내일 가게 문을 닫아야 해서 안내문 쓰고 있어. 문 앞에 붙여놓으려고.

 석주는 지난번 봤을 때보다 어쩐지 작아진 듯한 어머니의 어깨에 살며시 손을 얹고 테이블 쪽으로 다가갔다. 가느다란 돋보기안경을 쓴 아버지가 사인펜을 내려놓으며 멋쩍은 듯 중얼거렸다.

막내 결혼식이 있어서 가게 문을 닫는다고 쓰려는데 뭐가 잘 안 된다. 어째 글이 자연스럽게 써지질 않아. 석주, 네가 한번 써봐라.

쓰다 만 종이 몇 장이 테이블에 흩트러져 있었다. 석주는 아버지 맞은편에 앉아 말없이 사인펜을 건네받았다. 그러곤 아버지가 마무리하지 못한 문장들을 훑어본 뒤, 간략한 안내문을 썼다. 잠시 뒤, 동생 희주가 왔다.

오랜만에 매콤하게 가지 볶아줄까. 너희 그거 좋아하잖아.

아버지가 화구에 불을 붙이고 음식을 만들었다. 네 사람은 가게 테이블에 둘러앉아 이른 저녁을 함께했다. 어린 시절, 한없이 넓어 보이던 가게는 이상할 정도로 좁아 보였다. 마치 공간의 일부가 사라진 것처럼. 달라진 건 더 있었다. 부모의 머리칼은 반백이 되었고, 희주의 눈가에도 어느새 잔주름이 잡히고 있었다.

석주는 이전처럼 자주 만나지 못하는 탓에 약간의 서먹함을 느끼면서도 그들에게 애틋함을 느꼈다. 그 순간에는 자신이 태어나 가장 처음 만났고, 가장 오랫동안 알아온 혈육의 정을 새삼 실감할 수 있었다.

가게 문을 닫은 뒤 아버지가 출입문에 안내문을 붙였다. 너무 아래에 붙였다고, 종이가 삐뚤어졌다고, 종이에 그늘이 진다고 어머니가 연신 입을 대는 바람에 안내문을 붙이는 데 한참이 걸렸다.

그날 밤, 자매는 어린 시절 함께 쓰던 작은방에 나란히 누워 오래도록 대화를 나누었다. 주제는 내일로 예정된 결혼식에 집중되었으나 이따금 서로의 일상이 끼어들었다. 희주는 공공기관에서 영양사로 일하고 있었다. 손등과 팔목에 베이고 덴 상처들이 남아 있었다. 석주는 동생에게 신혼여행에서 푹 쉬고 오라고, 결혼하면 일을 줄이라고 당부했지만 그것이 자신에게도 필요한 충고라는 사실은 깨닫지 못했다. 동생이 잠든 뒤에도 석주는 한동안 깨어 있었다. 설렘인지, 서운함인지, 대견함인지 모를 감정들 사이에서 뒤척이다 새벽녘이 되어서야 겨우 잠이 들었다.

그리고 이른 아침, 전화벨소리에 눈을 떴다. 전화를 받자 다급한 목소리가 들려왔다.

홍차장, 주말 아침에 미안해요. 내가 지금 가족들이랑 제주도 와 있거든. 대표님은 임과장이랑 지방 출장 갔고. 연락할 사람이 석주씨밖에 없었어요. 지금 안정묵 선생님 댁으로 바로 가볼 수 있어요?

손유라였다. 석주는 서둘러 몸을 일으켜 조심스레 방을 빠져나왔다.

선생님한테 무슨 일이 생긴 건가요?

홍차장, 내 말 잘 들어요. 경찰이 며칠 안에 선생님 댁을 긴급 수색할 거라는 말이 돌고 있어요. 신문에 연재한 소설이 문제가 된 모양인데, 그게 음란물이라나 뭐라나. 혹시 안선생님 새 원고 받았어요?

아뇨, 아직. 다음주 중으로는 주신다고 하셨어요. 거의 다 마무리되었다고.

직접?

네. 직접 만나서 주신다고.

그죠. 원고는 늘 원고지에 쓰는 양반이라. 아무튼 지금 가서 미완성 원고라도 확보하는 게 나을 것 같아. 어떻게 될지 모르니까. 몇 년을 기다렸는데 하필 이때 이럴 건 또 뭐야.

석주는 조용한 실내를 둘러보았다. 몇 시간 뒤면 가족들이 깨어날 테고, 미용실에 들러야 할 테고, 예복을 챙겨 입고 식장으로 가야 할 테고, 친지들에게 연락을 돌려야 할 테고, 정신 없을 동생을 챙겨야 할 테고, 또…… 거기까지 생각한 뒤 석주는 대답했다.

네, 바로 가겠습니다.

그래요. 집주소는 메시지로 바로 보내줄게. 가서 상황 보고 연락해요. 선생님 댁엔 내가 미리 연락해둘 테니까.

그렇게 해서 석주는 곧장 안정묵의 집으로 갔다. 그의 아내가 문을 열어주었다. 석주가 신분을 밝히며 찾아온 용건을 말하자 여자가 차분하게 대답했다.

이 사람은 변호사 만나러 나가고 없어요. 원고는 서재에 뒀다고 하는데 저는 잘 몰라요. 지금 연락을 해야 하나요? 당장은 전화를 못 받을 수도 있을 텐데요.

아뇨. 괜찮으시면 제가 서재에서 직접 찾아보겠습니다.

그래요. 그렇게 하세요. 저기 문 열린 방이 서재예요.

석주는 무서울 정도로 고요한 거실을 가로질러 서재로 들어섰고 방문을 반쯤 열어두었다. 그때, 초인종이 울렸다. 갑작스러운 그 소리에 하마터면 석주는 책상 위 원고 더미를 쓰러뜨릴 뻔했다. 곧 한 사람이 급히 집안으로 들어섰다. 석주도 만난 적 있는 다른 출판사 직원이었다. 두 사람은 눈인사만 나눈 채 원고를 뒤졌다. 오래 걸리진 않았다. 안정묵이 원고 첫 장에 출판사와 담당 편집자의 이름을 적어두었기 때문이었다.

두 사람은 원고를 챙겨 서재를 나왔다. 석주가 그의 아내에게 물었다.

혹시 선생님이 따로 남기신 말씀은 없었나요?

없었어요. 그저 원고만 잘 지켜달라고.

그때까지 침착함을 유지하던 여자의 얼굴에 불안과 근심의 기운이 섞여들었다. 눈이 마주친 순간, 석주는 그것이 착각이 아님을 알아차렸다. 아주 짧은 순간이었지만 상대의 감정이 고스란히 느껴졌다.

이런 일이 처음도 아닌데 이번엔 이상하네요. 그냥 넘어갈 거 같지가 않아요. 도대체 마음에 뭐가 있길래 매번 그렇게 날이 선 글을 쓰는 건지……

여자의 목소리가 떨리고 있었다. 석주는 자신도 모르게 다가가 여자를 감싸안았다.

걱정하지 마세요. 별일 없을 겁니다. 괜찮을 거예요. 혼자 계시기 힘드시면 제가 회사에 들렀다가 다시 오겠습니다.

그 말을 할 때 석주의 머릿속에서 동생의 결혼식은 까맣게 지워진 것 같았다.

석주가 결혼식장에 도착했을 땐 예식이 끝나고 사진 촬영이 한창이었다. 눈이 부실 정도로 환한 조명 아래 서 있는 희주의 모습이 눈에 들어왔고, 누군가와 이야기를 나누는 부모의 뒷모습이 보이다가 말다가 했다.

어, 왔어?

누군가 석주를 돌아보며 손을 번쩍 들었다. 어딘가 긴장한 모습으로 부모와 이야기를 나누던 사람. 원호였다.

*

이틀 후 새벽, 경찰이 안정묵의 집에 들이닥쳤다.

그가 신문에 연재한 소설 「안개마을」이 사회 혼란을 부추긴다는 명목하에 이뤄진 수색이었으나 그것이 일종의 경고임을 모르는 사람은 없었다. 그는 정부와 사회를 거침없이 비판해온 작가였고 음란물 시비는 구실에 불과하다는 걸 모두가 알고 있었다.

경찰서에 출석하기 직전, 그의 신분은 참고인에서 피의자로 바뀌었다. 오전 열시에 작가협회와 출판인 조합에서 긴급 성명을 냈다. 공권력이 헌법 제13조에 명시된 출판의 자유를 침해하고 있다는 항의였고 기본 권리를 보장하라는 요구였다.

경찰서 건물 앞에서 안정묵은 기자들을 향해 담담하게 말했다. 지금 이 순간에도 각자의 자리에서 고군분투하는 작가와 출판인, 독자에게 감사의 뜻을 전한다고. 오늘 성실하게 조사에 임하겠다고. 앞으로도 작가로서의 소신과 신념을 지켜나가겠다고.

석주는 이 모든 장면을 뉴스로 보았고 충격을 받았다. 그래서 오후가 될 때까지 멍한 표정으로 자리에 앉아 있었다. 할 일이 많은 날이었다. 다음달 『모던 라이프』에 실을 소설을 결정해야 했고, 도서박람회에 전시할 도서를 골라야 했다. 오후에 서점 MD와의 미팅이 있었고, 저녁에는 문학상 시상식에 참석할 예정이었다. 다음날에는 인쇄소 감리를 보고, 은행에 들러 신혼집 대출 상담도 받아야 했다. 그리고…… 거기까지 생각했을 때 누군가 말을 걸었다.

차장님, 점심 안 드셨어요?

보민이었다. 점심시간이 끝나가는 모양이었다.

대충 간식 먹었어요. 식사 잘 했어요?

석주는 무기력함을 떨쳐내듯 자리에서 일어났다. 그 순간, 사무실로 들어서는 규한과 눈이 마주쳤다. 석주가 차장으로 승진한 뒤 그의 태도는 눈에 띄게 차가워졌다. 그가 대표에게 인사이동에 대해 여러 차례 이의를 제기했다는 말을 석주는 나중에 들었다.

아, 석주씨. 저는 오늘 시상식 참석 어려워요. 갑자기 일정이 생겨서. 편집장님께는 따로 말씀드릴게요.

그가 그렇게 말하며 석주를 빠르게 지나쳤다.

그는 직함 대신 이름을 부르는 방식으로, 회의 때마다 석주의 의견에 반박하는 방식으로 인사이동에 대한 항의를 이어가는 듯 보였다. 처음에, 그의 불만이 지금처럼 노골적으로 드러나지 않았을 때 석주는 몇 번 조심스레 말을 건 적이 있었다. 그가 이토록 큰 노여움을 품을 거라고 짐작하지 못했으므로 당시 석주가 느꼈던 감정은 의아함 정도에 머물러 있었다.

그러나 어느 오후, 석주가 광고 문안을 한번 봐달라고 부탁했을 때 규한의 반응은 싸늘함을 넘어 공격적으로까지 느껴졌다.

석주씨, 이건 제 일이 아니지 않나요?

그렇게 되묻는 그의 목소리는 모두가 돌아볼 만큼 컸다. 석주는 싸늘하게 굳은 그의 얼굴을 바라보았다. 그동안 아무렇지 않게 오가던 이런 사소한 부탁이 불편했던 걸까 하는 의문이 들었는데 그의 눈빛 속에서 분명한 적의를 확인하고 나자 더 말할 용기가 나지 않았다. 석주는 그의 의견을 받아들였다. 그가 순간적으로 예민하게 반응했을 뿐이고, 그럴 만한 사정이 있을 거라 여겼다. 그렇게 하지 않으면 자신이 종일 이 일을 곱씹고 또 곱씹게 되리란 걸 모르지 않기 때문이었다.

비슷한 일은 또 있었다.

야근을 마치고 석주가 단골 만두 가게에 들렀을 때였다. 안쪽 테이블에 서너 사람이 앉아 있었는데 그중 한 사람이 규한임을 그녀는 바로 알아보았다. 눈이 마주쳤고 인사를 건네려 다가가려는 순간 그가 재빨리 고개를 돌려버렸다. 차갑고 단호한 외면. 그건 다가오지 말라는 경고처럼 보였다. 석주는 그들을 등진 채 조금 떨어진 곳에 자리를 잡았다. 만두 한 접시가 나왔고 그녀는 내내 출입문 쪽을 바라보며 식사를 이어나갔다.

고개를 들면 가게 입구에서 만두를 빚는 사장의 뒷모습이 보였다. 찜통에서 솟구친 수증기가 그의 모습을 잠깐씩 지웠다가 돌려놓길 반복했다. 그 모습이 석주에게 각오가 되고 다짐이 되고, 위안이 되었다. 뭐랄까, 그 모습은 감정을 깊이 눌러둔 채 그저 매일 주어진 일을 하나씩 해나가는 게 모든 일의 핵심임을 가만히 일러주고 있는 것 같았다.

규한은 석주에 대한 감정을 점점 더 노골적으로 드러냈다. 누그러지지도 옅어지지도 않는 그 감정은 그녀를 당황하게 하고, 서운하게 하고, 불편하게 했지만 석주는 그와의 관계를 완전히 단념하진 않았다. 대표와 편집장이 상의해서 결정한 그 승진 문제에 대해 언젠가는 터놓고 이야기할 기회가 있을 거라고 믿었다.

그날 오후에 긴급회의가 열렸다.

안정묵의 새 원고 「망국의 밤」 출간 시기를 논의하기 위한 자리였다. 오전 내내 자리를 비웠던 차인석이 침통한 얼굴로 입을 열었다.

여기저기 물어봤는데 상황이 좋지가 않아요. 미운털이 제대로 박힌 거 같더라고. 이번엔 제대로 본보기를 삼겠다는 거지.

편집장이 다른 직원들을 보며 말했다.

작가 하나를 상대로 너무 치졸한 거 아니에요? 무슨 독재 시절도 아니고 음란물이라니. 아직 연재도 안 끝났잖아요. 도대체 누가 그걸 판단하는 거예요? 어처구니가 없어서. 이번에 우리가 받은 원고는 그렇지도 않잖아요. 다들 어떻게 읽었어요? 난 그냥 평범한 연애소설로 읽었는데.

한 독립운동가의 마지막 일주일을 다룬 그 소설은 실존 인물을 모티프로 삼고 있었으나 역사와 시대 같은 거시적 주제가 아니라 애틋한 연애 관계에 초점을 맞추고 있었다. 독립운동에 목숨을 바치기로 한 두 젊은이의 정사 장면은 과감하고 거침없었으나 그것은 성행위 자체에 집착한 결과가 아니라 국가도 미래도 없는 두 사람의 절망과 좌절을 은유적으로 드러낸 장면으로 보아야 했다.

네, 저도 그렇게 읽었습니다.

보민이 답했고 석주가 동의하듯 고개를 끄덕였다. 규한이 곧바로 반박했다.

아뇨, 전 생각이 완전히 다릅니다. 어쨌든 실존 인물을 모티프로 한 거잖아요. 그걸 생각 안 할 수가 없죠, 독자들은. 독립운동가를 연애 놀음이나 하는 사람처럼 그렸다는 말이 나올 겁니다. 성적인 장면들도 다 공격 대상이 될 테고요.

실존 인물, 그게 문제가 될까?

차인석이 묻자 규한이 목소리를 높였다.

문제삼으려면 얼마든지 삼을 수 있죠. 굳이 위험을 감수할 필요가 없다고 봅니다 저는.

위험을 감수할 필요가 없다니, 내지 말자는 소리야?

차인석이 목소리를 낮추었고 석주가 얼른 말을 받았다.

상황을 지켜봐야 하지 않을까요? 편집장님 말씀처럼 아직 연재가 끝나지도 않았고 경찰 조사도 시작 단계인데요. 일이 어떻게 흘러갈지 모르는 상황이잖아요. 포기하긴 아까운 원고라고 생각합니다.

대표와 규한, 석주 사이에 몇 마디 말이 더 오갔다. 중구난방으로 이어지는 그 대화를 손유라가 막아섰다.

잠깐만요, 이렇게 생각해보죠. 좋든 나쁘든 결국 관심은 관심이잖아요. 그렇다면 우리가 이 관심을 잘 활용할 방안도 있지 않을까요?

대중적 관심이 독이 될 거라는 규한의 주장과 독자에게 판단할 기회를 줘야 한다는 석주의 의견이 맞섰다. 규한은 격앙된 어조로 반박을 이어가면서도 석주 쪽으로 고개 한 번 돌리지 않았다. 그의 시선은 철저히 석주가 아닌 대상만을 향했다. 그런 식으로 석주를 철저히 없는 사람처럼 취급했다.

마침내 차인석은 「망국의 밤」을 출간하기로 결정했다. 가능한 한 신속하게. 최대한 이목을 끌 수 있는 방식으로. 그 관심을 어떻게 전략적이고 효과적으로 활용할 것인가는 숙제로 남았다.

지금 당장요? 부담을 느끼지 않으실까요? 지금 상황에서는 동의하기 어려우실 수도 있는데……

석주가 조심스레 우려를 표하자 규한이 말했다.

무조건 설득해야죠. 아, 물론 작가님 사정 살피는 거 중요하죠. 따뜻하고 사려 깊고. 보기에도 얼마나 좋아요? 근데 홍차장님, 필요할 땐 밀어붙일 줄도 알아야 하는 겁니다.

차분한 말투였지만 비아냥거리는 기색이 역력했다. 홍차장님, 이라고 언급할 때 살짝 올라간 입꼬리에 기분 나쁜 웃음기가 감돌았다. 석주는 공격적이지 않은 방식으로 설득을 이어가려 했지만 오히려 그것이 그의 기세에 기름을 끼얹는 행위임을 알아차렸다. 출간에 회의적일 때는 언제고 앞뒤가 맞지 않는 말도 서슴지 않는 그의 목적이 오로지 자신을 막아서고 기분을 망치려는 데 있다는 사실도.

그때 석주는 포기했다. 동료로서 그와 보낸 시간과 관계를 회복한다면 그와 기쁘게 나눠 가지게 되었을 서로의 작은 성취까지도. 그러고 나자 차라리 마음이 편했다.

회의에서 몇 가지 세부 사항이 결정되었다.

안정묵과 신속히 출간 일정을 조율할 것. 주인공은 실존 인물이 아니라 허구의 인물로 바꿀 것. 문제가 될 만한 장면을 미리 검토하고 작가에게 수정을 요청할 것. 여론전과 소송에 대비해 법적 자문을 받을 것.

마지막 사항을 제외하면 모두 석주의 몫이었다. 그녀는 기꺼운 마음으로 얼마간 체념한 심정으로 그 일을 맡았다. 편집자는 원고를 다루는 사람이기 전에 한 회사에 소속된 직원이었으니까. 편집자로서의 사명감만큼이나 조직의 일원으로서 주어진 역할에 충실해야 했으니까. 그건 그녀가 납득할 수 없는 상황에 부딪힐 때마다 마음속으로 되뇌는 말이었다.

*

석주는 「망국의 밤」의 출간 과정이 순탄치 않으리라고 직감했으나 그것이 자신의 삶을 얼마간 바꿔놓을 거라곤 생각하지 못했다.

세 차례에 걸친 경찰 조사가 끝나고 안정묵은 검찰로 송치되었다. 검찰은 음란문서제조죄 등으로 그를 구속 기소했다.

그가 신문에 연재중인 소설 「안개마을」은 비정상적인 성관념을 조장한다는 비난에 휩싸였고, 학부모 단체와 종교 단체의 우려 섞인 성명으로 이어졌다. 마침내 그의 소설은 사회의 도덕관념을 심각하게 해치는 작품으로 낙인찍혔다.

아내를 찾아 나선 한 남자가 안개마을에 들어서며 시작되는 그 소설은 현실과 환상의 경계에서 전개되었다. 안개가 모든 것을 점령한 그곳에서 남자는 아내와 꼭 닮은 여자를 만나 관계를 맺으며 자신의 기억을 잃어간다는 게 대략적인 줄거리였다. 관능적인 장면이 빈번히 등장하지만 그건 아내에게 버림받은 남자의 깊은 상실감과 맞닿아 있었다. 오늘날 위태로운 가장의 모습을 담고 싶었다는 작가의 언급에서도 그러한 장면이 단순히 관심을 끌기 위한 장치가 아님을 짐작할 수 있었다.

그러니까 이때까지만 해도 보수적인 집단에서 제기한 의혹을 심각하게 받아들이는 분위기는 아니었다. 적어도 출판계 내부에서는 이 사태가 가벼운 소동 정도로 끝날 거라는 시각이 우세했다. 그러나 그의 연재를 담당했던 신문사 기자가 검찰에 소환되면서 상황이 급변했다. 신문사는 곧바로 연재를 중단하고 사과문을 게재했고, 간행물윤리위원회는 그의 저서 중 여러 권을 유해 서적으로 규정하며 판매 금지를 포함한 적극적인 제재를 권고했다. 그의 책을 보유한 출판사들은 해당 도서의 부적절성을 검토중이라거나 후속 조치를 논의중이라는 말로 작가와 거리를 두었고 선제적으로 출고 정지를 감행하는 곳도 생겨났다.

당장의 물질적 손해는 개인인 작가가 아니라 회사인 출판사에 집중될 가능성이 컸다. 석주는 그 조처들이 불가피하다는 걸 알면서도 쓸쓸함을 감출 수 없었다. 그 무정한 결정이 얼마간 작가를 외롭게 할 거라는 사실을 모르지 않았기 때문이었다. 그가 구속 기소되던 날, 공개적으로 지지 성명을 낸 곳은 젊은 작가 단체와 독립 잡지 한 곳에 불과했다.

어느 저녁, 두 명의 수사관이 안정묵을 자택에서 연행하는 장면을 석주는 뉴스 화면으로 보았다. 이런 일이 벌어질 줄 몰랐다는 듯 주위를 둘러보는 그의 표정은 굳어 있었지만 담담하게 그 상황을 받아들이는 듯했다. 수사관들이 기자들을 의식한 듯 그를 잠시 멈춰 세우자, 그가 카메라를 응시했다. 그 눈에 담긴 것이 당혹감인지 억울함인지 노여움인지 석주는 알 수 없었다. 다만 자신의 글에 관해서라면 거리낄 것이 없다는 태도만은 분명히 읽을 수 있었다.

보름이 지나 안정묵이 보석으로 석방된 후에도 석주는 여전히 그를 만날 수 없었다. 재판 준비로 시간이 없다는 게 이유였지만 그는 자신이 감당해야 하는 이 모든 상황에 얼마간

기가 질린 듯했다. 석주가 공들여 긴 메일을 써 보내면 사나흘 뒤 짤막한 답신이 왔고 전화는 연결되지 않았다. 꼭 필요한 경우가 아니면 집전화도, 휴대전화도 받지 않는 모양이었다. 아주 드물게 통화가 되는 날에도 시기가 좋지 않다거나 상황을 지켜보자거나 하는 말을 전하는 사람은 그가 아니라 그의 아내였다.

조바심과 초조함 속에서 짧은 봄이 속절없이 흘러갔다.

석주는 이 일, 안정묵의 원고를 출간하는 일을 거의 매일 생각했지만 할 수 있는 일은 많지 않았다. 할 수 있는 건 작가에게 연락을 취하고, 원고의 세부를 다시 검토하고, 지금껏 그가 써온 글과 그에 대한 평가를 찾아보는 정도였다. 다른 업무를 병행하면서도 석주는 이 일들을 소홀히 하지 않았다. 보잘것없어서 거의 무능하게까지 여겨지는 그런 일을 통해 그의 무사를 빌고 있는 것 같았다.

6월 중순, 1심 재판부는 안정묵에게 징역 5월을 선고했고 그를 법정 구속했다. 나중에 알게 된 것이지만 이때까지도 그는 이 모든 상황을 얼마간 체념적으로 받아들이고 있었다. 쓰는 행위와 읽는 행위 사이의 간극, 거기서 비롯된 오해가 자신의 일상을 단번에 무너뜨릴 수 있다는 사실에 깊이 낙담한 거였다. 어떻게 해도 이 사회가 자신의 작품을 제대로 읽어내지 못할 거라는 생각. 그 안엔 냉소와 자조, 작가로서의 우월감이 뒤섞여 있었다.

항소심을 준비하는 동안 그의 이런 태도에 변화가 찾아왔다. 그러니까 2심 재판부가 그의 보석을 허가하면서, 석방 직후 그가 석주에게 만남을 요청한 건 이러한 변화 가운데 하나였다.

11월 초순의 어느 날, 석주는 검토안과 원고, 참고 자료를 챙겨 사무실을 나섰다. 안정묵의 집으로 가는 길이었다. 그가 담당 편집자인 자신과 독대하길 원했으므로 다른 사람과의 동행은 불가능했다. 사무실을 나서기 전, 편집장이 반드시 확인해야 하는 사항과 작가에게 서면으로 동의를 받아야 하는 항목을 한번 더 짚어주었다.

금방이라도 비가 쏟아질 듯한 날씨였다. 늦가을의 시린 공기 속에서 곧 다가올 겨울의 기미가 어렴풋이 느껴졌다. 빗방울이 듣다가 말다가 했으므로 석주는 걷는 내내 우산을 펼쳤다 접기를 반복해야 했다.

이 무렵 석주는 자신을 아주 뛰어나진 않지만 그렇다고 크게 모자라지도 않는 편집자라고 생각했다. 과연 해낼 수 있을까 싶은 일들을 전전긍긍하며 하나씩 배워나가던 시기를 지나 나름의 방식과 요령을 터득하고, 이제는 자신에게 주어진 일을 제대로 마무리하는 사람이 되었다고 믿었다. 시간이 더 흐르면 모든 면에서 지금보다 더 능숙해질 거라는 희망도 품었다. 그러나 안정묵의 집으로 가는 동안 여전히 자신이 모르는 게 많고, 앞으로도 많을 거라는 생각이 들었다. 직업인으로서의 유능함은 배워서 가질 수 있는 게 아니라 타고나는 자질일지도 모른다는 생각도.

석주는 자신이 해야 할 말과 삼가야 할 행동을 강박적으로 되뇌었다. 그러나 안정묵의 집 앞에서 심호흡을 하고 초인종을 누를 때쯤엔 머릿속이 하얗게 질려버렸다. 안정묵과 그의 아내는 다정하게 석주를 맞았다. 의례적인 인사가 오간 뒤, 무서울 정도로 고요한 서재에 마주앉았을 때 안정묵이 말했다.

그래, 홍선생은 어떻게 생각합니까? 내 글이 세상에 해악을 끼친다고 생각해요?

남의 이야기를 하듯 무심한 말투였다.

아니요. 선생님. 그럴 리가요.

석주가 답했고 그가 물었다.

그래요? 원고에 수정 사항을 꽤 적어뒀던데⋯⋯ 홍선생 보기에 부적절한 부분을 손본 것 아닌가요?

석주가 보낸 원고 검토 의견을 꼼꼼히 살펴본 모양이었다.

부적절하다기보다는 논란이 될 만한 부분을 짚은 것인데, 불쾌하셨다면 죄송합니다.

사과를 받자는 게 아니에요. 그 부분들이 왜 논란거리가 될 거라고 생각했는지 이유를 알고 싶은 겁니다.

안정묵은 뚜렷한 이목구비 덕분에 또래보다 젊어 보였지만 깊게 파인 미간의 주름과 새하얗게 변해버린 앞머리에서는 세월의 흔적이 묻어났다. 뭐랄까. 대담함과 거침없음 같은, 젊은 시절 자신을 따라다니던 수식어들을 이제 연륜이라고 할 만한 부드러움 속에 간직하게 된 듯 보였다. 그럼에도 그에겐 여전히 통제할 수 없는 뭔가가 남아 있었다. 이따금 생각에 잠긴 듯 멍하던 그의 눈빛에 초점이 생겨나면 무표정한 얼굴이 걷히면서 진짜 감정이라 할 만한 것이 선명하게 떠올랐다.

저는 그 부분들이 독자에게 어떤 의미로 읽힐지, 혹은 잘못 읽힐 위험은 없는지를 고민했어요. 오해를 줄일 수 있는 방법이 있다면 찾고 싶었고요.

안정묵이 원고를 내려다보며 중얼거렸다.

오해의 소지가 있다고 모조리 고쳐버리면 그 글은 뭐가 되는 겁니까? 논란을 피하겠다고 원고를 누더기로 만드는 게 작가를 위하는 건 아니지요.

그의 목소리에 쓸쓸함이 묻어났다.

석주는 이것이 일종의 시험임을 알아차렸다.

그는 자신의 글로 인해 촉발된 이 일련의 사태를 진화해줄 편집자가 아니라 함께 타계해나갈 편집자를 찾는 듯 보였다. 그러므로 두루뭉술한 말로 애매한 입장을 고수하는 건 도움이 되지 않을 거였다.

한참 만에 석주가 입을 열었다. 작가가 간과하는 사회 분위기와 독자의 경향성을 짚어가며. 서사의 개연성과 설득력을 고심하며. 그녀는 얼마간 동의하고 또 반박했다. 예상하지도 준비하지도 못한 말들은 자주 엉키고 멈추었다. 그럼에도 뜻밖의 해방감을 느낄 수 있었다. 어떤 작품에 대해 그녀가 그처럼 솔직하게 의견을 밝힌 건 처음이었다.

그는 무표정한 얼굴로 석주의 이야기를 들었다. 차갑다못해 냉담하게까지 여겨지는 그 표정이 집중의 흔적임을 그녀는 곧 알아보았다. 대화는 신중하게 이어졌다. 원고의 큰 구조에서부터 누가 신경이나 쓸까 싶은 사소한 부분에 이르기까지. 불안과 우려, 여러 부정적인 전망 속에서도 석주는 벅찬 기분을 느꼈다. 뭐랄까. 작가와 대등하게 대화를 주고받는 감각이 나쁘지 않았다.

그날의 진솔한 대화가 안정묵의 태도 덕분이었음을 석주는 나중에 알았다. 마음을 열고 나누는 대화가 얼마나 드문 경험인지도.

두 사람은 논란을 피하기 위한 형식적인 수정은 하지 않기로 했다. 대신 책의 말미에 비평가의 해설과 작가 인터뷰를 싣는 데 동의했다. 출간은 가능한 한 서두르되 구체적인 시기는 출판사의 판단에 맡긴다는 조항에도 합의했다.

대화가 끝난 뒤 석주가 자리에서 일어나며 인사했다.

오늘 시간 내주셔서 고맙습니다, 선생님.

그래요. 이 원고는 이제 홍선생 것이기도 합니다. 잘 부탁합니다.

그 말이 석주 내면의 무언가를 건드렸다. 그제야 자신이 겁도 없이 무슨 일에 뛰어들었는지 알 것 같았고 책임감과 부담감이 밀려왔다. 자신이 그 말을 오래도록 기억하게 될 줄은 미처 몰랐다. 훗날 절판된 그의 책들을 자신이 복간하게 될 줄도. 그 일을 해내는 동안 삶에서 무엇을 잃고 무엇을 얻게 될지도.

이듬해 봄, 2심 재판부는 안정묵에게 무죄를 선고했다.

작품 속 일부 장면이 선정적으로 읽힐 소지가 있으나 그것은 시대에 대한 환멸과 좌절을 드러내는 문학적 기법으로 보는 것이 타당하며 사회 전반의 성도덕과 교양을 훼손하려는 의도가 담겼다고 보기는 어렵다는 결론이었다.

판결이 나오자 반응은 극명하게 엇갈렸다.

교사 단체와 교수 집단은 즉각 성명을 내고 이 판결에 동의할 수 없다는 입장을 분명히 했다. 일부 대형 서점 앞에서 안정묵 책을 겨냥한 불매 시위가 열렸고 도심 광장에서는 책을 불태우는 퍼포먼스가 벌어지기도 했다. 「문학인가 퇴폐인가」 「예술의 탈을 쓴 저급한 포르노」 「감각적 충격만 남은 문학, 독자의 모욕감은 어디에」. 매일같이 쏟아지는 자극적인 기사는 대중의 분노에 기름을 부었다. 이 판결을 반긴 쪽은 소수였다. 젊은 평론가 집단과 원로 작가 몇 사람이 전부였다.

*

　이 여파는 석주가 일하는 작은 사무실에까지 영향을 미쳤다.
　어떻게 알았는지 안정묵의 책을 출간하지 말라는 경고성 전화가 걸려오기 시작했다. 오전이나 오후, 서너 통에 불과하던 전화는 점점 늘어났고 업무에 방해가 될 정도로 쏟아졌다.
　거기 출판사죠? 안정묵 책이 나온다던데. 제정신이에요? 낼 만한 책이 그렇게 없나요? 이거 독자를 완전히 무시하는 거예요.
　사람들은 다짜고짜 언성을 높였고,
　아이들 생각은 안 하시나봐요. 책 만드는 회사면 최소한 사

오직 그녀의 것　243

회적인 책임이 있어야 하잖아요. 다른 물건도 아니고 책인데. 안 그래요?

비아냥거리는 말투로 조목조목 자신의 생각을 늘어놓았다. 막무가내로 사장과 대화를 하겠다고 고집을 부리거나 당장 회사로 찾아오겠다고 으름장을 놓는 부류도 있었다. 작가의 연락처와 주소를 끈질기게 요구하는 사람, 안정묵의 고압적이고 건방진 태도를 문제삼는 사람도 있었다.

처음 한동안 석주는 이성적으로 대처하려 애썼다.

산티아고북스에서 준비중인 안정묵의 책은 재판중인 소설과 무관하며 문제가 될 만한 내용이 없다고 해명했다. 불미스러운 일이 생기지 않도록 최선을 다하고 있으니 책이 나오면 직접 읽고 판단해달라는 부탁도 했다. 전체 맥락을 무시한 채 개별 장면만으로 작품을 평가하는 건 편협한 시각이며 작가에 대한 무차별적 공격은 부적절하다는 생각을 우회적으로 드러낼 때도 있었다.

얼마 안 가 석주는 이 모든 대응이 무의미하다는 결론에 이르렀다. 사람들은 그녀의 말을 들으려 하지 않았다. 애초에 글의 맥락과 의도를 파악하는 데에는 관심이 없었다.

결정적인 계기는 한 기자의 보도였다.

거의 날마다 전화를 걸어오는 그 기자에게 석주가 무심코

던진 말.

기자님, 나중에 책이 출간되면 읽어보시고 이야기하세요.

거의 체념한 듯 내뱉은 그 말은 악의적으로 왜곡되었다. 「출판사, '읽어보고 말하라' 고압적 태도 여전」「읽지도 않고 항의하나? 독자 무시 논란」「'문제작' 논란에도 출판사, 독자에 훈계 파장」. 자극적인 제목의 닮은꼴 기사들이 쏟아지는 것을 보며 석주는 기가 질려버렸다. 아니, 기필코 이 책을 끝까지 내고 말겠다는 오기 같은 게 살아났다.

원호와는 자주 만나지 못했다. 서두르기로 했던 결혼도 무기한 미뤄지고 있었다.

봄이 가고, 여름이 오고, 가을이 깊어진 후에도 석주는 이 문제, 결혼에 대해 거의 생각하지 않고 지냈다. 하루라는 시간은 당장 처리해야 할 일로 가득했고, 결혼은 매일 조금씩 더 아득하고 먼 일처럼 느껴졌다.

무엇보다 실수가 없어야 한다는 생각이 그 무렵 석주를 지배했다. 그녀는 전화와 팩스, 메일과 홈페이지 게시판까지, 모든 방식으로 항의를 이어가는 사람들에게 빌미를 주고 싶지 않았다. 언론사에 시빗거리를 던져줄 마음도 없었다. 냉담한 눈초리로 자신을 지켜보는 규한도, 어쩐지 곤두서 있는 듯한 대표와 편집장의 모습도 부담스럽긴 마찬가지였다. 어쩌면 그건 석주 자신이 만들어낸 일종의 강박인지도 몰랐다.

석주는 매 순간 그 원고를 생각했다.

그건 단순히 문장을 다듬고 문맥을 정리하는 편집자의 역할을 넘어서는 것이었다. 때로는 소설 내용과 무관한 지극히 사적인 기억이 불쑥 떠올랐고 장면 속에서 강렬한 감정이 빠져나와 석주를 사로잡기도 했다. 그 무렵, 그녀가 일을 하고 밥을 먹고 잠을 자는 현실의 삶은 점점 뒷전으로 밀려나는 것 같았다.

퇴근 후면 기진맥진함이 그녀를 덮쳤고, 긴장이 풀리면서 몸의 통증이 선명해졌다. 두통이 가시면 불면이 이어졌고 시야가 흐릿한 증상이 며칠간 계속되기도 했다. 그 시기, 그녀에게 시간은 더이상 자신의 것이 아니었다. 시간뿐 아니라 열정도, 기대도, 미래마저도. 붙잡을 수 없는 영역으로 멀어지는 것 같았다.

주말이면 원호가 석주의 집으로 오는 일상은 이어졌지만 예전처럼 두 사람이 서로에게 속해 있다는 확신은 옅어졌다. 미래를 함께 꿈꾸고 사랑을 속삭이던 공간은 이제 두 사람을 소외시키는 방식으로 관계의 변화를 암시하는 듯했다. 그리고 마침내 그들이 외면해온 이 문제가 수면 위로 떠올랐다.

금요일 오후, 석주가 휴가를 낸 날이었다.

그녀는 오전에 한의원에 다녀온 뒤 줄곧 집에 머물렀다. 허리 통증 탓이기도 했고 오후에 원호가 집으로 오기로 되어 있었다. 컨디션이 나아진다면 모처럼 오붓한 시간을 보낼 수 있을 거라 석주는 생각했다. 그러면 그동안의 소홀함을 조금은 만회할 수 있을 것 같았다. 최근 들어 서먹해진 분위기도, 미뤄지고 있는 결혼에 대해서도 솔직한 대화를 나눌 수 있을 거라 기대했다.

화창했던 날씨는 흐려졌고 오후가 되자 급격히 어두워졌다. 원호는 전화를 받지 않았다. 석주는 짧은 메시지 한 통을 남겼다. 급한 일이 생긴 거라면 부담을 주고 싶지 않아서였다.

그에게서 연락이 온 건 저녁 일곱시가 지나서였다. 석주가 자포자기한 심정으로 책상 앞에 앉아 다음주에 보낼 메일을 작성하고 있을 때였다.

미안. 기다렸지? 갑자기 일이 생겨서 연락 못했어.

그의 목소리가 가라앉아 있었다. 밖인 모양인지 바람소리, 차 소리 같은 소음이 끼어들었고 목소리가 들리다가 말다가 했다. 석주는 어두운 창 쪽으로 고개를 돌렸다. 그 순간 창에 어린 자신의 얼굴이 보였다. 아래로 처지기 시작한 눈꼬리 탓에 두 눈엔 생기가 없었고, 움푹 들어간 볼 때문에 광대가 이상할 만큼 도드라져 보였다. 감정이 느껴지지 않는 표정은 차갑다못해 안쓰러울 지경이었다. 석주는 마치 타인처럼 변해 버린 자신의 얼굴에 충격을 받았다.

전화 한 통 할 여유도 없었던 거야? 무슨 일인데, 심각한 일이야?

석주는 한 손으로 허리를 받치며 조심스레 일어났다.

그렇게 됐네. 오늘은 못 가겠다. 다시 연락할게. 자세한 건 만나서 이야기 해.

그렇게 전화가 끊겼다.

석주는 한동안 그 자리에 멍하니 서 있었다. 물 한 잔을 마신 뒤 홀로 저녁을 먹고, 다시 책상 앞에 앉았다. 쓰다 만 메일을 마저 쓰고, 최근 주목받는 에세이 두 권을 꺼내들었다. 원호에게 연락을 해볼까 고민했지만 그러지 않았다. 정신이 없을 것 같았고 방해가 될지도 몰랐다. 휴가를 망쳤다는 생각은 하지 않았다. 옅은 아쉬움 속에서도 미뤄두었던 일을 하나씩 해나가는 고요한 시간이 반갑게 여겨졌다. 원호가 걱정되면서도 약간의 안도감을 느낀 건 그 때문이었다.

그날, 그의 아버지가 쓰러졌었다는 소식은 나중에 들었다.

한 주 뒤, 두 사람이 자주 가던 카페에 마주앉았을 때 그는 덤덤한 말투로 그날 이야기를 했다. 대수롭지 않은 듯 말했지만 걱정과 두려움의 기색이 다 숨겨지지는 않았다.

왜 말 안 했어?

석주가 물었고 그가 답했다.

괜히 신경 쓰이잖아. 응급실이라 경황이 없기도 했고.

지금은 괜찮으신 거야?

응. 괜찮으셔, 괜찮대.

그의 아버지는 몇 가지 검사를 받고 다음날 퇴원했다고 했다. 두 사람은 여느 때처럼 저녁을 먹고 그 일대를 가볍게 산책했다. 마치 아무 일도 없었다는 듯이. 아무 일도 아니라는 듯이.

우리 결혼 말이야. 그냥 빨리 해치워버릴까? 이거저거 따지지 말고 대충 해버리지, 뭐. 꼭 그러자는 건 아니고, 한번 생각해보자고.

그러나 헤어지기 전, 그가 지나가는 투로 말했을 때, 석주는 어렴풋이 예감했다. 그 일. 그의 아버지가 쓰러졌던 그 사건이 자신과 원호 사이에 어떤 변화를 가져올 것임을.

응, 생각해볼게.

그녀는 선선히 답했지만 한 달이 지나도록 아무런 대답을 하지 않았다. 늘 그래왔던 것처럼, 이것만 끝내면 뭐든 할 수 있다는 심정으로 눈앞의 일들을 묵묵히 처리해나갔다. 일하는 동안은 차라리 마음이 편했다. 그 무렵엔 시작과 끝이 분명하고, 방법과 과정이 있으며 결과가 눈에 보이는 일을 다루는 것이 가장 쉬웠다.

서로를 끌어당기던 그 감정이 얼마간 바뀌고 달라졌음을 석주는 모르지 않았다. 뜨거움과 격렬함이 빠져나간 자리에 그에 걸맞은 또다른 무언가가 천천히 차오를 거라는 사실도. 원호는 좋은 사람이었다. 그러나 그녀는 자신이 정말 이 결혼을 원하는지, 그럴 준비가 되어 있는지 알 수 없었다. 자신이 무엇을 두려워하는지도 알 수 없었다. 그것은 신중함을 내세운 비겁함 같았고, 두려움이라 이름 붙인 이기적인 고집 같기도 했다.

원호는 안정묵의 책 출간 이후로 모든 일을 미뤄둔 석주를 이해하지 못했다. 그 일이 끝나면 그녀가 또 새로운 일에 열중할 것임을 잘 알기 때문이었다. 두 사람은 자주 다퉜다. 그는 어떻게든 그녀를 설득하려 했지만 그녀에게 그 말들은 비난처럼, 원망처럼 들렸다. 그래서 언성을 높여 자신을 변호하는 말을 쏟아내고 나면 미안함과 죄책감이 뒤따랐다. 스스로를 지키는 데만 골몰한 자신의 모습이 말할 수 없이 실망스러웠다.

겨울에 두 사람은 헤어졌다.

그의 아버지가 대장암을 진단받고 수술을 한 직후였다. 심각한 상태는 아니었다. 그의 말에 따르면 암은 1기였고, 수술도 성공적이라고 했으니까. 하지만 어느 수요일 오후, 퇴근 후 잠깐 볼 수 있냐고 원호가 전화를 걸어왔을 때 석주는 직감했다. 묘하게 서늘한 그의 목소리가 그가 하려는 말을 얼마간 예고하는 것 같았다.

그는 주택가 한쪽에 차를 세워두고 석주를 기다리고 있었다. 그녀는 조수석 창을 가볍게 두드리고 차에 올랐다. 앞 유리 너머로 연한 남빛의 어둠이 번지고 있었다. 이십 분 남짓 이어진 대화 내내 두 사람의 시선은 그 어둠에 고정되어 있었다. 짙어지는 어둠 속에서 필사적으로 할말을 찾으려는 사람들처럼, 거기에서 서로의 진심을 읽어내려는 사람들처럼.

서로를 원망하진 않았다. 언쟁하고 애원하지도 않았다. 차분하게 대화를 주고받는 두 사람의 모습은 마치 누군가의 대역을 수행하는 것처럼 덤덤했다. 모든 게 너무나 조용하고 매끄러워서 이것이 마지막이라는 사실조차 실감하지 못하는 듯했다. 고마웠다는 인사와 잘 지내라는 말을 형식적으로 건네면서도 석주는 자신이 무슨 말을 하고 있는지 알 수 없었다. 그것이 원호가 듣고 싶었던 말인지, 자신이 정말 하고 싶었던 말인지도.

원호와는 다시 만나지 못했다.

늦은 밤, 퇴근길에 문득 그에게 전화를 걸고 싶을 때가 있었고, 가끔 그가 짧게 안부 메시지를 보내올 때도 있었지만 두 사람 모두 서로가 그 시간을 견디느라 애쓰고 있음을 잘 알고 있었다. 시간이 흐를수록 모든 게 견딜 만해졌고 마침내 아무렇지 않은 듯 지낼 수 있었다. 그럼에도 어떤 감정들은 끝내 사라지지 않고 오래도록 남아 있었다.

*

대법원에서 원심을 유죄 취지로 파기환송했고, 안정묵은 징역 5월에 집행유예 8월을 선고받았다.

보편적인 상식에 비추어볼 때 작품의 음란성이 지나치다고 판단되며, 사회 공익을 위해 사법적인 단죄가 필요하다는 판결이었다. 그는 선고 직후의 한 인터뷰에서 작품의 판단은 독자의 몫이라고 짧게 의견을 밝혔다.

『망국의 밤』은 그의 집유 기간이 지난 뒤 세상에 나왔다.

두 사람의 형체가 서로를 감싸안은 듯한 표지. 강렬한 색채가 연한 파스텔톤으로 번지는 색감. 한 손에 들어오는 판형과 여백이 많은 본문 디자인까지. 그 책에서 석주의 손이 닿지 않은 부분은 단 하나도 없었다.

얼마 후 석주는 장민재를 만났다.

수요일 오후 단골들만 알음알음 찾는 허름한 두부 가게 안으로 들어서자 안쪽에 앉아 있던 장민재가 손을 들어 보였다. 못 본 사이 거의 반백이 된 탓에 그는 훨씬 나이가 들어 보였고 그에 걸맞은 여유와 부드러움이 느껴졌다. 모두부 한 접시와 두부찌개가 나왔다. 두 사람은 소박한 음식을 사이에 두고 안부를 나누었다.

책 나왔다는 기사 봤어요. 제목 참 좋네요. 마음고생이 많았을 텐데. 쉽지 않았을 거예요.

석주가 안정묵의 책을 건네자 그가 말했다. 그러곤 책의 만듦새를 살펴보았다. 진지한 눈빛으로 책장을 넘겨보는 그의 모습이 석주의 마음을 조용히 흔들었다. 그 책을 만드는 내내 들키지 않으려고 안간힘을 쓴 어떤 마음을 그가 알아본 것 같았다.

쉬웠던 적은 한 번도 없었던 것 같아요.

북받치는 감정을 떨쳐내듯 석주가 가볍게 대꾸하자 그가 웃으며 말했다.

그러게요. 참 이상하죠? 일이 쉬워지는 법이 없으니. 오래하면 익숙해질 법도 한데 이 일은 그렇지도 않아요. 좋아하는 게 이렇게 무섭습니다. 밉고 싫고 그만두고 싶어도 꾸역꾸역 해나가게 되거든요. 예전에 제 사수가 그러더군요. 뭘 좋아한다는 게 원래 그런 거라고. 더 좋아하고 많이 좋아할수록 마음 다칠 일이 많다고. 그땐 무슨 이런 감상적인 소릴 하나 싶었는데 지나고 나니 틀린 말도 아니더라고요.

그는 가방에서 책 한 권을 꺼냈다.

얼마 전에 나온 책이에요. 아마도 이게 호서각의 마지막 책인가봅니다.

마지막 책이요?

그렇게 됐어요. 아마 다음달이면 얼추 정리가 되지 싶습니다. 마무리하지 못한 일들이 남아 있긴 한데, 뭐 포기할 건 포기해야죠. 여력도 없고. 그럴 때가 된 것 같기도 하고.

그는 쓸쓸한 것 같기도, 홀가분한 것 같기도 했다. 출판사를 경영하는 일이 쉽지 않다는 걸 석주도 얼마간 짐작하고 있었다. 그럼에도 갑작스럽다는 생각을 지울 수 없었고 어쩐지 미안한 마음이 들었다. 잠시 말이 끊기고 시끌벅적한 실내에 두 사람이 마주앉은 테이블의 고요가 도드라졌다.

그럼 회사 정리하시고 나면……

당분간은 아무 계획 없이 지내보려고요. 책이나 실컷 읽으면서 한가롭게. 모르죠. 그러다보면 또 뭔가 하고 싶은 마음이 생길지도.

석주는 도무지 익숙해지지도 능숙해지지도 않는 회사생활

을 떠올렸다. 그러자 이 일을 좋아한다고 말할 수 있는지 망설여졌다. 앞으로 얼마나 더 할 수 있을지, 계속하고 싶은 마음이 남아 있는지도 자신할 수 없었다.

두 사람은 식당을 나와 큰길 쪽으로 걸었다. 제법 가을이라고 할 만한 선선한 바람이 불었다. 어둠이 내려앉은 도시에 하나둘 불빛이 켜지고 있었다. 무리를 지어 걷는 사람들 탓에 두 사람의 거리는 멀어졌다가 가까워지길 반복했다. 고개를 숙인 채 걷는 그의 뒷모습은 전보다 더 구부정했다. 아니, 오래전 처음 만났을 때처럼 얼마간 세상과 동떨어진 채 무언가에 깊이 열중한 사람 같았다. 딱하다 싶을 정도로 고집스러워 보이는 그 모습이 이상한 방식으로 위안을 주었다.

요즘도 퇴근이 늦죠? 늦기 전에 취미도 만들고, 여행도 다니면서 본인을 위해 시간 쓰는 연습을 해요. 안 그러면 나중에 정말 아무것도 못하게 돼요.

그가 그렇게 말했을 때 석주의 입에서 엉뚱한 말이 튀어나왔다.

선배님, 저 원호씨랑 정리했어요. 생각해보니 정말 오래 만났더라고요. 시간이 참 빠른 거 같아요.

그때까지 누구에게도 하지 못했고, 또 하게 될 거라 생각하지 않았던 이야기들. 어쩌면 그건 한 권의 책을 만드는 동안 석주가 놓치고 잃은 것에 대한 고백인지도 몰랐다. 그는 느릿느릿 걸음을 옮기며 고개를 끄덕일 뿐 별다른 말이 없었다. 만약 곧장 어떤 대답을 내놓았다면 더 말할 엄두를 내지 못했을지도 몰랐다. 마침내 석주가 말을 끝냈을 때 그가 답했다.

자책할 거 없어요. 석주씨 탓이 아니니까. 그냥 각자 감당해야 할 몫이 있는 거죠. 자기를 못살게 구는 거, 그거 안 좋은 겁니다.

그 말이 석주의 마음을 다독였다. 큰 사거리 앞에 이르러 석주가 인사했다.

오늘 시간 내주셔서 고맙습니다. 저녁도 맛있었고요. 다음엔 제가 살게요.

귀한 책 받았으니 나야말로 고맙죠. 가요. 알아서 잘하겠지만 도움이 필요하면 언제든 말해요. 아, 그리고 밥은 선배가 사는 겁니다.

그는 그렇게 말한 뒤 한 손을 흔들며 휘적휘적 횡단보도를 건너갔다.

그해 연말, 안정묵은 『망국의 밤』으로 문학상을 받았다.

석주도 그 자리에 있었다. 낯익은 얼굴들이 드문드문 보이는 시상식장은 차분했지만 약간의 긴장감이 감돌았다. 개회사와 인사말, 축사가 차례로 이어지고 마침내 안정묵이 단상에 올랐다. 석주는 상패와 꽃다발을 품에 안은 채 짤막하게 소감을 밝히고 객석을 향해 인사하는 그의 모습을 멀리서 지켜보았다. 그 순간에는 더 마음을 쏟지 못했다는 아쉬움을 잠시나마 내려놓을 수 있었다.

이후, 『망국의 밤』은 일본과 대만에서 잇따라 출간되었다.

뜻밖의 일이었기에 반갑고 기뻤지만 거기까지라고 생각했다. 당시엔 편집자인 석주도, 작가인 안정묵도 외국 독자의 반응이 그처럼 뜨거울 거라곤 예상하지 못했다.

차인석은 안정묵의 전 작품에 대한 출판권을 확보했고, 개정판을 내는 작업을 석주에게 일임했다.

*

마흔네 살이 되던 해, 석주는 모아둔 돈에 은행 대출을 보태 작은 아파트를 장만했고 중고차도 구입했다.

회사가 새 사옥으로 이전을 앞두고 있었고, 대중교통으로는 출퇴근이 쉽지 않았다. 체력과 시간을 아끼고 싶은 마음도 컸다. 아니, 은행에 빚을 내고 약간은 빠듯한 상황에 자신을 내던지면서 계속 일해야 할 이유를 만들고 싶은 건지도 몰랐다.

시간은 빠르게 흘렀다.

몇 해가 지나 사십대 후반에 접어들 무렵엔 산티아고북스가 삼층짜리 새 사옥으로 이사하던 무더운 오후도, 규한과 조대진의 송별회가 열리던 저녁도, 마케팅부니 저작권부니 하는 부서가 신설되고 새로운 직원들이 들고 나던 시절도 모두 아득한 과거처럼 느껴졌다. 뭐랄까, 시간은 더이상 균일하게 감각되지 않았다. 이제는 끝이 났지만 긴 세월 석주가 정기적이고 반복적으로 수행해왔던 일들. 『모던 라이프』에 실릴 소설을 엄선하는 작업과 안정묵의 원고를 들여다보던 시간만은 어제처럼 생생했다.

석주는 자신의 나이를 자주 의식했다.

그러면 지금껏 미래를 향해 있던 시야가 어느새 과거 쪽으로 천천히 돌아서는 느낌이 들었다. 그녀는 나이를 민감하게 자각하는 편이 아니었다. 늙어가는 것에 대해 특별히 아쉬움을 느끼지도 두려움을 품지도 않았다. 그럼에도 문득 거울 앞에서 자신의 모습을 마주할 때면 어깨가 안으로 말리고 머리칼이 희끗희끗해지기 시작한, 무뚝뚝하고 고지식해 보이는 이 중년의 여자가 다른 사람들 눈에 어떻게 보일지 궁금해지기 시작했다.

현실과는 동떨어진 글을 탐독하는 데 삶의 대부분을 허비한 사람. 매일 뭔가를 읽고 또 읽고 다시 읽느라 정작 자신에게 주어진 진짜 삶에는 한없이 서투른 사람. 사람들의 평가 속에서 석주는 자신이 기획에도 섭외에도 능하지 못한 반쪽짜리 편집자임을, 성실하지만 얼마간 무능하고 진지하지만 구태의연한 직장인임을 모르지 않았다.

그렇게 생각하면 자신이 이 일을 이렇게 오래해왔다는 사실이 놀라웠다. 허탈감과 자괴감 사이로 염증이 올라오며 더는 단 하나의 활자도 읽고 싶지 않을 때도 있었다.

12월의 저녁, 석주는 지역의 한 시상식장으로 갔다.

추운 날이었다. 낮에 내린 비가 얼어붙은 거리에 얇게 얼음이 서려 있었다. 석주는 오래전에 구입했으나 평소에는 신을 일이 거의 없어 새것이나 다름없는 까만 구두를 내려다보며 걸었다. 고심 끝에 고른 갈색 코트는 어쩐지 후줄근해 보였고, 오랜만에 꺼낸 가방엔 접힌 자국이 선명했다.

그날 석주는 작은 상을 받았다.

지역 출판협회가 출판인을 격려하기 위해 제정한 상이었고 부문별로 총 아홉 명의 수상자가 있었다. 업계 관련자를 제외하면 거의 알려지지 않은 이 상의 수상 소식을 처음 들었을 때, 석주는 얼떨떨했고 의아하다가 겁이 났다. 자신이 그 상을 받을 자격이 있는지 알 수 없어서였다.

홍부장이 아니면 누가 받아요? 걱정하지 마요. 자격은 충분하니까. 기쁘게 받으면 돼요.

그 소식을 전했을 때 손유라가 건넨 말이 석주에게 용기를 주었다.

석주는 시상식이 열리는 호텔 건물 앞에서 심호흡을 한 뒤 안으로 들어섰고 엘리베이터를 탔다. 엘리베이터 안은 꽃다발을 든 사람들로 붐볐다. 엘리베이터가 칠층에 도착하자 문이 열렸고 사람들이 한꺼번에 빠져나갔다. 석주는 멍하니 서 있다 문이 닫히기 직전 밖으로 나왔다.

어? 홍부장 왔네. 안 그래도 전화해보려던 참인데.

먼저 와 있던 차인석이 석주를 맞아주었다.

언제 오셨어요?

우리는 벌써 왔지. 앞쪽에 자리도 잡아놨어. 우리 홍부장 상 받을 때 박수 크게 치려고.

누군가 다가와 석주의 재킷에 작은 꽃 장식을 달아주었다. 그녀는 연회장 안으로 들어섰고 사람들과 인사를 나누었다. 사람들 사이로 호의와 애정이 잠깐씩 모습을 드러냈다. 그건 한 권의 책이 완성되기까지의 과정을 아는 이들만이 공유할 수 있는 느슨한 연대감이자 다정한 격려처럼 느껴졌다.

알려드립니다. 곧 시상식이 시작됩니다. 귀빈 여러분께서는 모두 자리에 착석 바랍니다.

멀리 무대에 선 누군가가 말했다.

석주는 무대 앞에 마련된 수상자 좌석에 앉았다. 객석의 불이 꺼지고 사회자가 무대에 올랐다. 대개 이런 행사가 한 시간 남짓이면 끝난다는 걸 석주는 모르지 않았다. 막상 시작되면 처음의 긴장감이 무색하게 시간이 빠르게 흐른다는 것도. 하지만 그건 어디까지나 석주가 하객일 때의 이야기였다.

조명이 켜진 무대는 눈이 부실 정도로 환했고 그래서 더 높아 보였다. 석주는 그런 무대에 서본 적이 없었다. 그녀는 자신의 일이 그러하듯 언제나 작가의 뒤편에, 글 너머에 머무르는 것에 만족하고 안도했다. 그러니까 도무지 진정되지 않는 그 순간의 긴장은 석주가 이 일을 선택한 까닭을 조용히 일러주고 있는 것 같았다.

먼저 호명된 사람들이 순서대로 무대에 올랐고 상패와 꽃다발을 받았다. 석주의 시선은 무대를 향해 있었으나 그들을 보고 있진 않았다. 표정은 굳어졌고 준비해온 소감은 머릿속에서 뒤죽박죽이 되는 중이었다. 누군가 다가와 눈짓을 했다. 무대에 오를 차례라는 신호였다.

사회자가 그녀를 호명했다. 석주는 자리에서 일어났고 무대 계단을 향해 걸었다. 그때 뒤쪽에서 문 열리는 소리가 났다. 무심코 고개를 돌리자 누군가 연회장 안으로 들어오는 모습이 보였다. 동생 희주 부부였다. 이어 뒤따라 들어오는 두 사람. 방해가 되지 않으려는 듯 몸을 잔뜩 숙인 채 걷는 그들이 부모임을 석주는 단번에 알아보았다. 놀라움이 반가움으로, 반가움이 부끄러움으로, 부끄러움이 미안함으로 번졌다. 못 본 사이 부모는 누군가 움켜쥔 듯 더 작아져 있었다. 그녀의 시선이 잠시 그곳에 머물렀다. 그리고 한순간 아버지와 눈이 마주쳤다. 먼 거리였지만 아버지가 자신을 향해 손을 내젓는 모습을 분명히 알아볼 수 있었다.

석주는 세 개의 계단을 올라 무대 중앙으로 걸어갔다. 시상자가 상패와 꽃다발을 건네주었고 박수 소리가 터졌다. 그녀는 떨리는 기색을 들키지 않으려는 듯 그것들을 힘껏 움켜쥔 채 마이크 앞으로 다가섰다.

소감을 밝힐 차례였다.

안녕하세요. 홍석주입니다.

석주는 그렇게 인사한 뒤 더듬더듬 말을 이어나갔다. 실내는 고요했다. 떨리는 그녀의 목소리가 사람들의 이목을 집중시킨 것 같았다. 그녀는 이 일을 하며 만난 사람들을, 그동안 만들어온 책들을, 자신을 다독이고 격려하며 여기까지 이르게 한 어떤 순간들을 떠올렸다. 과하지도 모자라지도 않게, 그 모든 것에 감사를 전하고 싶었으나 그럴 수 없었다. 여러 감정이 한꺼번에 몰려와 자주 말문이 막힌 탓이었다.

석주의 시선이 어두운 객석 쪽으로 향했다.

멀리 상기된 표정으로 무대를 바라보는 부모가 보였다. 눈이 부신 듯 자꾸만 눈을 깜빡이는 아버지의 얼굴이, 두 손을 가지런히 모은 어머니의 모습이 한순간 끌어당긴 듯 눈앞에서 커졌다. 석주는 옅은 죄책감을 느꼈다. 긴 세월, 가장 가까운 이들에게 무심하고 소홀했다는 자각 때문이었다.

좋은 책을 만들겠다는 생각을 석주는 늘 했다. 이따금 부담감으로, 압박감으로 돌변하곤 하던 그 기대를 놓은 적은 없었다. 그녀는 현실이 아니라 허구를 탐독하고 완성하는 데 많은 시간을 할애했다. 그래서 일상을 돌보는 데 서툴렀고 힘껏 붙잡아야 할 것들을 그냥 흘려보냈다. 그날, 석주는 처음으로 자신의 삶을 냉정하게 돌아보았다. 그것은 닮은꼴의 하루가 반복되는 진부한 이야기 같았다. 극적인 사건도, 놀라운 반전도 없는 서사. 개성도 매력도 없는 주인공이 완성해나가고 있는 그 스토리는 어떤 독자에게도 특별한 인상을 남기지 못할 것 같았다.

그럼에도 먹먹함이 밀려왔다.

시시하고 평범한 그 이야기는 다름 아닌 자신의 삶이었다. 석주가 미약하게나마 감동을 느낀 건 쓰지 않은 것과 쓸 수 없는 것까지 모두 읽어낼 수 있는 사람이 바로 자신이라는 사실 때문이었다. 대단할 것도, 내세울 것도 없는 그 여정은 오직 석주에게 속한 것이었고 그녀만의 것이었다.

시상식이 끝난 뒤 기념촬영이 이어졌다.

수상자들이 나란히 연단에 섰고 사진사의 요청에 따라 이리저리 자세를 바꾸었다. 그러나 플래시가 터질 때 석주의 모습은 다른 사람들에 가려 잘 보이지 않았다. 서가를 지나던 누군가가 나중에 꺼내보려 슬쩍 밀어둔 책처럼 그녀는 반걸음쯤 뒤로 물러서 있었다.

*

쉰여덟번째 생일을 며칠 앞둔 4월의 오후, 석주는 팔짱을 낀 채 책상 앞에 앉아 있었다.

누가 보았다면 틀림없이 생각에 잠긴 거라고 여겼겠지만 그렇지 않았다. 그녀는 창을 통과한 햇살이 조금씩 책상 안쪽으로 밀려드는 것을 지켜보는 중이었다. 이윽고 햇살이 그녀가 검토중인 원고 뭉치의 모서리를 환하게 만들었다. 불쑥 침입한 빛 속에서 글자들이 흩어지고 부서졌다. 최근 들어 심해진 눈의 피로와 노화 탓이었다. 석주는 미간을 찌푸리며 안경을 찾아 썼다. 오랜 세월, 글자 너머의 의미를 좇느라 가까운 것들이 흐릿해진 눈은 그런 식으로 이 일과의 작별을 예고하는 듯했다.

석주는 주간이었다.

기획과 섭외, 편집과 홍보, 저작권 관리에 이르기까지. 회사 전반의 업무를 총괄하고 관리하는 것이 주된 업무였다. 그럼에도 그녀는 여전히 실무를 병행했다. 편집장인 보민을 비롯한 다른 직원들이 해야 할 업무의 일부를 고집스레 놓지 않은 때문이었다.

선임 편집자, 시니어 에디터. 석주가 원하는 건 그 정도의 직위였다. 지시하고 감독하는 자리가 아니라 원고를 가장 가까이서 들여다볼 수 있는 자리. 석주는 사무실 한쪽에서 저마다의 원고가 품은 투박한 가능성을 발견하고 그것을 또렷하게 만드는 데 몰두하고 싶었다. 물론 그것이 얼마간 이기적이고 실현 불가능한 바람이라는 것도 알고 있었다. 그 무렵, 석주는 회사를 떠날 시점을 구체적으로 가늠했다. 한때 선배들이 그러했듯 은퇴 후 맞이할 느슨한 일상과 새로운 일을 떠올리며 생각에 잠길 때도 있었다.

석주는 상념을 물리치듯 자리에서 일어나 창가로 다가갔다.

새 사옥으로 이전한 지 벌써 십 년이 지났지만 봄에는 층고가 높은 창으로 쏟아지는 햇살이 처음처럼 반가웠다. 점심식사를 마친 직장인들이 커피를 손에 든 채 느릿느릿 회사로 돌아가고 있었다. 석주는 얼굴도 이름도 모르는 그들에게 애잔함을 느꼈다.

주간님, 식사하셨어요?

까랑까랑한 목소리가 그녀를 불렀다. 보민이었다.

아뇨. 오후에 미팅이 있어요. 그때 먹으면 돼요.

직원들이 돌아오는 모양인지 실내가 소란스러워졌다.

그때까지 괜찮으시겠어요? 유대리 들어올 때 샌드위치라도 하나 사오라고 할까요?

괜찮아요.

오후에 신인 작가 이수인과의 미팅이 잡혀 있었다. 여성 수목관리사의 삶을 다룬 소설 「한 그루」에 대한 논의를 위해서였다. 수목관리사라는 직업은 생소했지만 주인공의 성격을 드러내는 데에는 효과적이었다. 나무를 대하는 극진한 태도는 사람을 대할 때의 냉담함과 뚜렷한 대비를 이루었고 수식이 거의 없는 단문은 인물 내면에 깃든 고독을 짐작게 했다.

처음 그 원고를 훑어보았을 때 석주는 이렇다 할 인상을 받지 못했다.

그럼에도 어떤 문장이, 표현이 뇌리에 남았고 다시금 원고를 펼치게 했다. 특별한 사건도, 감정의 동요도 없는 그 이야기에 어째서 마음이 끌리는지 석주는 설명할 수 없었다. 그녀가 읽는 건 작가가 상상한, 현실에는 없는 인물이었다. 그러나 그 인물은 얼마간 자신과 닮은 듯했고 때때로 자신처럼 느껴졌다. 석주는 알고 있었다. 이야기가 향하는 곳이 자신의 내면이라는 것을. 허구의 서사가 불러일으키는 것은 내밀한 기억과 감정이며, 자신으로부터 출발하여 자신에게로 돌아오는 것이 실은 읽는 행위의 전부라는 것 또한.

아쉬운 지점이 없진 않았다. 지나치게 망설이는 듯한 도입부와 어수선하게 정리된 결말은 손을 볼 필요가 있었다. 알량한 지위와 권위를 내세운다면 신인 작가에게 수정을 요구하는 건 어렵지 않을 거였다. 그러나 그렇게 하고 싶진 않았다. 뭐랄까, 의기소침해진 작가가 마지못해 고쳐온 원고를 받고 싶은 마음은 없었다.

이수인과의 미팅이 끝나면 출판 재단에서 열리는 간담회에 들렀다가 몇 해 전 퇴사하고 전원생활을 즐기고 있는 손유라를 보러 갈 생각이었다. 일찍 귀가한다면 밤엔 보도 자료를 쓰는 데 시간을 쓸 수 있을 거였다. 그러고 시간이 더 남는다면······

그럼 몇시에 나가세요?

보민이 물었다.

─ 한 시간 정도 후에?

그럼 지금 잠깐 시간 좀 내주실 수 있으세요?

석주가 돌아보자 보민이 목소리를 낮추었다.

오늘 면접 있잖아요. 한 분이 벌써 회의실에 와 있어요. 옆에 계셔주시면 좋겠어요. 원래 대표님이 같이 들어오시기로 했는데 갑자기 못 오신다고 하셔서. 저 혼자 보려니 부담이 돼서요.

그렇게 해서 석주는 보민과 함께 회의실로 갔다. 문이 열리자 소파에 앉아 있던 뒷모습이 반사적으로 몸을 일으켰다.

앉아요, 앉으세요.

보민이 부드럽게 만류하며 맞은편 자리에 앉았고, 석주가 그 옆에 자리를 잡았다.

하얀 셔츠와 검은 정장 바지를 입은 단발머리 여자는 앳되어 보였다. 긴장한 탓인지 얼굴이 붉게 달아올라 있었고 땀이 난 이마의 한 부분이 반들거렸다. 석주는 일어나서 창문을 살짝 열었다. 창 너머로 막 피어나기 시작한 봄의 풍경이 한눈에 들어왔다.

장시현씨, 만나서 반가워요. 저는 편집장 이보민이고, 이쪽은 홍석주 주간님이세요.

보민이 상냥하지만 깐깐한 말투로 대화를 시작했다. 석주는 테이블에 놓인 그 사람의 지원서를 내려다보았다. 두 해 전 대학을 졸업한 이력 아래, 출판 예비학교 수료 경력과 몇몇 기업에서 짧게 일한 인턴 경험이 적혀 있었다. 과연 이 일에 도움이 될까 싶은 자격증 몇 개도 눈에 띄었다.

행정학을 전공했네요. 행정학 전공이면 보통 기업이나 기관에 지원하는 경우가 많은데 출판사를 선택한 이유가 있을까요?

석주는 보민이 질문을 이어가는 동안 자기소개서를 넘겨보았다. 특별한 건 없었다. 그럼에도 고심하며 여러 번 고쳐쓴 듯한 문장에 잠깐씩 눈길이 머물렀다. 자신을 설명해야 하는 글쓰기가 얼마나 어려운지 석주도 알고 있었다. 변변찮은 면면을 적당히 부풀리고 시시한 경험을 그럴듯하게 포장해야 하는 그 과정의 난처함과 민망함을 모르지 않았다.

석주는 잠깐씩 그 사람을 바라보았다. 반듯한 자세는 흐트러짐이 없었지만 얼굴에선 웃음기가 가시고 있었다. 대답은 뚝뚝 끊겼고 질문을 잊은 듯 한동안 말이 없기도 했다.

잠시만요. 꼭 받아야 하는 전화라서. 죄송합니다. 금방 다시 올게요.

보민이 그렇게 양해를 구하고 사무실을 나갔다. 문이 닫히

자 사방이 조용해졌다. 갑작스러운 정적이 어색함을 몰고 왔다. 테이블의 한 지점을 응시하는 그 사람은 말이 없었다. 자신의 실수를 곱씹는 듯한, 결과를 미리 낙담하는 듯한 그 표정이 어디선가 본 듯 친숙했다.

궁금한 거 없어요? 궁금한 거 있으면 물어봐요.

석주가 다정하게 말을 걸었다.

구체적인 연봉은 대표와 상의할 일이었으나 연차와 휴가, 업무 시간과 수당 같은 현실적 조건에 대해서는 솔직하게 말해줄 생각이었다. 출판사의 처우는 상대적으로 좋은 편이 아니었고, 젊은 사람들의 기준에 한참 못 미친다는 걸 석주도 모르지 않았으니까.

그 사람이 고개를 들고 석주와 눈을 맞추었다. 그러곤 엉뚱한 말을 했다.

회사 마크가 정말 예쁜 거 같아요. 아, 마크가 아니라 로고라고 해야 하나요?

그 사람의 호기심어린 시선이 한 곳에 가닿았다. 대표의 책상 위 이리저리 쌓여 있는 책더미를 보는 거였다. 최근 경영 수업을 시작한 차인석의 딸 차정빈이 필사적으로 독파해나가고 있는 산티아고북스의 주요 도서들이었다.

그런가요?

석주는 새삼스러운 눈길로 책등 하단의 로고를 보았다. 물결처럼 펼쳐진 책 위로 돛단배가 떠가는 이미지. 창립 십 주년에 전 직원이 편집부 사무실에 모여 이미지를 고심하던 날이 엊그제 같았다. 차인석이 특별 보너스를 약속한 탓에 모두가 얼마간 필사적이었던 기억도 났다. 항해, 여정, 모험. 석주는 당시 자신이 떠올렸던 단어들을 추억했다.

책의 외관을 살피는 듯, 제목을 읽어내려는 듯 그 사람의 눈빛이 골똘해졌다. 더듬더듬 대답을 이어나가던 조금 전의 모습과는 사뭇 달라 보였다. 알 수 없는 뭔가가 그 사람 안의 자연스러움을 깨운 것 같았다.

석주는 낯익은 그 모습을 주시했다. 그리고 그제야 오래전 선배들이 자신에게서 무엇을 보았는지 알 것 같았다. 떨림과 설렘, 서투름과 투박함, 선망과 두려움이 뒤섞인 마음. 한번 시작하면 멈출 수도, 그만둘 수도 없는. 백지와 같은 자신의 삶에 높이와 깊이를 만들고 명암을 부여한 바로 그것.

이 일을 통해 그녀는 세상에 가까이 다가설 수 있었다. 남몰래 갈망하던 성취와 성공을 어렴풋하게 경험했고, 타인과 자신을 사랑할 힘을 얻었다.

읽는 일은 석주가 가장 오래 지속해온 가장 진실하고 아름다운 행위인지도 몰랐다. 그리고 포기하지 않는다면, 그만두지 않는다면 그것을 온전히 누릴 날이 앞으로도 많이 남아 있을 거였다.

석주는 한꺼번에 떠오르는 생각을 다독이듯 지원서를 내려다보았다. 다시 고개를 들었을 때 그 사람의 시선은 여전히 책더미에 머물러 있었다.

장시현씨, 책을 좋아해요?

나지막한 석주의 목소리가 그 사람의 몰입을 깨운 듯했다. 어리둥절한 얼굴이 석주를 향했다. 석주가 다시 물었다.

책을 좋아하나요?

목소리에 감출 수 없는 다정함이 묻어났다. 맞다. 그건 오래전 사랑이 시작된 줄도 모르고, 그것이 삶을 얼마나 바꿔놓을지도 모른 채, 그저 속수무책 그 속으로 뛰어들 준비를 하던 석주에게 누군가 건넸던 바로 그 질문이었다.

작가의 말

지난해에는 책 만드는 사람들이 쓴 책을 찾아 읽었다.

가벼운 호기심에서 출발한 그 독서가 왜 뭔가 쓰고 싶은 마음을 불러왔는지 모르겠다. 마음에 와닿은 뭔가가 있었을 것이다. 진심이랄지, 열심이랄지. 이렇게 단어로 적고 나면 시시해지고 마는, 일하는 모습에 가려 좀처럼 보이지 않는 어떤 것들.

평생 편집자로 일했던 고故 김이구 선생은 편집자들이 가능하지 않은 일을 한다고 했다. 가능하지 않은 일이란 것을 대부분 모르면서, 또 가끔은 알면서 그냥 그 일을 한다고. 가능하지 않은 일을 해야 하고, 하고 있는 존재이니, 편집자라는 존재 자체가 당신에게는 모순이라 생각된다고.

평범한 사람들이 매일같이 해내는 가능하지 않은 일이 편집 하나만은 아닐 것이다. 그럼에도 책을 읽고 만드는 일상이 주는 울림이 컸다. 그렇게 보면 이 소설은 그동안 내가 읽어온 책들에 대한 독후기가 아닐까 하는 생각도 든다.

앙상한 초고에 애정어린 조언을 아끼지 않은 강윤정 선생님에게 감사의 말씀을 전한다. 부족한 원고를 섬세하게 살펴준 김봉곤 선생님과 문학동네 편집부에도 고개 숙여 감사드린다. 정은숙 선생님과 김화진 선생님에게도 다정한 인사를 전하고 싶다.

늘 그래왔듯 책이 나오기까지 많은 분의 도움이 있었다. 이번엔 그 마음들이 더욱 각별하게 다가온다.

2025년 가을
김혜진

문학동네 장편소설
오직 그녀의 것
ⓒ 김혜진 2025

1판 1쇄 2025년 9월 30일
1판 5쇄 2025년 12월 8일

지은이 김혜진
책임편집 김봉곤 | **편집** 김혜정 염현숙
디자인 김유진 이주영 | **저작권** 박지영 형소진 주은수 오서영 조경은
마케팅 정민호 서지화 한민아 이민경 왕지경 정유진 한경화 정경주 김혜원 김예진 이서진
브랜딩 함유지 박민재 이송이 박다솔 조다현 김하연 이준희
제작 강신은 김동욱 이순호 | **제작처** 영신사

펴낸곳 (주)문학동네 | **펴낸이** 김소영
출판등록 1993년 10월 22일 제2003-000045호
주소 10881 경기도 파주시 회동길 210
전자우편 editor@munhak.com
대표전화 031) 955-8888 | **팩스** 031) 955-8855
문학동네카페 http://cafe.naver.com/mhdn
인스타그램 @munhakdongne | **트위터** @munhakdongne
북클럽문학동네 http://bookclubmunhak.com

ISBN 979-11-416-0262-8 03810

* 이 책의 판권은 지은이와 문학동네에 있습니다.
  이 책 내용의 전부 또는 일부를 재사용하려면 반드시 양측의 서면 동의를 받아야 합니다.

잘못된 책은 구입하신 서점에서 교환해드립니다.
기타 교환 문의 031)955-2661, 3580

www.munhak.com